Boris Wassiljew
Schießt nicht auf weiße Schwäne

Boris Wassiljew

Schießt nicht auf weiße Schwäne

Aus dem Russischen von
Wolfgang Köppe

Weismann Verlag

CIP-Kurztitelaufnahme der Deutschen Bibliothek

Vasil'ev, Boris:
Schießt nicht auf weiße Schwäne / Boris Wasiljew. Aus d. Russ. von
Wolfgang Köppe.
1. Aufl., 1. – 3. Tsd. – München : Weismann, 1986
Einheitssacht.: Ne streljajte v belych lebedej ⟨dt.⟩
ISBN 3-88897-022-9

1. Auflage 1986
Erstes bis drittes Tausend
© für die BRD: Weismann Verlag · Frauenbuchverlag GmbH,
München 1986.
© Aufbau Verlag, Berlin und Weimar 1976 (deutsche Übersetzung).
Titel der russischen Originalausgabe: Ne streljatje v belych lebedej.
Umschlaggestaltung: Hansjörg und Evi Langenfass, Ismaning.
Gesamtherstellung: Hieronymus Mühlberger, Augsburg.
Alle Rechte vorbehalten. Printed in Germany (West)
ISBN 3 88897 022 9

1

Man nannte Jegor Poluschkin im Dorf den Unheilbringer, und sogar seine eigene Frau, abgestumpft durch das chronische Mißgeschick, pflegte mit scharfer, an Mückengesumm erinnernder Stimme zu keifen, »O du Unmensch, hinterländischer, du Verhängnis meiner armen Seele, Herr mein Gott erbarme dich und hilf, ach du Unheilbringer, du teuflischer . . .«

Sie keifte immer in ein und derselben Tonlage, solange die Luft ausreichte, ohne Punkt und Komma. Jegor seufzte bekümmert, und der zehnjährige Kolka war für seinen Vater gekränkt und weinte irgendwo hinterm Schuppen. Er weinte, weil er schon damals begriff, die Mutter hatte recht.

Jegor aber fühlte sich von dem Gekeife und Geschimpfe stets schuldig. Schuldig nicht vom Verstand, sondern vom Gewissen her. Und darum stritt er nicht, sondern plagte sich mit Vorwürfen.

»Was die anderen Leute sind, da bringen die Männer was nach Hause, und sie haben ein Haus, und die Schüssel bei denen ist voll, und sie haben Frauen, so schön wie Schwänchen . . .«

Charitina Poluschkina stammte aus der Gegend jenseits der Onega, und ihr Gekeif ging leicht über in Wehklagen. Sie glaubte sich benachteiligt seit dem Tage ihrer Geburt, da sie von einem bezechten Popen jenen unmöglichen Namen erhalten hatte, welchen die lieben Nachbarsleute gnädig auf die beiden ersten Silben verkürzten: Charja*.

* (russ.) Fratze.

»Die gute Charja kritisiert wieder mal ihren Ernährer.«

Und es kränkte sie, daß ihre leibliche Schwester Marja – immerhin eine Kufe vom gleichen Schlitten, weiß Gott – als weißes Fischlein durchs Dorf schwamm, die Lippen schürzte und die Augen verdrehte.

»Unsere Tina hat wirklich nicht das Große Los gezogen mit ihrem Mann. Nein, wirklich nicht!«

Tja, war Charitina dabei, hieß es Tina, und die Lippen spitzten sich süßlich, aber war sie nicht dabei, hieß es Charja, und der Mund reichte bis an die Ohren. Und Marja hatte sie doch einst selber ins Dorf gelockt. Hatte sie veranlaßt, das Haus zu verkaufen, hierher überzusiedeln und das Gespött der Leute zu ertragen.

»Bei uns, Tina, gibt es Kultur – Filme werden vorgeführt.«

Filme wurden zwar vorgeführt, aber Charitina ging nicht in den Dorfklub. Der Hausstand war recht dürftig, der Mann war ein Tölpel, und anzuziehen hatte sie fast nichts. Zeig dich jeden Tag in ein und demselben Fetzen, und du bist unten durch bei den Leuten.

Marjiza dagegen – ja, sie selbst ist die Charja, aber das liebe Schwesterlein nennt man Marjiza –, die Marjiza also hat Kleider aus reiner Wolle, gleich fünf, dazu zwei Kostüme aus Tuch und obendrein noch Stücker drei aus Jerseystoff. O ja, die hat was, worin sie sich die Kultur beguckt und womit sie sich zeigt und was sie in die Truhe packt.

Der Grund aber, weshalb sie das alles nicht hat, ist für Charitina immer derselbe: Jegor Saweljitsch, ihr lieber Mann, ihr rechtmäßig, wenn auch nicht mit kirchlichem Segen angetrauter Gatte, der Vater des einzigen Söhnchens, der Ernährer und die Stütze der Familie, soll ihn der Ziegenbock stoßen!

Übrigens auch der engste und liebste Freund des prächtigen Fjodor Ipatowitsch Burjanow, des Gemahls seiner Schwägerin Marja. Zwei Ecken weiter hatte der sein Haus: Eigentum, feste Wände aus gestempelten Balken, einer am andern, ohne Astloch, ohne Riß. Das Dach aus Zink, glänzt wie ein neuer Eimer. Auf dem Hof: Zwei Schweine, Schafe, Stücker sechs, sowie die Kuh Sorka. Eine Milchkuh, wie sie im Buche steht – das ganze Jahr über ist im Hause Butterwoche. Und auf dem Dachfirst ein Hahn, wie lebendig. Zu dem werden alle Dienstreisenden geführt.

»Das Wunderwerk eines hiesigen Volkskünstlers. Nur mit dem Beil gearbeitet, stellen Sie sich vor. Nur mit dem Beil, wie in alten Zeiten.«

Nun war allerdings an diesem Wunderwerk Fjodor Ipatowitsch nicht im geringsten beteiligt. Es hatte sich lediglich auf seinem Hause niedergelassen. Gemacht hatte den Hahn Jegor Poluschkin. Für Spielereien war bei dem immer Zeit, bitte sehr, warum nicht auch mal für was Vernünftiges.

Charitina seufzte. Oje, nicht genug auf sie aufgepaßt hatte das Mütterchen, das verstorbene! Oje, nicht fest genug an die Kandare genommen hatte sie das Väterchen, das liebe! Sonst wäre sie, besieht man's recht, nicht an Jegor hängengeblieben, sondern an Fjodor. Und tät wie eine Zarin leben.

Fjodor Ipatowitsch war der Rubel wegen hergekommen, seinerzeit, als hier noch Wälder rauschten, so weit das Auge reichte. Damals fehlte es an allem, und der Wald wurde abgeholzt, mit Schwung und Lärm und Überstundengeld.

Sie bauten Unterkünfte, Häuser, sorgten für elektrischen Strom, für eine Wasserleitung. Und als sie dann noch ein Nebengleis von der Bahn hierherlegten, da war's um den Wald ringsum geschehen. Das Sein hatte in der gegebenen Etappe sozusagen jemandes Bewußtsein überholt und die komfortable, jedoch von keinem mehr benötigte Siedlung inmitten der kärglichen Überreste einstmals singender klingender Nadelwälder aus dem Boden gestampft. Unter größten Mühen gelang es den zuständigen Organen im Bezirk, wenigstens die letzten Waldflächen rund um den Schwarzen See zur Trinkwasserschutzzone erklären zu lassen, und die Arbeit verstummte. Doch weil der große Umschlagplatz mitsamt Sägewerk, gebaut nach dem letzten Schrei der Technik, am Rande der Siedlung nun mal existierte, brachte man das Holz jetzt von anderswo her. Es wurde angefahren, abgeladen, zu Brettern zersägt, wieder aufgeladen und wieder abgefahren, und die Holzfäller von gestern verwandelten sich in Verlader, Gerüstbauer und Sägewerker.

Das alles hatte Fjodor Ipatowitsch schon vor einem Jahr seiner Marjiza aufs Genauste vohergesagt, »Es geht bergab mit den Überstunden, Marja. Warte noch ein Weilchen, und es wird nichts mehr abzuholzen sein. Man sollte sich was Gescheiteres suchen, solange einem noch die Sägen in den Ohren tönen«.

Und er suchte und fand etwas: Als Forstwart in dem letzten geschützten Waldgebiet am Schwarzen See. Heumähen kostenlos, Fische im Überfluß, Brennholz jede Menge und umsonst. Da baute er sich dann auch sein festes Haus, legte noch allerhand auf die hohe Kante, brachte die Wirtschaft in Schwung und kleidete die Herrin des Hauses ein, aufs Feinste und aufs Teuerste. Mit einem Wort: ein Kopf. Eine Respektsperson.

Dementsprechend trat er auf: Nicht kriecherisch und nicht herrisch. Er wußte um den Wert des Rubels und des Wortes. Wenn er sie bisweilen verschwendete, dann nicht sinnlos. Vor dem einen wird er einen Abend lang den Mund nicht auftun, dem anderen hingegen wird er ins Gewissen reden, »Nein, Jegor, du hast das Leben nicht in den Griff bekommen – es hat dich im Griff. Und warum ist das so? Überlege.«

Jegor hörte fügsam zu, seufzte, ach ja doch, miserabel lebt er, o ja, mehr schlecht als recht. Die Familie hat er an den Rand des Elends gebracht, sich selber weggeworfen und zum Gespött der Nachbarn gemacht – alles wahr, was Fjodor Ipatytsch sagt, alles richtig. Und schämen sollte er sich vor der Frau und vor dem Sohn und überhaupt vor allen guten Leuten. Nein, nein, es muß ein Ende haben, dieses Leben. Er muß ein anderes beginnen; vielleicht schenkt Fjodor Ipatytsch darauf noch ein Gläschen ein, auf das schöne, helle und vernünftige Leben von morgen, und alles wird noch gut?

»Jawohl, krieg das Leben in den Griff, und lenke selber dein Schiff! Wie die Alten sagen.«

»Recht hast du, Fjodor Ipatytsch. Ach, wie recht.«

»Mit dem Beil umgehen, das kannst du. Will ich gar nicht bestreiten. Aber wozu? Du machst nichts draus.«

»Ja siehst du. Genauso ist es.«

»Dich muß man an die Hand nehmen, Jegor, und führen.«

»Ach ja, Fjodor Ipatytsch. Das muß man.«

Da tat Jegor einen Seufzer und wurde betrübt. Auch der Herr des Hauses tat einen Seufzer und wurde nachdenklich. Und es seufzten damals alle. Nicht aus Mitleid, sondern tadelnd. Jegor ließ unter ihren Blicken den Kopf noch tiefer hängen. Schämte sich.

Doch wenn man genau überlegte – zu schämen gab's da nichts. Immer arbeitete Jegor gewissenhaft, lebte friedfertig, ohne großes Getue, und dennoch war er stets an irgendwas schuld. Er haderte nicht und bestritt nichts, grämte sich nur zutiefst und beschimpfte sich erbarmungslos.

Aus dem Nest, dem angestammten, dem heimatlichen Kolchos, wo sie zwar nicht im Überfluß, aber doch in Achtung gelebt hatten, aus diesem Nest waren sie ausgeflogen ins Unbekannte. Als wären sie begriffsstutzige Vögel oder arme, landlose Bauern, die nicht Kind noch Kegel, nicht Haus noch Hof besitzen. Wie eine Art Sonnenfinsternis war es über sie gekommen.

In jenem an Schneestürmen reichen März starb die Schwiegermutter, Charitinas und Marjizas liebwertes Mütterlein. Akkurat zum Eudokia-Tag war sie verschieden, und zum Begräbnis traf die Verwandtschaft per Pferdeschlitten ein: Die Autos waren steckengeblieben in den Schneemassen. Auch Marjiza fand sich ein, allein, ohne den Herrn des Hauses. Man beweinte das Mütterchen, wehklagte, sang die Totenlieder, tat überhaupt alles, was vorgeschrieben war.

Marjiza vertauschte das schwarze Tuch mit einem flauschigen Schal und plapperte drauflos, »Ihr seid hinter der Kultur zurückgeblieben, hier in eurem Stallmist.«

»Wie meinst du?« fragte Jegor verständnislos.

»Von dem, was heutzutage Mode ist, findet man nicht die Spur bei euch. Bei uns dagegen setzt Fjodor Ipatytsch ein neues Haus hin. Mit fünf Fenstern zur Straße. Und dann die Elektrizität und ein Kaufhaus und jeden Tag Kino.«

»Jeden Tag? Und immer neue Filme?« Tina wunderte sich.

»In alte gehen wir nicht, neue möchten es schon sein . . . Und ein Geschäft mit den neuesten Modellen und Industriewaren, ausländischen.«

Aus der dunklen Ecke schauten streng die alten Heiligenbilder. Die Muttergottes lächelte nicht mehr, sie blickte finster, aber wer beachtete sie denn noch, seit die Alte ihre Seele aufgegeben hatte? Nach vorn, sagten alle, in die neue Zeit, auf dieses, wie hieß es doch gleich, auf das Moderne.

»Jaja, ein Haus wird Fjodor Ipatytsch hinsetzen, ein Bild von einem Haus. Und das alte wird frei – wohin also damit? Verkaufen wär schade, ist halt das Nest, wo unsereiner herkommt, mein Wowotschka ist dort übern Fußboden gekrabbelt. Drum hat auch Fjodor Ipatytsch entschieden, ihr bekommt das Haus geschenkt. Nun, ihr geht uns natürlich zur Hand, damit erst mal das neue steht, wie es stehen soll. Du, Jegor, hast ja als Zimmermann was los.«

Und natürlich gingen sie ihnen zur Hand. Zwei Monate lang schwang Jegor von einer Dämmerung zur andern das Beil. Es waren aber die Dämmerungen des Nordens, die ganze Länge des Tages hat der Herrgott dazwischengeschoben. Du spitzt dich schon auf den Feierabend, es dunkelt bereits, da erscheint Fjodor Ipatowitsch.

»Das kleine Eckchen dort, Jegoruschka, behoble noch, nicht faulenzen, mein Lieber, sondern zupacken! Schließlich laß ich dir ein ganzes Haus umsonst und keine Hundehütte.«

Zugegeben, das Haus ließ er ihm umsonst. Nur hatte er zuvor alles entfernt, was noch nicht vom Holzwurm zerfressen war, sogar den Fußboden in der guten Stube. Und die Überdachung vom Brunnen abgebaut. Und die Vorratskammer abgerissen und die Balken wegtransportiert, sie waren für den Bau bestens zu gebrauchen. Grade wollt er sich an den Schuppen machen, da konnte sich Charitina nicht länger beherrschen.

»Du heimtückische Schlange, Blutsauger, durchtriebener Geizkragen, Betrüger dreimal vermaledeiter!«

»Nun, leise, leise, Charitina. Wir sind doch eine Familie, wozu so laut. Bist du etwa beleidigt, Jegor? Handle ich vielleicht nicht nach meinem Gewissen?«

»Und ob . . . 's wird wohl so sein, wenn's nicht anders ist.«

»Na, ausgezeichnet. Von mir aus, nehmt den Schuppen. Geschenkt.«

Sprach's und ging. Ein netter Mensch, nichts einzuwenden. Und seine Jacke aus bestem Stoff.

Man söhnte sich aus. Man besuchte einander. Jegor

hörte dem Herrn des Hauses schüchtern und fügsam zu, wenn er zu Besuch war.

»Die Welt, Jegor, ruht auf dem Mann. Der Mann hält sie zusammen.«

»Richtig, Fjodor Ipatytsch. Wahr und wahrhaftig.«

»Und was hast du wirklich Männliches an dir? Nun, antworte.«

»Aber warum denn so was ... Dort, meine Alte ...«

»Nicht das mein ich, nicht das zum Schämen! Pfui!«

Sie lachten. Jegor kicherte mit: Warum nicht über einen Dummen lachen? Was Fjodor Ipatowitsch anbetrifft, über den würde keiner lachen, dagegen über ihn, Jegor Poluschkin – na denn zum Wohl, liebe Mitbürger! Auf euer ganz Spezielles!

Tina jedoch lächelte nur. Krampfhaft lächelt sie den teuren Gästen zu, der leiblichen Schwester und Fjodor Ipatowitsch. Dem besonders – der war ein Herr.

»Ja, dich muß man lenken, Jegor, lenken und leiten. Ohne Anleitung bringst du nichts zustande. Von selber begreifst du das Leben nie und nimmer. Und wer das Leben nicht begreift, der wird niemals leben lernen. So ist das, Jegor Poluschkin, du Unheilbringer, harmloser. So ist das.«

»Je nun ... 's wird wohl so sein, wenn's nicht anders ist.«

2

Aber da war noch Kolka.

»Kläräugig wächst er heran, Tinuschka. O ja, ein liebes Kerlchen, und so kläräugig.«

»Nun, zu dumm, daß es so ist«, nörgelte Charitina. Immer nörgelte sie an ihm herum. Als der Vorsitzende vom Dorfsowjet ihnen zur Eheschließung gratuliert hatte, da fing sie auch gleich an zu nörgeln. »Zu allen Zeiten hatten die Kläräugigen immer nur eine Aufgabe: sich wie ein Traktor vor den Pflug zu spannen.«

»Was redest du da, was redest du? Völlig unnötig redest du so was, völlig unnötig.«

Kolka wuchs auf als ein fröhlicher und guter Junge. Es zog ihn zu den Kindern, den Erwachsenen wich er nicht aus. Er schaute den Leuten in die Augen, lächelte – und glaubte alles. Was immer sie ihm vorlogen, was immer sie sich ausdachten, er glaubte es. Die Augen weit aufgerissen, staunte er. »Nanu . . .?«

Die Einfalt in diesem »Nanu?« hätte ausgereicht für halb Rußland, wäre Bedarf danach gewesen. Doch irgendwie war einstweilen keine Nachfrage nach Einfalt, nach anderem herrschte Nachfrage.

»Kolka, was sitzt du hier rum? Dein Vater ist von einem Kipper angefahren worden, die Gedärme quellen ihm aus dem Mund!«

»Aaah!«

Kolka lief los, irgendwohin, schrie und weinte, stürzte, rannte weiter. Und die Männer lachten.

»Aber wohin denn, wohin? Er lebt, dein Vater. Wir machen bloß Spaß, Bürschchen. Ein kleiner Scherz, verstehst du?«

Vor Glück, daß alles gut ausgegangen war, vergaß Kolka, sich gekränkt zu fühlen, und freute sich nur. Er freute sich, daß sein Väterchen am Leben und gesund war, daß kein Kipper ihn angefahren hatte und seine Gedärme sich an Ort und Stelle befanden, nämlich im Bauch, wohin sie gehörten. Darum lachte er lauter als alle anderen, von ganzem Herzen.

Und überhaupt war er ein ganz normales Kind. Er sprang von der Böschung in den Fluß, im Kopfsprung und im Schlußsprung. Im Walde verirrte er sich nicht und hatte keine Angst. Die bösartigsten Hunde besänftigte er mit zwei Worten. Er streichelte sie und zog sie unbekümmert an den Ohren. Und der Kettenhund schmiegte sich, ohne den Schaum von den Reißzähnen zu schütteln, an seine Beine wie ein Schoßhündchen. Die Kinder wunderten sich darüber sehr, die Erwachsenen aber erklärten, »Der Vater von dem kann die Hundesprache.«

Da war was dran: auch Jegor taten die Hunde nichts.

Und geduldig war Kolka. Einmal fiel er von einer Birke – er hatte einen Starkasten angebracht, und ein Ast war abgeknickt –, durch alle Äste hindurch stürzte er auf die Erde, das eine Bein zur Seite. Nun, man renkte es wieder ein, er bekam Verbände angelegt, von Kopf bis Fuß beschmierten sie ihn mit Jod – er stöhnte nur. Sogar die Frau Doktor staunte, »Sieh einer an, so ein kleiner Wicht – und schon ein Mann!«

Später, als alles wieder zusammengewachsen und verheilt war, hörte Jegor vom Hof aus das Söhnchen im Schuppen weinen. Kolka schlief dort, als sein Schwesterchen geboren wurde, ein rechter Schreihals übrigens, ganz die liebe Mutter. Jegor warf einen Blick hinein: Kolka lag auf dem Bauch, nur die Schultern zitterten.

»Was hast du, Söhnchen?«

Kolka hob sein verweintes Gesicht, seine Lippen bebten.

»Unkas . . .«

»Was ist?«

»Unkas haben sie getötet. Mit einem Messer in den Rücken. Wer tut denn so was – in den Rücken?«

»Was für einen Unkers . . . Oder Junkers?«

»Den letzten der Mohikaner. Unkas. Den allerletzten, Vater!«

In der nächsten Nacht schliefen Vater und Sohn nicht. Kolka ging im Schuppen auf und ab und machte Verse: »Unkas verfolgte den Feind, zum Kampfe bereit, er hat ihn erreicht, gleich ist es soweit . . .«

Mehr fiel ihm nicht ein, doch Kolka gab nicht auf. Er lief in dem engen Raum zwischen dem Brennholzstapel und seinem Bett auf und ab, murmelte verschiedene Wörter und schwang die Arme. Hinter der Bretterwand grunzte interessiert das Ferkel.

Jegor aber saß in der Küche in Unterhosen und Nesselhemd und las, die Lippen lautlos bewegend, das Indianerbuch. Über den seltsamen Namen rauschten die altbekannten Fichten, unter dem geheimnisvollen Kanu schnellten die altbekannten Fische, und mit dem Tomahawk könnte man ohne weiteres Holzspäne für den Samowar spalten. Und darum schien es Jegor, als spielte diese Geschichte nicht im fernen Amerika, sondern hier, irgendwo an der Petschora oder der Wytschegda, und die verdrehten Namen waren einfach nur erfunden, damit es aufregender klingt. Aus dem Vorraum wehte Nachtkühle herein, Jegor schlug abwechselnd die erstarrten Beine übereinander und las, wobei sein Zeigefinger gewissenhaft den Zeilen folgte. Einige Tage später, nachdem er dieses dickste Buch seines Lebens endlich bewältigt hatte, sagte er zu Kolka, »Ein schönes Buch.«

Kolka schluchzte beängstigend, und Jegor präzisierte, »Handelt von guten Männern.«

Überhaupt saßen bei Kolka die Tränen ziemlich lokker. Er weinte, wenn ein anderer Kummer hatte, wenn die Frauen ihre Lieder sangen, er weinte beim Bücherlesen und aus Mitgefühl, doch schämte er sich dieser Tränen sehr und bemühte sich, sie heimlich zu vergießen.

Dagegen Wowka, sein Vetter, ein Jahr älter als er, der weinte nur, wenn ihn jemand kränkte. Nicht vor Schmerz, nicht aus Mitleid – vor Kränkung. Heftig weinte er, bis es ihn schüttelte. Und gekränkt fühlte er sich häufig. Manchmal war er mir nichts, dir nichts aus heiterem Himmel gekränkt.

Wowka machte sich nichts aus Büchern, er bekam Geld fürs Kino. Er schwärmte fürs Kino, sah sich jeden Film an, und ging es um Spione, lief er gleich dreimal hin. Und erzählte, »Und der – zack, zack – mit voller Wucht in die Magengrube! In die Magengrube!«

»Aber das tut doch weh!« stöhnte Kolka.

»Dummerchen! Das sind doch Spione.«

Und dann hatte Wowka einen Traum. Kolka zum Beispiel hatte jeden Tag einen anderen Traum, Wowka jedoch alle Tage denselben.

»Man müßte so eine Hypnose erfinden, daß alle einschlafen, aber auch alle. Dann würde ich jedem ein Rubelchen abknöpfen.«

»Warum nur ein Rubelchen?«

»Damit keiner was merkt. Von jedem ein Rubelchen – ha! Weißt du, wieviel da zusammenkommen? Zwei Tausender, höchstwahrscheinlich.«

Kolka dachte nicht an Geld, er hatte nie welches in die Finger bekommen, und darum drehten sich seine Träume nicht um Geld. Er träumte von Reisen, von wilden Tieren, vom Kosmos. Es waren sanfte Träume, sie belasteten nicht.

»Einmal einen lebendigen Elefanten sehen, das wär schön. Die Leute sagen, in Moskau läuft jeden Morgen ein Elefant die Straßen lang.«

»Ohne Geld?«

»Einfach so, die Straßen lang.«

»Das ist gelogen. Ohne Geld ist nichts.«

Wowka sprach gewichtig, wie sein Vater Fjodor Ipatowitsch persönlich. Und er blickte genauso drein, prüfend, die Augen zugekniffen. Ein ganz besonderer Blick war das, ein Burjanow-Blick. Fjodor Ipatowitsch hatte seinen Gefallen daran.

»Schau den Dingen immer auf den Grund, Wowka. Obenauf ist alles Lüge.«

Wowka gab sich Mühe, alles zu durchschauen, aber trotzdem war Kolka viel mit seinem Cousin zusammen. Kolka suchte keinen Streit, schlug nicht und ließ sich nicht schlagen, gehorchte allerdings auch nicht sonderlich. Wurde ihm Wowka zu unverschämt, ging er. Eines nur verzieh er nicht: Wenn der kichernd über seinen Vater herzog, über Jegor Poluschkin. Dann kam es mitunter zum Äußersten, aber sie versöhnten sich rasch wieder, immerhin waren sie verwandt.

Was nun den Elefanten angeht, der jeden Morgen durch die Straßen Moskaus spaziert, der Vater hatte Kolka von ihm erzählt. Woher der Vater von dem Elefanten wußte, ist nicht bekannt, denn sie hatten keinen Fernseher, und Zeitungen las Jegor nicht, doch er berichtete sehr genau, und Kolka glaubte ihm. Der Vater hat's gesagt, also stimmt es.

Sonst hatten sie Elefanten lediglich auf Bildern gesehen, und einmal im Kino. In dem Film wurde ein Zirkus gezeigt, und da stand ein Elefant auf einem Vorderbein, danach verbeugte er sich ulkig und wackelte mit den Ohren. Tagelang redeten sie noch über Elefanten.

»Ein kluges Tier.«

»Vater, und in Indien nimmt man sie zum Pflügen?«

»Nein.« Jegor wußte nicht so genau, was Elefanten in Indien tun, überlegte aber auf die Schnelle, »Zum Pflügen ist der Elefant viel zu kräftig. Zieht den Pflug bloß immer aus der Erde.«

»Und was machen sie dort nun wirklich?«

»Nun, was schon. Alles mögliche Schwere. Beim Bäumefällen helfen, beispielsweise.«

»So einen Elefanten müßten wir hier haben, was, Vater? Holz könnten wir dem stapelweise aufladen, und er tät alles abschleppen und noch viel mehr.«

»Jaja. Aber er frißt viel. So viel Heu hat keiner auf Vorrat.«

»Und in Indien, wie ist es da?«

»Die haben kaum Sorgen mit dem Futter. Der Sommer ist dort üppig, Gras kannst du mindestens zwanzigmal mähen.«

»Und Filzstiefel brauchen sie dort nicht, Vater? Das muß schön sein da, bestimmt!«

»Nun, sag das nicht. Bei uns dürfte es doch schöner sein. Bei uns hier ist Rußland. Das allerbeste Land.«

»Das allerbeste?«

»Jawohl, Söhnchen. Von diesem Land singen sie überall auf der Erde. Und alle ausländischen Leute beneiden uns.«

»Das heißt also, Vater, wir sind glücklich?«

»Daran zweifle nicht. Genau so ist es.«

Und Kolka glaubte ihm: Der Vater hat's gesagt, also stimmt es. Zumal Jegor selber fest daran glaubte. Nun, und wenn Jegor an irgend etwas inbrünstig glaubte, dann sprach er davon auf eine besondere Art, änderte seine Meinung nicht und stritt sogar aufs Heftigste mit Fjodor Ipatowitsch persönlich.

»Ein Dummkopf bist du, Jegor, so was daherzuschwatzen. Na, was für ein Hemd hast du an? Na sag?«

»Ein blaues.«

»Ein blaues! Einen Lappen hast du an! Nach dem drittenmal Waschen kannst du's zum Aufwischen nehmen! Ich trage Import, ausländischen. Durchwaschen, ausschütteln, aufhängen – kein Bügeln mehr nötig und trotzdem wie neu!«

»Ich fühl mich wohl in dem hier. Es ist dem Körper näher.«

»Näher! Mit deinem Hemd lassen sich höchstens Fische fangen. Dem Wind ist es näher, aber nicht dem Körper.«

»Sag mal, Fjodor Ipatytsch, sprühen bei dir, wenn du im Dunkeln dein Hemd ausziehst, nicht Funken?«

»Na und?«

»Siehst du. Das kommt, weil es dir fremd ist, dein Hemd. Und von dem Widerwillen entsteht Elektrizität. Bei mir dagegen springt nicht ein Fünkchen aus dem Hemd. Weil's nämlich zu mir gehört, und es fühlt sich wohl bei mir, schmiegt sich an.«

»Bist schon ein rechter Unheilbringer, Jegor. Die Natur hat dich halt zu kurz kommen lassen.«

»Je nun . . . Wenn's nicht anders ist, wird's wohl so sein . . .«

Jegor lächelte. Ergeben lächelte er. Kolka aber war entrüstet. Äußerst entrüstet war er, doch wagte er in Gegenwart der Erwachsenen nicht zu streiten. Vor den Erwachsenen streiten – dem Väterchen Schande bereiten.

Als sie allein waren, sagte er empört, »Was schweigst du dazu, Vater? Er fällt ganz gemein über dich her, und du schweigst.«

»Die Streitsüchtigen, Kolja, liebt der Schlaf nicht. Schwer schlafen die. Wälzen sich und quälen sich. So ist das, Söhnchen.«

»Das kommt vom vielen Fleischessen, darum quälen sie sich ab!« antwortete Kolka zornig.

Ihn ärgerte, daß Jegor log. Ja, er log, schnaufte dazu, blickte beiseite. Kolka vertrug das nicht. So mochte er den Vater nicht, so erbärmlich. Und Jegor begriff, sein Sohn schämte sich seiner und litt unter diesem Gefühl, und er litt selber.

»Je nun . . . 's wird wohl so sein, wenn's nicht anders ist . . .«

All diese Qualen aber, die Scham bei Tag und Nacht, das Gezänk der Frau und das Grinsen der Nachbarn, dies alles hatte eine Wurzel, und diese Wurzel war Jegors arbeitsmäßige Tätigkeit. Sie wollte ihm einfach nicht glükken, die Arbeit hier am neuen Wohnort, so als wär ein Brunnen plötzlich versiegt, als hätten die Hände Jegor plötzlich den Dienst verweigert, als wär sein Verstand abhanden gekommen. Mehr schlecht als recht schlug sich Jegor durch, plagte sich förmlich ab vor Eifer und schlief des Nachts weitaus schlechter als der streitsüchtige Fjodor Ipatowitsch.

»Führen muß man dich, Jegor. An die Hand nehmen und führen.«

Aber da war noch Kolka. Keiner hatte solch einen Kolka. Ein Kerlchen, so kläräugig . . .

3

Sie wollte Jegor Poluschkin an dem neuen Ort nicht glücken, die gewohnte Arbeit. Gewiß, in den ersten zwei Monaten, als er von Sonnenaufgang bis Sonnenuntergang das Beil für Fjodor Ipatowitsch klingen ließ, da ging alles einigermaßen glatt. Fjodor Ipatowitsch leitete ihn zwar an, doch war er auf den eigenen Nutzen bedacht und drängte ihn nicht. Einen Meister soll man nicht antreiben, ein Meister ist selber klug genug – das dürfte jedem Bauherrn einleuchten. Und Jegor arbeitete, wie das Herz es ihm gebot: Jetzt ein wenig zulegen, jetzt ein Päuschen machen, jetzt zurücktreten, sich auf einen Balken setzen und die Arbeit von der Seite betrachten. Alles ohne Eile und Hetzerei, geruhsam, mit Zeit für einen prüfenden Blick, für drei Zigaretten. Für diese Arbeit gaben sie ihm und seiner Familie das tägliche Brot, außerdem bekam er ein Paar abgelegte Hosen und das alte Haus. Im großen und ganzen beklagte sich Jegor nicht und war auch nicht gekränkt – es hatte alles seine Ordnung nach Gesetz und Übereinkunft. Einen halben Monat brauchte er noch, um sich in der neuen Behausung einzurichten, eine Woche lang freute er sich, dann ging er Arbeit suchen. Nicht, weil er ein Haus oder Luxus wollte wie sein Verwandter, sondern einfach, um sein Brot zu verdienen.

Ein Zimmermann bleibt ein Zimmermann: Dem läuft die Arbeit nach, nicht er der Arbeit. Zumal das ganze Dorf Jegors Arbeit begutachten konnte, auch den Hahn, der, von ihm und seinem Beil gefertigt, vom Dachfirst herab in die weite Welt hinaus krähte. Also nahmen sie Jegor, man könnte sagen, mit Handkuß und gürteltiefer Verbeugung in die Zimmermannsbrigade des hiesigen Baubetriebes auf.

Aufgenommen war er, so weit, so gut. Nach einem halben Monat aber: »Poluschkin! Wie viele Tage willst du noch an dem bißchen Wand rumfummeln?«

»Aber wenn doch . . . Das eine Brett paßt einfach nicht zum anderen.«

»Soll der Holzwurm sie fressen, diese Bretter! Wie denn, wirst du etwa hier wohnen? Uns brennt der Plan auf den Nägeln, und die Prämien . . .«

»Wo wir aber doch hier für die Leute . . .«

»Runter vom Gerüst! Und ab auf die neue Baustelle!«

»Aber da sind noch Fugen . . .«

»Steig runter, hörst du schwer!«

Und Jegor stieg herunter. Stieg herunter vom Baugerüst, wechselte über auf das neue Objekt, schämte sich, zurückzublicken auf die eigene Arbeit. Auch auf der neuen Baustelle stieg er unter den saftigen Flüchen des Brigadiers vom Gerüst, und wieder wechselte er über auf irgendein ganz, ganz neues Objekt, wieder arbeitete er irgendwo an irgendwas, und wieder setzten sie ihm zu, drängten ihn, ließen ihn keine Arbeit so machen, daß sein Gewissen ruhig war. Nach einem Monat warf Jegor plötzlich die betriebseigenen Schutzhandschuhe in die Ecke, nahm sein privates Beil und stapfte nach Hause, fünf Stunden vor Arbeitsschluß.

»Ich kann dort nicht mehr, Tinuschka, sei mir bitte nicht böse. Bei denen, das ist keine Arbeit, das ist bloß Absahnerei.«

»Ach du mein Unglück, so ein närrischer Mensch, vermaledeiter!«

»Je nun . . . 's wird wohl so sein, wenn's nicht anders ist . . .«

Weiter zog er in eine andere Brigade, danach in einen anderen Betrieb und noch in einen dritten. Er schuftete, litt, ertrug mancherlei Gefluche, gewöhnte sich daran, doch an die Pfuscharbeit konnte er sich beim besten Willen nicht gewöhnen. Und es trieb ihn durch Baustellen und Brigaden, bis er es bei allen versucht hatte, die es im Dorf gab. Danach trat er den Rückzug an: er ging zu den Ungelernten. Er arbeitete, wohin man ihn schickte, und tat, was man ihm auftrug.

Jedoch auch hier ging bei ihm nicht alles glatt.

Im Monat Mai, die Erde seufzte erleichtert auf, sollte er einen Graben für die Kanalisation ausheben. Der Bauleiter persönlich steckte ihm die Strecke mit einem Faden ab, schlug Holzpflöcke ein, damit der Graben gerade wurde, kennzeichnete mit dem Spaten die vorgesehene Tiefe.

»Bis hierher, Poluschkin. Und immer schön am Faden lang.«

»Nun, wir haben verstanden.«

»Das Erdreich wirf auf eine Seite, und nicht so weit verstreuen.«

»Nun, gewiß . . .«

»Eine Norm setz ich dir nicht. Bist ein ehrlicher Mann mit Gewissen. Aber daß du auch . . .«

»Da brauchen Sie sich keine Sorge zu machen.«

»Na schön, Poluschkin. Mach dich ans Werk.«

In die Hände spuckte Jegor und machte sich ans Werk. Die Erde war saftig und duftete, sie ließ den Spaten leicht eindringen und haftete nicht am Blatt. So eine vertraute, zärtliche und gute Wärme stieg aus ihr auf, daß Jegor sofort froh und wohlig zumute wurde. Und er grub mit Eifer, Fleiß und Vergnügen, wie er es in seinem kleinen Heimatdorf getan hatte. Die Maisonne, die Spatzen, dazu der blaue Himmel und ein Singen und Klingen in der Luft! Jegor vergaß die Zigarettenpausen, glättete noch den Boden und stach die Seitenwände sauber ab, der Graben vermochte ihm kaum zu folgen.

»Gewaltig, Poluschkin!« sagte munter der Bauleiter, als er nach drei Stunden vorbeischaute, um sich zu beruhigen. »Du gräbst ja nicht, du malst, weißt du das!«

Nun konnte Jegor nicht besonders gut malen, weshalb er das Lob des Vorgesetzten nicht recht verstand. Den Tonfall aber fing er auf und legte aus voller Kraft noch einen zu, um es dem guten Menschen recht zu machen. Als der Bauleiter gegen Ende des Arbeitstages erschien, um den Feierabend zu verkünden, da empfing ihn ein Graben von der Länge dreier Tagesleistungen.

»Drei Schichten auf einmal hast du runtergerissen!« sagte der Bauleiter staunend, während er den Graben abschritt. »Bist auf dem Wege zum Bestarbeiter, Genosse Poluschkin, und ich möchte dir dazu . . .« Sprach's und verstummte, denn der schnurgerade Graben schlug auf einmal einen sauberen Bogen um einen unscheinbaren kleinen Erdhügel und verlief dann wieder gerade wie ein Pfeil. Der Bauleiter traute seinen eigenen Augen nicht, blickte lange auf den rätselhaften Bogen und das nicht minder rätselhafte Häufchen Erde, wies schließlich mit dem Zeigefinger darauf und fragte beinahe flüsternd, »Und was ist das?«

»Ameisen«, erläuterte Jegor.

»Was für Ameisen?«

»Nun, solche . . . Solche roten. Eine ganze Familie nämlich. Die haben eine Wirtschaft, Kinderchen. Und in dem Häufchen, da ist nämlich ihr Haus.«

»Aha, ihr Haus also?«

»Und ich nämlich, wie ich mir das beschaue, habe ich mir gedacht . . .«

»Aha, gedacht also?«

Jegor bemerkte den bereits drohenden Tonfall des Refrains nicht. Er war sehr stolz auf das rechtmäßig verdiente

Lob und auf seine Initiative, die es erlaubt hatte, einen Ameisenhügel unangetastet zu lassen, der zufällig einem kommunalen Bauvorhaben in den Weg geraten war. Und darum erklärte er voller Begeisterung, »Wozu denn unnütz zerstören? Besser, ich grabe drum herum . . .«

»Aber wo ich gebogene Rohre hernehme, darüber hast du nicht nachgedacht? An wessen Hals soll ich die Eisenrohre biegen? Hast du dir das überlegt? Ach, du Einfältiger!«

Der Bauleiter hängte die Geschichte von dem Ameisenhaufen an die große Glocke, und sie verfolgte Jegor überallhin. Im übrigen ertrug er das alles mit gewohnter Geduld, und wie gewohnt lächelte er sanft. Kolka hingegen hatte den Körper über und über voll blauer Flecke und Schrammen. Jegor bemerkte die blauen Flecke sofort, doch er sagte nichts: Er seufzte. Eine Woche später aber kam die Lehrerin.

»Sie sind doch bitte Jegor Saweljitsch?«

Es geschah nicht häufig, daß man Jegor mit Vatersnamen anredete. Nein, häufig geschah das nicht! Und nun – ein Mädchen, schmächtig wie ein Kiebitz, und spricht ihn mit Hochachtung an.

»Ihr Kolja, müssen Sie wissen, war schon den fünften Tag nicht in der Schule.«

»Wie hat sich denn das ergeben?«

»Vermutlich hat ihn jemand gekränkt, Jegor Saweljitsch. Zuerst hat er sich heftig geprügelt, dann ist er weggeblieben. Gestern traf ich ihn auf der Straße und wollte ihn fragen, doch er ist davongelaufen.«

»Das gehört sich aber nicht.«

»Sprechen Sie mit ihm, Jegor Saweljitsch. Nur bitte möglichst sanft, vorsichtig, er ist ein feinfühliger Junge.«

»Selbstverständlich, so wie es sich ziemt. Und behüt Sie Gott für Ihre Fürsorge.«

Am späten Abend, als hinter den Fenstern die Bildschirme aufflimmerten, ging Jegor zu seinem Sohn in den Schuppen. Kolka stellte sich schlafend, schnarchte echter als das Ferkel, sein Vater weckte ihn jedoch nicht, er setzte sich einfach zu ihm aufs Bett, holte den Tabaksbeutel hervor und drehte sich eine Zigarette.

»Deine Lehrerin ist vorhin hiergewesen. Ein freundlicher Mensch.«

Kolka hörte auf zu schnarchen. Auch das Ferkel wurde still.

»Mach ihr keine Sorgen, Söhnchen, beunruhige sie nicht. Sie hat sicher auch ohne uns genug Scherereien, weißt du.«

Da drehte sich Kolka herum, setzte sich auf, die Augen offen, funkelnd vor Zorn, tränenlos.

»Aber ich hab dem Tolka Besuglow einen Zahn ausgeschlagen!«

»O weh, oje! Wieso denn das?«

»Aber wenn er doch lacht.«

»Nun, das ist doch gut. Weinen ist nicht schön. Lachen jedoch – soll er lachen.«

»Über dich etwa auch? Er lacht über dich! Darüber, wie du die Rohre gebogen hast, um den Ameisenhaufen rum.«

»Ja, das hab ich«, bekannte Jegor. Daß sich Eisenrohre nicht biegen lassen, soweit hatte er jetzt nicht gedacht. »Es tat mir leid, verstehst du, um die Ameisen. Familie, Kinderchen, ihr Zuhause.«

»So, und was hast du davon außer dem Gelächter, was, bitte? Den Graben haben sie sowieso begradigt. Hast dich nur lächerlich gemacht, für nichts.«

»Es geht nicht darum, daß ich mich lächerlich gemacht habe. Sondern . . .« Jegor seufzte, schwieg und versuchte, die auseinanderstrebenden Gedanken zu ordnen. »Worauf, meinst du, muß sich eine Arbeit stützen?«

»Auf den Kopf.«

»Das auch. Auf den Kopf, auf die Hände, auf die Geschicklichkeit, vor allem aber auf das Herz. Liegt sie ihm nämlich am Herzen, die Arbeit, kann der Mensch Berge versetzen. Macht er sie nur so, als Broterwerb, dann geht sie ihm nicht von der Hand. Er bekommt sie nicht in den Griff, Söhnchen, sie entrinnt ihm. Er hat zwei linke Hände, und der Kopf ist nichts als ein leerer Topf. Gott bewahre, daß man sich den falschen Platz wählt. Nämlich der richtige Platz bestimmt alles. Und ich habe hier, scheint's, meinen Platz nicht gefunden – die Seele kommt nicht zur Ruhe, sträubt sich. Laut geht's hier zu, und die Leute sind gereizt, und was die Vorgesetzten sind, immer haben sie es eilig, immerzu treiben und drängeln sie und schreien dich an. Und am Ende, Kolja, stellt sich raus, daß ich mich ein wenig verloren habe. Und wie mich wiederfinden – ich werd's nicht ergründen, nicht ersinnen. Auf keine Weise werd ich's ergründen, das steht fest. Und daß sie nun lachen – sollen sie lachen, ich wünsch ihnen Gesundheit. Du darfst den Menschen nichts übelnehmen, Söhnchen. Das wäre das letzte, den Menschen etwas nachtragen. Das allerletzte wäre das.«

Das sprach er nicht zur Belehrung seines Sohnes, sondern ehrlichen Gewissens. Er selbst brachte es nicht fertig, den Leuten etwas übelzunehmen, Kränkungen vergab er großherzig, und sogar jenem Bauleiter, der ihn im ganzen Dorf lächerlich gemacht und öffentlich von seiner Arbeit gejagt hatte, trug er nichts, gar nichts nach. Wie üblich lieferte er die betriebseigenen Handschuhe ab und begab sich zur Abteilung Arbeit.

»Nun, was soll ich mit dir machen, Poluschkin?« sagte der Leiter und seufzte. »Du bist ein stiller Mensch, du gibst dir Mühe, du trinkst nicht, du hast Familie, und trotzdem hält es dich nirgends länger als zwei Wochen . . . Wohin soll ich dich jetzt . . .«

»Ganz nach Ihrem Willen«, sagte Jegor. »Wohin Sie verfügen.«

»Verfügen!« Der Leiter stöhnte, kratzte sich im Genick.
»Hör zu, Poluschkin. Bei uns hier am Teich wird ein Bootsverleih eingerichtet. Vielleicht könnten wir dich dort einsetzen, na? Was meinst du?«

»Läßt sich machen«, sagte Jegor. »Rudern können wir
und abdichten und teeren auch. Doch, das läßt sich machen.«

Letzten Sommer hatten sie den kleinen Fluß hinterm
Dorf gestaut. Er hatte sich ausgebreitet, die Senken und
Täler überflutet und reichte mit einem Zipfel bis heran an den
Wald – bis an das bewußte letzte Stück Wald um den Schwarzen See. Die einst abgeholzten Flächen waren zu neuem
Leben erwacht, zeigten wieder die Lockenpracht der Bir-
kenwälder und das sich sträubende Fichten- und Kieferngefie-
fieder. Und schon kamen sie: Nicht nur die Einheimischen,
die Leute aus dem Dorf; auch von weiter her, aus der
Gebietsstadt reisten Touristen an. Ja sogar aus der Hauptstadt selbst, aus Moskau.

Und die ortsansässigen Oberen witterten Gewinn.
Nämlich was braucht ein Tourist, besonders einer aus der
Hauptstadt? Natur braucht er. Nach ihr sehnt er sich, umgeben von Asphalt und seinen Hochhäusern aus Beton, denn
getrennt ist er von der lieben, teuren Erde durch Mauerwerk
und Stein. Und was der Stein ist, der kühlt die Seele nicht
bloß aus, der erschüttert sie ununterbrochen, weil er den
Straßenlärm nicht dämpfen kann. Er ist schließlich etwas
anderes als der Baum, der warme und geduldige. Der Straßenlärm prallt ab von Steinen und Beton, wälzt sich durch
die Straßen und Gassen, kriecht in die Wohnungen und
zermartert dem Menschen das Herz. Weder bei Tag noch bei
Nacht findet das Herz Ruhe, und nur im Traum sieht es eine
Morgenröte voller Tau und einen klaren Sonnenuntergang.
Und die Seele des Menschen in der Stadt träumt von der
Stille wie ein Bergarbeiter nach seiner Schicht von einem
Teller Kohlsuppe und einem Bissen Schwarzbrot.

Doch mit Natur allein bekommst du einen Stadtmenschen nicht zu fassen. Erstens: wenig ist von ihr unversehrt und rein geblieben; und zweitens: er ist verdorben, der Tourist. Er ist gewohnt, auf Achse zu sein, stets unterwegs und ständig in Eile, und einfach so am Fluß sitzen, das hielte er mit Mühe und Not zwei Stunden durch, dann würde er entweder das Kofferradio in voller Lautstärke losorgeln lassen oder, was der Herrgott verhüten möge, nach der Halbliterflasche greifen. Wo aber einmal ein halber Liter zur Hand ist, da kommt es auch zum zweiten, und ist erstmal ein zweiter zur Hand, da kommt es zu Unannehmlichkeiten. Damit nichts dergleichen geschieht, muß der Tourist abgelenkt werden. Entweder du verschaffst ihm ein Boot, oder du organisierst eine Angelpartie oder daß der Pilze sammelt und Beeren und daß er überhaupt alle möglichen Bequemlichkeiten hat. Das bringt dann zweierlei Nutzen: Zum einen weniger Unannehmlichkeiten – und zum anderen strömen die Gelder aus der Touristentasche trotzdem in die örtlichen Haushalte, denn für sein Vergnügen und sein Wohlbefinden wird ein jeder seine Kopekchen springen lassen. Das wird wohl niemand bezweifeln.

All diese Erläuterungen erhielt Jegor vom Leiter des Bootsverleihs, Jakow Prokopytsch Sasanow, einem älteren Mann, der das Leben tüchtig satt hatte. Er redete leise und blickte einfältig drein. Früher ist er Brigadier bei den Holzfällern gewesen und muß da irgendwas falsch gemacht haben – er war mit dem ganzen Körper unter eine stattliche Kiefer geraten. Dann hatte er ein halbes Jahr in verschiedenen Krankenhäusern gelegen, bis in ihm alles wieder am rechten Platze war. Als sie ihn einigermaßen zusammengeflickt hatten, wurde er auf diese Stelle gesetzt, die Bootsstation zu leiten.

»Was ist deine Sorge, Jegor Poluschkin? Deine Sorge, das ist zuallererst die Reparatur. Daß alles seine Ordnung hat. Daß die Farbtöpfe immer an Ort und Stelle stehen und die Sitze in Ordnung sind und die Ruder ganz und daß in den Booten nicht allzu viel Wasser ist, nicht mehr als ein Bierglas voll.«

»Sie werden trocken sein«, versicherte Jegor. »Wir verstehen und begreifen.«

»Was ist deine zweite Sorge? Deine zweite Sorge ist die Anlegestelle. Daß alles sauber ist, wie bei einer gewissenhaften Hausfrau.«

»Ist uns klar. Wie wenn Sie von ihr essen wollten, von der Anlegestelle, so werden wir sie in Schuß halten.«

»Von der Anlegestelle essen, das verbiete ich«, sprach Jakow Prokopytsch angeödet. »Weiterhin denken wir an einen kleinen Tisch unter einer Markise und an einen Kiosk, freilich ohne Getränkeausschank. Nun ja, Tee vielleicht. Nämlich kaum läßt sich einer vollaufen – schon sind die Boote mistig.«

»Und wenn sie was Eigenes mitbringen?«

»Was sie mitbringen, geht uns nichts an, sie sind freie Menschen. Wenn allerdings zwei was Eigenes mitbringen, dann wird man nein sagen müssen.«

»Aha.«

»Aber – immer höflich, bitte.« Jakow Prokopytsch hob wichtigtuerisch den Zeigefinger. »Höflichkeit, das ist deine dritte Sorge. Die Touristen sind nervöse, man könnte sagen, kranke Leute. Und mit denen muß man höflich umgehen.«

»Unbedingt doch, Jakow Prokopytsch. Wird genauestens befolgt.« Mit diesem Chef ließ sich leicht reden; er brüllte nicht, tat sich nicht wichtig, trieb einen nicht an. Vernünftige Dinge sagte er in vernünftigem Ton.

»Die Boote, sofern sie einfach eins ausleihen, gebe ich raus. Wenn sie jedoch eins mieten, um auf die andere Seite überzusetzen, dann mußt du zur Stelle sein. Du legst an, wo sie wünschen, hilfst ihnen ihre Sachen ausladen und legst wieder ab, wenn sie Dankeschön sagen.«

»Bis zum Dankeschön also soll ich warten?«

»Nun, das ist mehr so ein Beispiel, Poluschkin, ein Beispiel. Ich meine, wenn sie sagen, das war's, du wirst jetzt nicht mehr gebraucht oder so ähnlich, dann heißt das für dich: ablegen.«

»Wir verstehen und begreifen.«

»Die Hauptsache dabei ist, den Leuten helfen, ihnen ein Lagerfeuerchen richten oder sonst irgendwas. Mit einem Wort – ihnen zu Diensten sein.«

»Nun, aber ja doch . . .«

Jakow Prokopytsch musterte Jegor, überlegte kurz, dann fragte er, »Hast du schon mal ein Boot mit Motor gefahren?«

»Hab ich!«

Jegor freute sich sehr über die Frage, denn das ging über den Rahmen seiner Zimmermannskünste hinaus. Das lag oberhalb der Norm, außerhalb des Gewohnten, und darauf war er stolz. »Nun, natürlich hab ich eins gefahren, Jakow Prokopytsch! Bei uns im Dorf die Seen sind unüberschaubar groß, und es kommt vor, da schickt plötzlich der Vorsitzende . . .«

»Welche Motoren kennst du?«

»Nun, den da . . . Den Weterok, den kenne ich. Und den Strela, den auch.«

»Wir haben hier den Weterok, drei Stück. Die Dinger haben einigen Wert, man möchte sich drauf verstehen. Und eingetragen sind sie auf meinen Namen. Auf die Motoren achte ganz besonders – wenn ich sie dir gebe, dann persönlich und in deine direkte Verantwortung. Und nur für Fahrten über weite Strecken – was näher liegt, erreichst du genausogut mit Rudern.«

»Ein Boot mit Motor hab ich schon gefahren und bedient! Da sorgen Sie sich nicht! Darauf verstehen wir uns.«

Jedoch wurden die Motoren einstweilen nicht gebraucht, denn der Tourist von weither ließ in diesem Jahr

auf sich warten. Die Touristen von nicht weit her sowie
die jungen Leute von hier interessierten sich allenfalls für
Boote zum Spazierenfahren. Damit befaßte sich Jakow
Prokopytsch persönlich, während Jegor hingebungsvoll
das über den Winter ziemlich verkommene Inventar
teerte, ausbesserte, strich. Mit Freude arbeitete er sich
müde, schlief fest und begann anders zu lächeln – nicht
hastig und verstohlen, sondern offen, übers ganze Gesicht . . .

4

Kolka besuchte die Schule nun regelmäßig. Erschien eine halbe Stunde früher, noch vor den Lehrerinnen. Im Unterricht saß er artig, und wenn irgend etwas Interessantes erzählt wurde, sagen wir, von wilden Tieren oder aus der Geschichte oder der Geographie, dann sperrte er den Mund weit auf. Alle warteten auf diesen Moment, die gesamte Klasse. Und wenn es soweit war, erstarrten alle plötzlich, und Wowka zückte, ohne daß es die Lehrerin bemerkte, sein Blasrohr. Ein Blasrohr aus Holunder. Kleine Kügelchen aus Löschpapier hinein, zielen, pusten – und hopp, genau in Kolkas aufgesperrten Mund! So was nenn ich einen echten Spaß!

Wie oft Kolka darauf hereingefallen war, das konnte keiner mehr sagen. Solange er dran dachte, preßte er den Mund fest zu. Kaum aber fing die Lehrerin an, von den Helden aus alter Zeit zu erzählen, kaum las sie Gedichte vor, vergaß er sich, versuchte jedes einzelne Wort aufzufangen und sperrte wohl darum den Mund so weit auf – um ja keins zu verpassen. Und schon wurde auf ihn geschossen. Wenn der Schuß erfolgreich war, pflegte Olja Kusina in die Händchen zu klatschen, und Wowka warf sich in die Brust.

»Ein Scharfschütze bin ich. Auf hundert Schritt treff ich dir jeden X-Beliebigen mit dem Stein!«

Olja Kusina schaute ihn mit großen Augen an. Nur die Wimpern zitterten. Wegen solcher Wimpern hätte sich wohl jeder andere in eine Schlägerei eingelassen, Kolka jedoch hatte nichts dergleichen im Sinn.

»Hast du gehört, was Nonna Jurjewna über den Rekken Ilja Muromez erzählt hat? Dreiunddreißig Jahre, sagt sie, saß er da, ohne sich vom Fleck zu rühren, und wie dann die bettelnden Pilger zu ihm kamen . . .«

»Da hast du den Mund aufgerissen? Und ich – eine Kugel naßgekautes Löschpapier – hinein!«

»Löschpapier voller Tinte!« fügte Olja Kusina begeistert hinzu.

»Du bist ein Maulaffe, und ich bin ein Scharfschütze! Stimmt's, Olka?«

Überaus wichtig gab sich Wowka. Vor zwei Tagen aber hatte er einen derartigen Trumpf auszuspielen gehabt, daß daneben sogar sein Pusterohr unwichtig geworden war. Da kam er angelaufen, den Bauch vorgeschoben, und verkündete, »Meinen Papa haben sie in die Gebietsstadt bestellt. Und ich bekomme eine Angel aus Bambusrohr, hat er mir versprochen.«

Fjodor Ipatowitsch wurde herzlich verabschiedet, wie unter Verwandten üblich – mit einem Mahl, mit Bitten und guten Wünschen. Eine gute Reise wünschten sie ihm, eine baldige Rückkehr und Erfolg in seinem Vorhaben. Fjodor Ipatowitsch runzelte streng die Brauen und wurde nachdenklich.

»Wozu um alles in der Welt fällt denen so was ein?«

»Na, weil sie einen Rat wollen«, half ihm Charitina. »Weil sie einen Rat wollen, Fjodor Ipatytsch, und sich mit Euch besprechen.«

»Besprechen?« Der Herr des Hauses seufzte aus irgendeinem Grund. »Tja . . .«

»Einen munteren Gaul, den Kutscher nicht faul, einen Weg ohne Tücken und ein Lied zum Entzücken! Das wünschen wir Euch, Fjodor Ipatytsch.«

Der Herr des Hauses stieß an, bedankte sich. Jedoch er trank nicht, er stellte das Glas beiseite und zog ein finsteres Gesicht.

»Wozu um alles in der Welt bestellen die mich dorthin, he?«

Er trat die Reise so an, wie es sich gehört, gesättigt und leicht berauscht und den Schnurrbart voller Tabak. Eine Woche blieb er fort und kehrte dann unverhofft zurück; kein Brieflein und kein Telegramm hatte er geschickt. Marjiza packte die große Unruhe.

»Ach du meinje, soll ich die Gäste etwa an einen leeren Tisch setzen?«

»Nicht so voreilig, Marja. Wozu denn Gäste?«

»Was heißt – wozu, Fedja? Ist schließlich Sitte. Und nicht von uns eingeführt.«

Da raunzte Fjodor Ipatytsch, »Nun, lad sie ein. Hol der Teufel diese Sitten!«

Gäste empfing Fjodor Ipatytsch gern, mit offenen Armen, viel Aufwand und viel Zeit. Aber auch mit Bedacht. Jeden Dahergelaufenen lud er nicht an seinen Tisch. Vom Rayonexekutivkomitee der Instrukteur stattete ihm hin und wieder einen Besuch ab, fürs Angeln hatte der mehr übrig als für seine junge Frau; vom Dorfsowjet schaute der eine oder andere herein. Nun, und natürlich die Leute, die was zu sagen hatten im Handel und in der Verkaufsstelle und überhaupt in der Versorgung – wir leben auf der Erde, nicht im Himmel. Und, wo sollte man sie hinstecken, die Verwandtschaft? Jegor Poluschkin mit seiner allerliebsten Charja?

»Wünsche Gesundheit, Fjodor Ipatytsch, willkommen wieder daheim! Wie war die Reise, wie war die Fahrt in unsere Gebietsstadt? Was hört man auf dem Markt bezüglich der Verteuerung? Was spricht man in Fachkreisen bezüglich des Kosmos?«

Fjodor Ipatytsch beeilte sich nicht mit seinen Antworten. Er holte den Koffer, einen ausländischen, löste vor den Gästen die Riemen.

»Bitte um Nachsicht, nehmt ein paar kleine Geschenke. Ohne Hintergedanken – einfach so, zur Erinnerung.«

Alle beschenkte er, hatte keinen vergessen. Auch für Jegor und Charitina, was sollte man machen, war etwas abgefallen. Und Kolka bekam sogar einen Kompaß.

»Nimm und halt fest, Neffe. Damit du dich nicht verirrst.«

Alle lachten sie aus irgendeinem Grund. Kolka aber strahlte vor Glück wie der Morgenstern, ein Kompaß, tatsächlich! Ein echter, mit Nadel, mit Süd und Nord.

»He, ihr da, am Steuerruder! Vier Strich nach backbord! Kurs halten!«

»Zu Befehl, Kurs halten!«

Das war's, was der Kompaß ihm erzählte. Was hingegen das Verirren anbelangt, so kannte sich Kolka im Walde aus wie andere in ihrer Wohnung. An welcher Seite ist die Rinde vom Baum rauher? Kolka weiß es, drum braucht er im Wald keinen Kompaß. Dafür braucht er ihn um so dringender für seine Reisen. Unbedingt braucht er ihn.

»He, du, da oben im Mastkorb! Noch kein Land in Sicht?«

»Nichts zu sehen, Kapitän! Ringsum nur stürmische See!«

»Kurs halten! Irgendwo voraus muß Land sein!«

Natürlich rief er das alles nur für sich, wozu die Leute unnötig erschrecken. Sie würden ihn nicht verstehen, würden verstimmt sein.

Und Wowka bekam eine zerlegbare Angel, dreiteilig.

»Massenhaft Fisch wird es geben!« prahlte er. »Was für einen, Papa, soll ich dir fangen?«

»Möglichst einen schweren«, wurde ihm zugerufen. »Mit viel Fett unter der Haut!«

Fjodor Ipatytsch lächelte. Strich seinem Sohn über den struppigen Kopf, doch lächelte er unfroh. Als die wichtigsten Gäste gegangen waren, hielt er's nicht länger aus.

»Der neue Förster hat mich hinbestellt. So ein Gewiefter, aus der Hauptstadt. Warum, sagt er, ist der Wald so verkommen? Wo, fragt er, sind die Akten über den Holzeinschlag? Wo, sagt er, bleibt die vorbeugende Schädlingsbekämpfung? Und schaut die ganze Zeit nur auf die Karte – in unserem Wald ist er kein einziges Mal gewesen. Aber schon drohen.«

»Oje, o weh!« seufzte Jegor. Er hatte Mitleid mit Fjodor Ipatytsch, weil nämlich niemand weiter da war zum Bemitleiden, und er tat es doch so gerne. »Ich, weißt du, habe das auch . . . Unannehmlichkeiten.«

Aber Jegors Unannehmlichkeiten berührten Fjodor Ipatowitsch nicht sonderlich; die eigenen Sorgen reichten ihm.

»Ja, ja. Nun, was soll's, der wird auch noch ruhiger werden. Als ob das Leben ausgerechnet auf solche angewiesen wäre, stimmt's? Der wird auch noch klein beigeben und vor mir seine Verbeugung machen. Ohne mich bekommt hier kein Förster ein Bein auf die Erde, ich kenne alle Zugänge und Abgänge und auch Übergänge. Und wer an Sonnabenden wen mit Wodka verwöhnt, das ist mir auch bekannt. Wer mit wem trinkt und wie er danach aussieht.«

»Ja, genau, wie er aussieht. Wer wie aussieht, das ist richtig«, murmelte Jegor.

Er hatte zwei Gläschen getrunken und hing seinem eigenen Kummer nach. Kummer deshalb, weil er zum erstenmal den Zorn seines angeödeten Chefs Jakow Prokopytsch hervorgerufen hatte und nun den stillen, rechtschaffenen, sicheren, unter so vielen Mühen gefundenen Hafen zu verlieren fürchtete.

»Ich wollte, daß man leichter erkennt, wo welches ist. Damit man nicht sucht, und damit es schön ist.«

»Es sind keine Rechnungen über das verkaufte Holz eingegangen?« Der Herr des Hauses war wieder bei dem, was ihn bedrückte. »Na schön, dann schreiben wir Ihnen die Rechnungen. Sie sollen alle Rechnungen haben, wenn Sie unbedingt nachrechnen wollen. Aber wenn wir erst mal anfangen zu rechnen, dann dürften Sie sich kaum lange in Ihrem Arbeitszimmer halten. O nein, nicht sehr lange . . .«

»Und er sagt, streich sie von mir aus blau. Wenn wir nun aber alle blau streichen oder, sagen wir, alle rosa, was wäre dann? Nichts weiter als völlige Gleichgültigkeit . . .«

»Gleichgültigkeit?« Fjodor Ipatytsch blinzelte mit seinen roten Äuglein – er hatte sich ein wenig übernommen vor lauter Kummer. »Da hast du recht, Schwager, hinsichtlich der Gleichgültigkeit. Nun, ich werde ihm seine Gleichgültigkeit zeigen, nicht vergessen werde ich sie ihm, ich . . .«

»O ja, genau.« Jegor nickte. »Schönheit – ist das etwa, wenn alles einheitlich aussieht? Schönheit – das ist, wenn alles verschieden ist! Eines, sagen wir, blau und dann das andere, im Gegensatz dazu, rosa. Geht es etwa ohne Schönheit? Wie denn? Ohne Schönheit – das ist wie ohne Feiertag. Schönheit, das ist . . .«

»Was schwatzt du bloß alles daher, du Unheilbringer, bist du von allen guten Geistern verlassen! Was denn für eine Schönheit? Geld für das Haus verlangt er von mir, Geld, kapierst du das? Und du – redest von Schönheit! Pfui!«

Da gab Jegor klein bei, fing an zu kichern. Wozu den Herrn des Hauses unnötig erzürnen? Er aber war traurig, sehr traurig war er, weil er sich wieder nicht hatte aussprechen können über seinen Verdruß. Und sich mit so einem Kummer schlafen legen und mit zwei Gläschen noch dazu – unweigerlich werden dir kleine Teufel im Traum erscheinen. Ganz deutlich: mit Schwanz, mit Hörnern und mit Hufen. Ein schwerer Traum wird das. Würgen werden dich die kleinen Teufel, sagen die alten Leute. Und die wissen es. Die haben, bitte schön, von solchen Gläschen in ihrem Leben etliche zu sich genommen – fast einen ganzen Onegasee voll. Aus Freude und auch aus Kummer.

Und wieder wälzte sich Jegor auf seinem Bett, wieder seufzte er, machte sich Vorwürfe. Oh, ein rechter Taugenichts ist er, ein Unheilbringer, ein lächerlicher Wicht.

Dabei hatte Jegor sich Mühe gegeben bei dieser Arbeit und nicht einmal an Zigarettenpausen gedacht. Gelaufen war er wie ein Junger. Sein Chef brauchte bloß den Mund aufzutun: »Du, Poluschkin . . .«

»Wir verstehen und begreifen, Jakow Prokopytsch!«

Und er lief los. Traf er das Richtige, war es gut; traf er es nicht, lief er zurück – um es sich erklären zu lassen. Mühe hatte er sich jedenfalls gegeben wie eine Braut vor der zukünftigen Schwiegermutter.

»Die Boote hast du gut abgedichtet, Poluschkin, und auch gut geteert. Ich muß dich loben . . . Halt, wohin?«

»Nun ich . . .«

»Hör erst mal zu, dann lauf los. Jetzt müssen diese Boote allesamt ein festliches Aussehen erhalten. Wir werden sie blau streichen. Und die Ruder – aber nur die Blätter, verstehst du? – rot, damit man sie von weitem sehen kann, wenn einer mal eins verliert. Und vorn an dem Bug malst du bei jedem eine Nummer. Die Nummern werden in Schwarz ausgeführt, das ist Vorschrift. Da hast du die Farben, da die Pinsel und hier den Zettel mit den Nummern. Sobald du eine Nummer gemalt hast, hakst du sie ab, damit kein Durcheinander entsteht. Hast du die nächste Nummer fertig, hakst du die nächste ab. Hast du verstanden, Poluschkin?«

»Habe verstanden, Jakow Prokopytsch. Wie sollte man das nicht verstehen?«

Er griff sich die Farbtöpfe, und ab ging's, daß die Fersen nur so blitzten. Blitzten im wahrsten Sinne des Wortes, weil Jegor seine Stiefel schonte und sie lediglich von zu

Hause bis zur Bootsstation anhatte und zurück. Bei der
Arbeit dagegen lief er barfuß. Das war bequemer, besser
bewegen konnte man sich, und die Stiefel wurden nicht
unnütz abgetragen.

Drei Tage lang strich er die Boote blau. Dabei kein
Gedanke an acht Stunden: solange es sich arbeiten ließ,
ging er nicht, Jakow Prokopytsch hat inzwischen längst
abgerechnet, gleich wird er die Schlösser vorhängen und
noch einen letzten Blick in die Runde werfen, er möchte
sich auf den Heimweg machen, doch Jegor ist noch immer
fleißig am Werk.

»Komm langsam zum Schluß, Poluschkin.«

»Gleich, Jakow Prokopytsch. Sofort.«

»Fünf Uhr, höchste Zeit, Feierabend.«

»Gehen Sie nur, Jakow Prokopytsch. Gehen Sie getrost nach Hause. Um Farbe und Pinsel sorgen Sie sich
nicht – ich nehme sie mit zu mir.«

»Nun, wie du meinst, Poluschkin.«

»Auf Wiedersehen, Jakow Prokopytsch! Einen glücklichen Heimweg und Ihrer Familie meine Verehrung.«

Alles, ohne sich einmal umzuwenden, damit nur keine
Zeit verlorenging. In zwei Schichten trug er die Farbe auf,
schnaufte, steckte die Zunge heraus vor Vergnügen. Während die Boote trockneten, strich er die Ruder. Dabei gab
er sich besondere Mühe, die rote Farbe mag kein Gehetze.
Übertreibst du's mit ihr, rutscht sie dir weg ins Kalte,
Grelle; bist du zu vorsichtig, schlägt sie um nach rosa. Für
Farben hatte Jegor ein Gefühl, er malerte gern, sein Inneres
war auf besondere Weise auf Farben eingestimmt, vom
Taufbecken an, wie man so schön sagt. Er probierte mal
kurz, und siehe da, das Rot kam genau so, wie er es haben
wollte. Die Ruderblätter flammten geradezu, von weitem
konnte man sie sehen.

Sobald er sich aber an die Nummern machte, sobald er
die ersten beiden gepinselt hatte – die Nummer 7 und die

Nummer 9, genau nach Verzeichnis –, blieb ihm der Arm gleichsam in der Luft hängen. Langweilig, dieses Schwarz auf dem Blau. So eine Zahl ist und bleibt halt eine Zahl, und keiner beachtet sie weiter. Nur Arithmetik, sonst nichts. Und Arithmetik auf Himmelblau, das kann einen schon ärgern und aus der Stimmung bringen. Dabei ist der Mensch in bester Stimmung, wenn er sich ein Boot mietet, zur Entspannung, zur Freude. Und du hast für ihn nur die Nummer 9, Schwarz auf Blau. Wie an einem Haus – erinnerst ihn gleich an seine Schwiegermutter. Und die Feiertagsstimmung verfliegt ihm.

Da auf einmal versetzte es Jegor gewissermaßen einen Stich. Ihm wurde etwas klar, so klar, daß er augenblicks den Pinsel beiseite legte und um seine Boote herumlief. Er spürte plötzlich eine derartige Freude, eine unbekannte, aufregende Freude, daß es ihn förmlich schüttelte und er den Pinsel beim besten Willen nicht halten konnte. Ihm war der Schreck in die Glieder gefahren, aber es war ein schöner Schreck, ein froher.

Natürlich hätte er zunächst jemand um Rat fragen müssen, das wurde ihm hinterher bewußt. Doch da war keiner, mit dem er sich hätte austauschen können. Jakow Prokopytsch hatte sich bereits in seine vier Wände zurückgezogen – weshalb Jegor, nachdem er eine geraucht und dabei noch immer keine Ruhe gefunden hatte, den Pinsel nahm und erstmal die sorgsam ausgeführten Nummern 7 und 9 übermalte. Dann seufzte er tief, legte abermals den Pinsel beiseite und fingerte in der Tasche nach dem Stummel seines Zimmermannsstiftes.

Dieses Mal arbeitete er bis spät in die Nacht, es war ohnehin die Zeit der hellen Nächte. Seine Treusorgende lief wohl an die fünfmal vor die Tür und probte schon immer die Totenklage. War nicht zufällig ihr lieber Mann zu Tode gekommen? Doch Jegor hatte es durchaus nicht eilig, nach Hause zu gehen, bevor er nicht das Erdachte vollbracht, die Pinsel ausgewaschen und sich aus ein paar Schritt Abstand an seiner Hände Arbeit erfreut hatte.

»Herrgott im Himmel was hat dich gepackt dich Vermaledeiten mit wem hast du dich rumgetrieben die schöne warme Nacht lang Unhold du von der liederlichsten Sorte!«

»Gearbeitet hab ich, Tina«, sagte Jegor ruhig und wichtig. »Schlag bitte keinen Lärm – ich habe eine nützliche Sache getan. Jakow Prokopytsch wird morgen das Herz lachen.«

Kaum zeigte sich das erste Morgenrot, eilte er bereits zu den Booten, schlafen konnte er nicht mehr, seine Ruhe war dahin. Noch einmal erfreute er sich an seinem Kunstwerk und wartete ungeduldig auf seinen Chef.

»So«, sagte er anstelle von guten Tag. »Nun schauen Sie sich an, was ich mir ausgedacht habe.«

Jakow Prokopytsch schaute lange. Gründlich schaute er, ohne zu lächeln. Jegor aber strahlte übers ganze Gesicht, fast schien es ihm die Kiefer auszurenken.

»Soso«, ließ Jakow Prokopytsch schließlich fallen. »Wie darf man das verstehen?«

»Als eine Belebung«, erläuterte Jegor. »Eine Nummer, was ist das schon? Nackte Arithmetik. Schwarz auf Blau, von fern nicht zu unterscheiden. Gesetzt den Fall, Sie haben angewiesen, die Nummer 7 soll ausgeliehen werden. Schön und gut, mach dich auf und such sie, diese Nummer 7. Nun aber hat das Boot ein Bildchen an seinem Bug – ein Gänslein. Man wird es auf Anhieb herausfinden.«

Statt der amtlich vorgeschriebenen schwarzen Nummern prangten auf dem Himmelblau der Boote Vögel, Blumen und Tiere: ein Gänslein, ein Hundejunges, eine Georgine, ein Küken. Jegor hatte sie in grellen Farben gemalt, ohne sich sonderlich um Realismus zu scheren, jedoch die Details fehlerfrei wiedergegeben: bei dem jungen Hund Schlappohren und Pfote; bei der Georgine der federnde, von der Last der Blüte gebeugte Stengel; bei dem Gänslein der lustige aufgesperrte Schnabel.

»Da wird dann allen gleich froh ums Herz«, fuhr Jegor fort. »Ich habe das Küken, und du hast, sagen wir, das Ferkel. Na dann los, wer ist schneller? Machen wir eine Wettfahrt.«

»Eine Wettfahrt?« fragte der verblüffte Jakow Prokopytsch. »Zwischen Gans und Ferkel? Soso. Wirklich. Aber was, wenn einer umkippt, was Gott verhüten möge? Wenn ein Boot geklaut wird, was Gott ebenfalls verhüten möge? Wenn eins vom Wind abgetrieben wird, was übrigens dann deine Schuld wäre? Interessant, was soll ich der Miliz melden? Retten Sie bitte das Küken? Suchen Sie nach dem Ferkel? Uns haben sie das Georginchen geklaut? Waas?!«

»Je nun, mehr oder weniger . . .«

»Alles überpinseln, Teufel noch mal! Und zwar nicht mehr oder weniger, sondern ganz überpinseln, alle diese Gänslein und Ferkel, daß sie nicht mal ein Röntgenstrahl zum Vorschein bringt! Augenblicklich überpinseln, und die Nummern malen, hübsch der Reihe nach und gefälligst ohne Eigenmächtigkeiten! Du bist hier schließlich in keinem Kindergarten, kapierst du das, sondern an einer Keimzelle der Kultur, sogar aus dem Rayonkomitee kommen sie dich besuchen. Kann ich etwa den Sekretär vom Rayonkomitee in eine Georgine setzen, he? Kann ich das? Was würden sie sagen zu deinem Ferkelgänslein, he? Weißt du nicht? Aber ich weiß es: Abstrakt. Abstraktisch ist das! Jawohl, das würden sie sagen, Poluschkin.«

»Wieso würden sie das sagen?«

»Treib mich ja nicht zum Äußersten. Poluschkin!« sagte Jakow Prokopytsch nachdrücklich. »Treib es nicht zu weit. Ich bin, Poluschkin, von einer Kiefer getroffen worden, ich hab ein Attest. Und wenn ich dir jetzt mit dem Ruder übern Kürbis . . .«

Da ging Jegor. Übermalte das Werk seiner Hände und seines Herzens, eine langwierige und langweilige Arbeit, er seufzte. Doch die hartnäckigen Gänslein und Ferkel krochen wieder hervor unter der Schicht getrockneter Farbe, und Jegor nahm abermals den Pinsel und übermalte die Tierchen, die so lustig wie im Märchen waren. Und malte danach kalt und sorgfältig die schwarzen Nummern. Genau nach Verzeichnis.

»Ein gefährlicher Mensch bist du, Poluschkin«, sagte Jakow Prokopytsch seufzend, als Jegor ihm meldete, alles sei getan. Jakow Prokopytsch trank gerade Tee aus einer Thermosflasche, auf der ulkige dickbäuchige Fische mit Hahnenschwänzen abgebildet waren. Jegor betrachtete sie, während er von einem nackten Fuß auf den anderen trat. »Man hat mich gewarnt«, fuhr Jakow Prokopytsch fort. »Alle, die einmal deine Chefs waren, haben mich gewarnt. Der ist ein verdrehter Kerl mit zuviel Phantasie, haben sie gesagt. Aber ich habe das nicht geglaubt.«

Jegor seufzte, eine Entschuldigung aber äußerte er nicht. Er fühlte, er hätte um Entschuldigung bitten müssen, schon im Interesse eines geruhsamen Lebens, ahnte, Jakow Prokopytsch erwartete das von ihm, aber er konnte nicht. Er konnte sich dazu nicht zwingen, denn er war nicht einverstanden mit seinem Vorgesetzten. Mit der Thermosflasche hingegen war er einverstanden.

»Wir müssen so leben, wie's verlangt wird, Poluschkin. Dies und das trägt man dir auf, also hast du dies und das zu tun. Wenn dagegen ein jeder anfangen würde zu phantasieren ... Weißt du, was dann wäre?«

»Was?« fragte Jegor.

Jakow Prokopytsch kaute sein Stück Brot hinunter, trank seinen Tee aus. Und sprach bedeutsam, »Daran, was dann wäre, darf man nicht denken.«

»Und der Kosmos?«

Das fragte Jegor urplötzlich – weiß der Kuckuck,

wieso er darauf verfallen war. »Über den gab es anfangs auch nur Phantasien, das habe ich im Radio gehört. Und jetzt . . .«

»Hast du schon mal das Wort Arschkriecher gehört?«

»Ist vorgekommen«, antwortete Jegor und seufzte.

»Was will ich damit sagen? Arschkriecher, das ist ein unanständiges Schimpfwort, kapiert? Es gibt aber auch anständige. Klar? Genauso ist's mit den Phantasien. Es gibt anständige, es gibt unanständige. Du hast eine unanständige.«

»Was wäre denn Unanständiges an so einem Ferkel oder Gänslein?« zweifelte Jegor.

»Ich meine das mehr allgemein, Poluschkin. Im größeren Maßstab.«

»Im größeren Maßstab, da wären das wohl Gans und Schwein.«

»Gans und Schwein können Freunde nicht sein!« donnerte Jakow Prokopytsch plötzlich los. »Marsch, geh mir aus den Augen, bevor ich dir höchstpersönlich eine höchstunanständige Phantasie verpasse!«

Akkurat nach diesem Gespräch war es gewesen, daß der gute Fjodor Ipatytsch heimkehrte und seine Rückkehr gebührend gefeiert wurde. Darum also seufzte Jegor bereits nach zwei Gläschen, wurde betrübt, bekam es mit der Angst.

Doch er fürchtete sich zu früh, wie sich rasch herausstellte. Der angeödete Jakow Prokopytsch behielt, nachdem er sich ausgeschrien hatte, keinen Groll im Herzen, und bald vergaß er den Vorfall ganz. Jegor lächelte wieder froh, lief wieder, daß die nackten Hacken blitzten.

»Wir verstehen und begreifen, Jakow Prokopytsch!«

Von einer anderen Seite stahl sich das Unheil heran. Ein schweres Unheil, gleich einer Regenwolke am Eliastag. Es ist aber dem Menschen nicht gegeben, von seinem Unheil im voraus zu wissen, und darum lauert es stets hinter einer Ecke und schlägt von da aus unvermutet zu. Dem Menschen bleibt lediglich, zu seufzen und sich das Genick zu kratzen.

»Je nun . . . 's wird wohl so sein, wenn's nicht anders ist.«

5

Der Wodka war an allem schuld. Das heißt, nicht der Wodka, sondern etwas, das ohnehin nicht zu fassen ist. Mit einem Wort: Pech.

Im allgemeinen trank Jegor wenig. Geld für Wodka hatte er so gut wie nie, und besonders scharf war er auch nicht drauf. Nicht, daß er ein angebotenes Gläschen abgelehnt hätte, gottbewahre, so weit reichte sein Verstand. Es wurde ihm aber keins angeboten, um die Wahrheit zu sagen, man erwies ihm nicht die Ehre. Höchstens sein Schwager bewirtete ihn. Bei Gelegenheit.

Der Gelegenheiten waren wenige, doch betrunken wurde Jegor schnell. Vielleicht war die Baßsaite in ihm nicht gestimmt, oder er hatte eine innere Krankheit, oder er war einfach schwach, nach so vielen Jahren immer nur Kartoffeln und Kohl. Jegor kam also rasch in Stimmung, und Charitina stand ihm nicht nach. Sie erblühte nach einem halben Gläschen wie roter Mohn, nach einem Gläschen packte sie bereits die Sangeslust. Lieder kannte sie eine große Zahl, nach einem Wodka allerdings pflegte sie nur die Kehrreime zu singen. Und nicht verschiedene Kehrreime, sondern nur einen. Einen einzigen Kehrreim, einen traurigen:

> Ach, Elend, Weh und Sorgen,
> ach, gestern, heute, morgen!
> Ach, armes junges Mädchen ich –
> käme wer und holte mich?

Sie wurde traurig durch den Rausch. Was so ein richtiger Rausch ist, der fährt jedem woandershin, dem einen in die Stimme, dem anderen in die Faust, dem dritten ins Herz, dem vierten in den Kopf, Jegor aber fuhr er in die Beine. Sie trugen ihn nicht mehr, bogen sich nach allen Seiten und verhedderten sich so, als hätte er nicht zwei, sondern Stücker acht, wie der Krebs. Auf Jegor wirkte sich dieser Zustand stets gleich aus – er wurde sehr vergnügt und hatte alle sehr lieb. Übrigens hatte er immer alle sehr lieb. Selbst wenn er nüchtern war.

Eines Tages, früh am Morgen, fanden sich die ersten Touristen ein, drei Männer und zwei Weibchen. Von weit her waren sie angereist, das sah man, jede Menge Rucksäcke hatten sie mit. Sie selber sahen auch nicht wie Hiesige aus: die Männer waren allesamt in Nietenhosen und ohne Mütze. Bei ihren Weibchen war es umgekehrt. Sie trugen schicke weiße Mützen; und Hosen, die aussahen wie auf die Haut geklebt. Und zwar so eng, daß Jegor immerzu hinschielte. Kaum vergaß er sich ein bißchen, hingen seine Augen an diesen Hosen.

»Wünsche Gesundheit, teure Gäste!« Jakow Prokopytsch sprach nicht, er sang. Und nahm respektvoll die Mütze ab. »Und von wo kommen Sie, bitte schön, wäre interessant zu erfahren?«

»Ist von hier aus nicht zu sehen«, wurde ihm geantwortet. »Kann man sich zum anderen Ufer übersetzen lassen?«

»Zum anderen Ufer, ja, das geht.« Jakow Prokopytsch setzte die Mütze wieder auf und unterdrückte ein Lächeln. »Wir setzen über laut Tarif, mit einem Motorboot. Bezahlt wird, bitte schön, für beide Richtungen im voraus.«

»Und warum für beide?«

»Das Boot setzt Sie ab, wo Sie es wünschen, und zurück fährt es dann leer.«

»Das hat seine Richtigkeit«, sagte der zweite und fingerte nach dem Geldbeutel.

Jegor ordnete diese Männer sogleich wie Pferde nach ihrem Äußeren ein: der Graue, der Schüttere und der Kahle. Und entsprechend die Weibchen: die Fuchsrote und die Scheckige. Sie verhandelten nicht mit, das machten der Graue und der Kahle. Und der Schüttere erfreute sich an der Umgebung.

»Wie beißen bei euch die Fische?« fragte er schließlich.

Die Weibchen machten sich kichernd an den vielen Rucksäcken, Beuteln und Bündeln zu schaffen, und Kolka trieb sich in ihrer Nähe herum. In der Schule war der Unterricht zu Ende, und so tauchte er manchmal hier auf und half seinem Vater. Die Weibchen beachteten ihn nicht weiter, er umkreiste sie nämlich in einiger Entfernung, als jedoch die Fuchsrote ein Fernglas aus dem Beutel holte, jawohl, ein richtiges Fernglas, da zog es ihn augenblicklich herbei. Wie mit einer Seilwinde.

»Nein, was für ein prächtiges Kerlchen!« sagte die Scheckige. »Wie heißt du denn, Kleiner?«

»Kolka«, antwortete Kolka und war auf einmal heiser. Als Baß stellte er sich vor.

»Wachsen bei euch viele Pilze, Kolka?«

»Für Pilze ist es noch zu früh«, krächzte Kolka. »Blätterpilze kommen hier und da schon welche durch, aber für die Butterpilze ist die Schicht noch nicht raus.«

»Was ist nicht heraus für die Butterpilze?« fragte die Fuchsrote und ließ sogar das Fernglas sinken.

»Die Schicht«, erklärte Kolka, und seine Füße taten von selbst einen Schritt hin zu diesem Fernrohr. »Pilze kommen schichtweise: zuerst die Butterpilze, dann die grauen Morcheln, danach Marone und Steinpilz. Nun, und danach haben die besseren Pilze ihre Schicht, die Milchpilze und die Reizker.«

»Schicht – das ist, wenn es viele gibt, wie?«

»Ja, viele. Dann werden sie auch gesammelt. Sonst ist das mehr Spielerei.«

Und noch einen Schritt zu dem Fernglas hin tat er; fast berührte er es mit dem Bauch. Nirgendwohin konnte er blicken, nur auf das Fernglas. Ein richtiges Fernglas!

»Möchtest du durchsehen?«

Kolka wollte ja sagen, öffnete den Mund, doch statt eines Ja kam nur ein Glucksen heraus. Ein Glucksen, das man nicht verstand, doch die Fuchsrote hielt ihm das Fernglas trotzdem hin.

»Aber nicht fallen lassen.«

»N-nein.«

Während sein Vater den Motor in Empfang nahm und sich Jakow Prokopytschs Belehrungen anhörte, schaute Kolka durchs Fernglas. Guckt man durch die kleinen Fenster, sieht man alles groß. Guckt man jedoch durch die großen Fenster, ist es umgekehrt, man sieht alles klein. Überhaupt nicht zu begreifen – durch die großen Fenster müßte doch alles groß sein und durch die kleinen Fenster klein! Hier war es ganz und gar nicht so. Ganz anders, als es sich gehörte, war es. Dieser Umstand beschäftigte Kolka weitaus mehr als die eigentliche Bestimmung des Fernglases; immer wieder drehte er es um und starrte von beiden Enden hinein.

»Wieso drehst du es immerzu?« fragte die Fuchsrote. »Durch die Okulare mußt du gucken, hier, so herum.«

»Ich weiß«, sagte Kolka leise.

»Und wieso drehst du es dann?«

»Na so«, antwortete er verlegen. »Weil es interessant ist.«

»Söhnchen!« rief Jegor. »Komm mir bitte helfen, Söhnchen.«

Da gab Kolka der Fuchsroten das Fernglas zurück, wollte danke sagen, doch aus seiner Kehle kam wieder nur ein Krächzen, und er mußte ohne ein Dankeschön davoneilen.

»Typisch Einheimischer«, meinte die Scheckige.

»Ach was«, sagte die Fuchsrote und winkte gelangweilt ab, »ein ganz normales, schlechterzogenes Kind.«

Unter Jakow Prokopytschs wachsamen Augen befestigte Jegor den Weterok am Heck der Nummer 9, das war das ehemalige Entenküken, dickbäuchig und wichtig war es gewesen. Jegor erinnerte sich genau; und er verstaute den Kanister mit dem Treibstoff. Kolka schleppte die Ruder herbei, brachte Dollen und Schöpfgefäß, was eben so dazu gehört.

»Alles gut und bestens, Jakow Prokopytsch«, meldete Jegor.

»Erst mal ausprobieren«, meinte sein Vorgesetzter und erläuterte den Touristen, »Die erste Navigation mit Motor, sozusagen. Damit keine Fehler auftreten.«

»Läßt sich dieses Ritual nicht ein bißchen flotter vollziehen?« erkundigte sich mürrisch der Schüttere.

»So ist's Vorschrift, Genossen Touristen. Sicherheitsbestimmungen. Vorwärts, Poluschkin, rudere ein Stück hinaus!«

Das mit den Sicherheitsbestimmungen hatte sich Jakow Prokopytsch rasch einfallen lassen, es gab keine solchen Bestimmungen. Sich selbst absichern wollte er.

»So, Poluschkin, und nun bedien den Motor unter meiner Aufsicht. Fahr einen Kreis und leg wieder hier an, wo ich stehe.«

»Wir verstehen und begreifen.«

Kolka ruderte das Boot hinaus. Jegor machte ein paar Zauberkunststücke mit dem Motor, steckte zwei Finger hinein, warf ihn mit einem Ruck an. Eine Weile ließ er ihn leer laufen, dann drehte er voll auf, fuhr zur Beruhigung seines Vorgesetzten etliche Runden und legte sanft wieder an. Gut legte er an – blitzschnell hatte er überschlagen, wo man die Drehzahl drosseln und wie man die Geschwindigkeit verringern mußte. Und dann lächelte er.

»Wie das Fädchen durchs Öhr, Jakow Prokopytsch.«

»Ja, du kannst es«, sprach der Vorgesetzte. »Ich genehmige das Beladen des Kahns.«

Jegor sprang mit seinem Sohn an Land, sie verluden geschwind die Säcke und Bündel. Dann nahmen die Touristen Platz. Kolka richtete sich vorn am Bug ein, er stieß das Boot vom Ufer ab, Jegor bediente den Weterok, und flink ging es dem anderen, fernen, bewaldeten Ufer entgegen.

Worüber sich unterwegs die Touristen unterhielten, bekam weder Jegor noch Kolka mit. Jegor wegen des Motorlärms und Kolka, weil er vorn am Bug saß und beobachtete, wie sich die Wellen vor ihm teilten und die fernen Ufer gemächlich, gleichsam widerwillig näher rückten. Kolka hatte auch keinen Sinn mehr für die Touristen, er fühlte sich als Vorausschauender und bedauerte nur, daß sein Kompaß zu Hause liegengeblieben war und die fuchsrote Tante ihm das Fernglas viel zu früh zum Durchgukken gegeben hatte. Jetzt müßte er es haben!

Die Touristen redeten darüber, daß hier, in dem neuen Stausee, nicht allzuviel los sein könne mit den Fischen. Hin und wieder erreichten Jegor Wortfetzen, doch maß er ihnen, ganz versunken in seine verantwortungsvolle Aufgabe, keine Bedeutung bei. Und was gingen sie ihn schließlich an, die fremden Menschen, die für abgezähltes Geld in Ruhe und Abgeschiedenheit geflohen waren? Was er zu tun hatte, wußte er – sie hinzubringen, wohin sie es wünschten, beim Ausladen und Lagermachen zu helfen und erst zurückzufahren, wenn er zurückgeschickt wurde.

»Zu dem kleinen Abhang!« ordnete der Graue an. »Erst mal ein bißchen die Gegend erkunden.«

Die Gegend erkundeten sie an drei Stellen, bis die Fuchsrote und die Scheckige ihre Wünsche endlich unter einen Hut gebracht hatten. Dann wollten sie, daß ausgeladen würde, und Jegor und sein Sohn halfen ihnen, ihre Siebensachen an den als Lagerplatz für gut befundenen Ort zu schleppen.

Eine hübsche kleine Lichtung war das, umgeben von kräftigen Fichten. Hier schlugen die Touristen flink ein geräumiges grellgelbes Zelt mit Aluminiumstangen auf, sogar mit Vordach; sie beauftragten Jegor, eine Stelle für das Lagerfeuer herzurichten und erlaubten Kolka, die Luftmatratzen aufzublasen. Kolka blies sie mit Begeisterung auf, lief dabei rot an vor Anstrengung und gab sich die größte Mühe, alles recht zu machen. Und Jegor, nachdem er von dem Kahlen ein kleines Beil bekommen hatte, ging in den Wald trockenes Holz schlagen.

»Ein wunderbarer Ort!« zwitscherte die Scheckige. »Eine himmlische Luft!«

»Mit dem Fischen wird das hier, meiner Ansicht nach, ein Reinfall!« sagte der Graue. »He, Kleiner, wie steht's hier mit Fischen?«

»Kaulbarsche«, keuchte Kolka. Er blies mittlerweile die vierte Luftmatratze auf.

»Kaulbarsche, die sind gut für Fischsuppe. Und vernünftige Fische gibt's nicht?«

»N-nein.« Mag sein, es gab welche, Kolka jedoch hatte sich seines jugendlichen Alters wegen und in Ermangelung eines Angelgeräts im wesentlichen auf Kaulbarsche spezialisiert. Außerdem war er ganz mit dem Aufblasen beschäftigt und somit nicht unbedingt bereit, sich auf eine Unterhaltung einzulassen.

»Angelst du?« interessierte sich der Schüttere.

»N-nein.«

Kolka antwortete einsilbig, da er sich dazu vom Ventil losreißen mußte und die Luft dann unverzüglich aus der Matratze entwich. Mit aller Kraft preßten seine Finger die Öffnung zusammen, aber der Gummi war an dieser Stelle besonders dick, und Kolkas Kräfte reichten nicht aus.

»Und dein Vater, angelt der?«

»N-nein.«

»Wieso denn nicht?«

»N-nein.«

»Ein inhaltsreiches Gespräch,« seufzte die Scheckige. »Ich sag's ja, ein typischer Einheimischer.«

»Du bist große Klasse, Kolka«, lobte ihn auf einmal die Fuchsrote. »Sehr schön, wie du die Luftmatratzen aufpustest. Macht dich das nicht müde?«

»N-nein.«

Kolka begriff nicht so recht, inwiefern er ein »typischer Einheimischer« war, doch argwöhnte er bereits etwas Beleidigendes. Verdrießen ließ er sich jedoch nicht; dazu war keine Zeit, auch hatte ihn die fuchsrote Tante gerade rechtzeitig gelobt. Für so ein Lob war Kolka bereit, nicht nur fünf, sondern fünfundfünfzig Luftmatratzen aufzupusten, ohne Pause.

Doch schon bei der fünften Luftmatratze war Kolka derart erschöpft, daß es in seinem Kopf dröhnte wie in einem leeren eisernen Ofen. Er schnaufte, lief rot an, keuchte, die Arbeit aber unterbrach er nicht. Sie mußte vollendet werden, na und Matratzenaufpusten, das machte er schließlich nicht jeden Tag. So etwas mußte man zu schätzen wissen. Luftmatratzen hatten mit Reisen zu tun. Und so keuchte er und hörte nicht, was die Touristen sagten. Als er die letzte bewältigt hatte, das Ventil mit einem Pfropfen verschlossen war und er gerade ein bißchen verpusten wollte, kam sein Vater aus dem Wald. Trockenes Fichtenholz für ein Lagerfeuer brachte er angeschleppt.

»Wir haben uns«, sagte er, »nicht gerade das freundlichste Plätzchen ausgesucht, liebe Bürger. Da am Waldrand ist ein Ameisenhaufen, und die Ameisen könnten ein bißchen stören. Vielleicht sollte man anderswo . . .«

»Ist der Ameisenhaufen denn groß?« fragte der Graue.

»Na, fast so groß wie eine Vorratskammer«, sagte Jegor. »Muß eine große Familie sein, mehr so ein Staat.«

»Wie interessant«, bemerkte die Fuchsrote. »Zeigen Sie ihn uns doch bitte.«

»Warum nicht«, sagte Jegor.

Alle gingen sich den Ameisenhaufen ansehen, auch Kolka. Beim Laufen ließ es sich viel leichter ausruhen. Sie brauchten nur hinter die ersten Fichten zu schauen – ein Berg war da, von wegen Vorratskammer; so groß wie eine solide Backstube war er, zwei Meter oder mehr.

»Ein Wolkenkratzer«, sagte der Kahle. »Ein Wunder der Natur.«

Ringsum wimmelte es von Ameisen. Von großen Ameisen, schwarzen. Wenn dich so eine erwischt, gehst du in die Luft – also hielt sich Kolka, barfuß wie er war, für alle Fälle ein bißchen abseits.

»Ja, diese Störung wird Ihnen bevorstehen«, sagte Jegor. »Aber nur ein Stückchen weiter, da wäre noch eine kleine Lichtung, ich habe sie mir angesehen. Ich werde Ihnen helfen – dann haben Sie Ihre Ruhe und die lieben Ameisen auch.«

»Gegen Rheumatismus sind sie doch wohl nützlich, diese Ameisen«, sagte nachdenklich der Kahle. »Nun also, wenn jemand Rheumatismus hat . . .«

»Au«, schrie die Scheckige und sprang hoch. »Die beißen ja, diese Verfluchten!«

»Sie wittern den Geruch«, sagte Jegor. »Und sie sind Männchen, alleinstehend.«

»Ja, ja,« seufzte der Schüttere, »eine unangenehme Nachbarschaft. So was kränkt einen.«

»Quatsch!« Der Graue winkte nur ab. »Denen werden wir's zeigen! Wie heißt du? Jegor? Gut, hilf uns mit ein bißchen Benzin aus. Hast du ein Gefäß?«

Jegor begriff nicht recht, wozu die ein bißchen Benzin

brauchten, aber er brachte es; ein Gefäß fand sich. Er brachte es, gab es dem Grauen.

»Bitte.«

»Bist ein Pfundskerl«, sagte der Graue. »Hut ab vor deiner Auffassungsgabe. Und nun alle ein Stückchen weg!«

Sprach's und schüttete das Benzin über den Ameisenhaufen. Schüttete es aus, zündete ein Streichholz an, und wie eine Rakete schoß die Flamme empor. Heulte auf, dröhnte, hatte augenblicklich das gesamte Ameisenhaus erfaßt.

Die Schwarzameisen wanden sich, krümmten sich in der unerträglichen Glut, die trockenen Nadeln knisterten, und sogar die uralte Fichte, die seit Jahrzehnten mit ihren dichten Zweigen den Ameisenstaat beschirmte, fing an zu taumeln und zu zittern von der emporgeschleuderten heißen Luft.

Jegor und Kolka aber standen schweigend dabei. Sich mit den Armen vor der Hitze schützend, sahen sie zu, wie die Ameisen sich krümmten, während sie verbrannten, wie sie nicht etwa auseinanderliefen, sondern im Gegenteil hartnäckig und trotzig, den Tod verachtend, hineinkrochen in die Hölle – in der aberwitzigen Hoffnung, wenigstens eine Larve zu retten. Sie sahen, wie vor ihren Augen der gigantische Bau, wie die geduldige Arbeit von Millionen zerbrechlicher Wesen dahinschmolz, wie sich die Nadeln der alten Fichte in der Gluthitze bogen und wie von allen Seiten Tausende Ameisen auf die Brandstelle zuliefen und sich verwegen ins Feuer stürzten.

»Ein Feuerwerk!« rief die Scheckige entzückt. »Salut für den Sieg!«

»Erledigt, der Fall.« Der Graue lächelte. »Tja, der Mensch ist der Zar der Natur. Habe ich recht, Kleiner?«

»Der Zar?« fragte Kolka unsicher.

»Der Zar, mein Kleiner. Ihr Bezwinger und Beherrscher.«

Der Ameisenhaufen brannte herunter, bedeckte sich mit grauer toter Asche. Der Schüttere stocherte mit einem

Knüppel darin herum, noch einmal flammte das Feuer auf, dann war alles vorbei. Was von dem Ameisenvolk nicht geschafft hatte umzukommen, irrte verloren um die Brandstätte.

»Wir haben nur unseren Platz an der Sonne zurückerobert«, erläuterte der Schüttere. »Jetzt wird uns keiner mehr stören, keiner mehr belästigen.«

»Diesen Sieg müssen wir feiern«, sagte der Kahle. »Laßt euch fix was Hübsches einfallen, Mädels!«

»Richtig«, unterstützte ihn der Graue. »Und diesen Mann auf einen Schluck einladen müßten wir auch.«

»Und den Leichenschmaus für die Ameisen abhalten!« rief der Schüttere und lachte laut.

Alle gingen zum Lager.

Hinterdrein schleppte sich ein fassungsloser Jegor, in der Hand das leere Gefäß, in dem er selbst bereitwillig das Benzin herbeigeschafft hatte. Kolka schaute ihm in die Augen, er aber wich diesem Blick aus, wandte sich ab, und Kolka flüsterte, »Wie konntest du so was, Vater... Die leben doch...«

»Je nun«, seufzte Jegor. »'s wird so sein, Söhnchen, wenn's nicht anders ist...«

Ihm war trübe zumute, und am liebsten wäre er sogleich zurückgefahren, doch hatten sie ihn dazu noch nicht aufgefordert. Schweigend richtete er die Stelle für das Lagerfeuer her, schnitt Astgabeln zurecht, und als er fertig war, breiteten die Weibchen eine Wachstuchdecke aus und trugen den Imbiß auf.

»Kommen Sie doch«, riefen sie. »Wir frühstücken schnell.«

»Aber wir... Das wäre... Für uns gehört sich das nicht.«

»Jede Arbeit verlangt ihren Lohn«, sagte der Graue. »Für den Kleinen haben wir ein Stück Wurst, beispielsweise. Möchtest du Wurst, Kleiner?«

Dieser Wurst vermochte Kolka nicht zu widerstehen; oft bekam er sie nicht zu sehen, so eine Wurst. Und er trat noch vor seinem Vater an die Wachstuchdecke. Jegor seufzte und legte das Gesicht in Sorgenfalten. Warf dann einen Blick auf Kolka und sagte leise, »Hättest dir, Söhnchen, die Hände abspülen sollen. Schmutzig sind sie, deine Hände, Also bitte.«

Kolka wusch sich geschwind die Hände, bekam ein Wurstbrötchen und aß es mit Appetit, vor seinen Augen aber liefen Ameisen. Geschäftige, verlorene, todesmutige Ameisen. Sie liefen, krümmten sich, fielen, und ihre Körperchen barsten von der Glut.

Auch Jegor sah diese Ameisen. Er rieb sich sogar die Augen, um sie zu vergessen, aus dem Gedächtnis zu vertreiben, doch sie blieben. Ihm war unbehaglich zumute und er wollte eigentlich gar nichts tun, auch an diese Tafel setzen wollte er sich nicht. Setzte sich aber dennoch, als sie ihn erneut riefen. Setzte sich stillschweigend, obwohl man den Leuten gute Worte hätte sagen sollen für die Einladung. Schweigend setzte er sich, und schweigend nahm er von dem Grauen den Trinkbecher aus Emaille.

»Trink, Jegor. Du verachtest doch ein Tröpfchen nicht, deinen Augen sieht man's an. Nicht wahr, du verachtest es nicht, na?«

»Nun ja, eigentlich . . . Nur wenn's sich ergibt.«

»Nimm an, es hat sich ergeben.«

»Nun, dann auf eine gute Zeit hier. Auf gute Erholung.« Die Worte gingen ihm schwer von der Zunge, sehr schwer. Traurig war er, und er kippte den Becher hinunter, ohne auf jemanden zu warten.

»Das ist echt russisch!« staunte der Kahle.

Seit er denken konnte, hatte Jegor nicht soviel auf einmal in sich hineingegossen. Und was er da trank, mußte etwas weitaus Stärkeres sein als Wodka. In seinem Kopf begann es schlagartig zu kreisen, und immerzu quollen

Ameisen hervor aus ihm. Und die Männer schienen ihm so vertraut, so gut und herzlich, daß Jegor aufhörte, sich unbehaglich zu fühlen, daß er übers ganze Gesicht lächelte und zu reden begann.

»Hier bei uns ist ringsumher Natur. Ja. Also, heißt's hier bei uns: bitte schön, erholt euch! Stille, friedliche Ruhe. Und nämlich, was braucht der Mensch? Stille und Natur braucht er. Jegliches Lebewesen, jegliches Ameisentier, jegliches Fichtenbäumchen und Birkchen sehnt sich nach seiner Stille. Die Ameisen da, auch wenn es bei ihnen umgekehrt . . . Die ebenso . . .«

»Ein Philosoph bist du, Jegor«, meinte der Graue und lachte laut. »Los, trag dein Programm vor!«

»Du warte, lieber Mensch, wart ab. Was will ich sagen? Ich möchte, daß . . .«

»Schnaps möchtest du!«

»So warte doch, lieber Mensch . . .«

Als er diesen Becher geleert hatte, nannte er alle »lieber Mensch«. Das war gewissermaßen die erste Etappe. In der zweiten lief er richtig warm und nannte alle »lieber Freund«. Blinzelte aus zärtlichen Äuglein, lächelte, hatte alle unendlich gern, bedauerte sie aus irgendeinem Grunde und versuchte ständig, etwas Freundliches zu sagen, die Leutchen zu erfreuen. Doch seine Gedanken verwirrten sich, hasteten nutzlos auf und ab wie jene Schwarzameisen – und Worte hatte er nie ausreichend besessen. Offenbar war er schon bei der Geburt übers Ohr gehauen worden. Als er den zweiten Becher ausgetrunken hatte, befand er sich vollends im Nebel.

»Der Mensch leidet. Schlimm leidet er, meine lieben guten Freunde. Und warum? Darum, weil wir arme Geschöpfe sind, Waisenkinder – mit Mütterchen Erde in Fehde, mit Brüderchen Wald in Streit, mit Schwesterchen Fluß in bitterer Zwietracht. Und nichts hat der Mensch, worauf er stehen, nichts, woran er sich lehnen, nichts, womit er sich erfrischen kann. Und ihr, meine lieben guten Freunde, ihr besonders. Ihr leidet besonders, ihr habt einen grauen Himmel über euch. Bei uns dagegen ist der Himmel blau. Und mit Schwarz auf Blau, wie sollte das möglich sein? Auf Himmelblau – schwarze Nummern? N-nein, mein lieber Freund, das wäre nicht gut; das wäre wie Arithmetik am Himmel! Der wurde uns zu was anderem gegeben, der Himmel, wegen der Schönheit wurde er gegeben, und der Seele zum Durchatmen. Jawohl!«

»Du bist ja ein Dichter, Mann. Ein Geschichtenerzähler.«

»Du warte ab, lieber Freund, wart ab! Nämlich, was will ich sagen? Ich möchte, daß alle sich wohl und geborgen fühlen, so. Daß ein jeder genügend warme Sonne hat, daß der weiche Regen zur Freude da ist und die Gräser und die Ameisen zum Vergnügen. Daß es Freude gibt, viel und noch mehr Freude, ihr meine lieben guten Freunde! Zur Freude und zur Heiterkeit der Seele soll der Mensch seine Arbeit tun.«

»Du tanz uns lieber einen, zur Heiterkeit der Seele. Na, was ist? Hopsassa, tralala! Scheint der Mond, der silberhelle . . .«

»Das dürft ihr nicht!« konnte die Fuchsrote eben noch rufen. »Was macht ihr da, der kann sich ja kaum auf den Beinen halten!«

»Wer kann sich kaum halten? Jegor etwa? Jegor, der steht wie eine Eiche!«

»Los, Jegoruschka, zeig's ihr. Magst du uns?«

»Ich mag euch, meine Lieben!«

»Das darfst du nicht tun, Vater!«

»Ich muß es, Koljuschka. Man soll die Leute achten. Und ihnen Freude bereiten. Allen Freude bereiten! Und daß ihr die Ameisen verbrannt habt, das möge Gott euch verzeihen. Gott soll euch das verzeihen, meine lieben guten Freunde!«

Da klatschte der Kahle in die Hände und stimmte an: »Kalinka, Kalinka, Kalinka moja... Vorwärts, Jegor, beweg dich!« Sie sangen, klatschten den Takt; nur Kolka und die Fuchsrote schauten böse zu, Jegor sah sie nicht. Er sah undeutliche Gesichter, und ihm schien, als würden diese Gesichter in einem glücklichen Lächeln zerfließen.

»Ach, meine lieben guten Freunde ihr! Euch soll ich nicht mögen?«

Dreimal stand er auf und stürzte wieder. Fiel hin, lachte, bis ihm die Tränen kamen, trieb Späße und war vergnügt, und alle lachten und waren vergnügt. Irgendwie kam er wieder auf die Beine, hopste auf der Lichtung umher, schwenkte ohne Takt die Arme. Die Beine wakkelten und bogen sich, und immer taumelte er dahin, wohin er nicht wollte. Die Touristen lachten aus vollen Bäuchen, einer tanzte schon neben ihm, die Fuchsrote aber legte die Arme um Kolka, bot ihm Konfekt an.

»Nimm es nicht so schwer, Kolja, es ist nichts. Das wird gleich vergehen bei ihm. Es ist nur vorübergehend.«

Das Konfekt nahm Kolka nicht. Er schaute vor sich hin, die Augen voller Tränen. Es waren böse Tränen, brennende.

»Los, Jegor, nicht so zimperlich! Laß dich richtig gehen!« brüllte der Graue. »Wir feiern die Feste, wie sie fallen!«

»Ach, mein lieber Freund, für dich...« Jegor schwankte, stürzte und lachte, von ganzem Herzen lachte er – froh war ihm zumute, sehr froh.

»He, he, hopsassa! Mit den Füßen trapp – trapp – trapp, mit den Händen klapp – klapp – klapp!«

»Das darfst du nicht«, schrie plötzlich, am ganzen Körper zitternd, Kolka und riß sich aus den Armen der Fuchsroten los. »Hör auf, Vater, hör auf!«

»Warte, Söhnchen, wart ab! Ein festlicher Tag ist das,

und was für einer! Gute Leute haben wir getroffen. Hervorragende Leute sogar!«

Und wieder riß er sich hoch, schwankte, fiel hin, stand auf.

»Vater, hör auf!« schrie Kolka unter Tränen und wollte seinen Vater von der Lichtung zerren. »Hör doch endlich auf!«

»Stör uns nicht beim Feiern, Kleiner! Los, mach Platz, verschwinde!«

»Beweg die Beine, Jegor! Wir wollen Stimmung!«

»Ihr seid böse«, schrie Kolka, »böse und eklig! Ihr wollt uns so wie die Ameisen, ja? Genauso wie diese Ameisen?«

»Also Jegor, dein Sohn beleidigt uns. Das ist nicht gut.«

»Zeig deine väterliche Macht, Jegor!«

»Daß ihr euch nicht schämt!« schrie die Fuchsrote. »Der begreift doch nichts mehr, ist betrunken, wie könnt ihr bloß so mit ihm umspringen?«

Niemand hörte auf sie. Man war in Stimmung, grölte, tanzte, pfiff, stampfte, klatschte. Kolka weinte, schluchzte, zerrte unablässig an seinem Vater, wollte ihn weghaben, irgendwohin, Jegor aber stürzte, sperrte sich.

»Dann verpaß ihm doch eine, Jegor! Er ist noch zu klein, um den Großen Vorschriften zu machen.«

»Du bist noch zu klein, um den Großen Vorschriften zu machen!« brummte Jegor und stieß Kolka von sich. »Geh weg, geh nach Hause, immer am Ufer lang.«

»Vater!«

»I-i-i-ch!«

Jegor holte aus, schlug zu. Zum erstenmal im Leben hatte er seinen Sohn geschlagen, er war selbst erschrocken – wie besinnungslos stand er da. Alle verstummten. Die Tanzerei war zu Ende. Kolka aber hörte plötzlich auf zu weinen – als hätte jemand etwas abgeschaltet in ihm.

Schweigend stand er auf, wischte sich mit dem Ärmel übers Gesicht, blickte seinem Vater in die trüben Augen und ging.

»Kolja, Kolja, komm zurück!« rief die Fuchsrote ihm nach.

Kolka wandte sich nicht um. Am Ufer entlang ging er davon, durch Büsche und Tränen. Dann war er verschwunden.

Auf der Waldwiese wurde es still und unbehaglich. Jegor schwankte, schluckte, rülpste, starrte stumpfsinnig zu Boden. Die übrigen schwiegen.

»Zum Schämen ist das!« sagte die Fuchsrote laut. »Zum Schämen!« Und ging ins Zelt. Alle bekamen es auf einmal mit dem Gewissen und wandten die Augen ab.

»Das war zuviel des Guten«, sagte der Graue und seufzte. »Los, Mann, sieh zu, daß du zurückkommst. Nimm das Scheinchen hier, setz dich in deinen Trog und dann – Schiff ahoi – gute Fahrt.«

Die Faust fest um einen Dreirubelschein geschlossen, schwankte Jegor zum Ufer. Alle schauten schweigend zu, wie er den Abhang hinabkullerte, wie er auf das Boot zuwatete, wie er lange erfolglos versuchte hineinzuklettern.

»Alkoholiker«, sagte angeekelt die Scheckige.

Mit einiger Mühe hangelte sich Jegor ins Boot, und irgendwie – die Ruder verhedderten sich immer wieder – kam er vom Ufer ab. Er erhob sich unsicher, wankte, ließ den Bootsmotor ins Wasser, zog kräftig an der Anlasserschnur, verlor dabei das Gleichgewicht und fiel über Bord.

»Der ertrinkt!« kreischte die Scheckige.

Jegor tauchte aus dem Wasser auf, es stand ihm bis zur Brust. Von seiner Stirn rann in Strähnen zähflüssiger Schlamm. Er klammerte sich an das Boot, versuchte hineinzuklettern.

»Der ertrinkt nicht«, sagte der Graue. »Hier ist es flach.«

»He, Mann, nimm die Ruder!« rief ihm der Schüttere zu. »Laß den Motor, nimm die Ruder!«

»Das Entenküken!« gab Jegor auf einmal fröhlich zur Antwort. »Das ist mein kleines Entenküken! Eine Wettfahrt zwischen Entenküken und Ferkel!«

Die Außenwand des Bootes war hoch, und um hineinzugelangen schaukelte Jegor sein Fahrzeug aus Leibeskräften. Er wälzte sich auch wirklich hinein, doch schlug das Boot plötzlich Purzelbäume und kippte um, mit dem Kiel nach oben. Die lustig bemalten Ruder schwammen im trüben Wasser. Jegor verschwand unter der Wasseroberfläche, tauchte auf, schnaubend wie ein Pferd. Er versuchte gar nicht erst, das Boot umzudrehen, angelte unter Wasser nach dem Strick und watete, das Boot hinter sich herziehend, am Ufer entlang.

»He, können wir vielleicht helfen?« rief der Schüttere ihm nach.

Jegor antwortete nicht. Schweigend stapfte er vorwärts, bis zur Brust im Wasser, schlammbedeckt wie ein Wassermann. Er glitt aus, stürzte, stand wieder auf, schüttelte den Kopf und spuckte aus. Den Strick jedoch ließ er nicht los, und so schleppte er das kieloben schwimmende Boot schwerfällig hinter sich her.

Aber der Motor war nicht mehr da. Weder der Motor noch der Benzinkanister, noch die Dollen. Alles war auf den Grund gesunken. Doch Jegor blickte sich nicht um, dachte im Augenblick an nichts mehr. Er zog nur einfach das Boot rund um den Stausee, bis in das Reich des angeödeten Jakow Prokopytsch.

6

Wo der Dumme verliert, dort findet der Kluge«, pflegten die Alten zu sagen. Und sie wußten vieles, denn Dumme gab's zu ihrer Zeit keinesfalls weniger als heute.

Fjodor Ipatytsch lebte in großer Besorgnis. Nicht ums Geld drehte es sich – Geld war da. Es drehte sich darum, daß sich ein vernünftiger Mensch von seinem Geld nicht freiwillig trennen konnte. Es einfach so für nichts und wieder nichts auf den Tisch zu legen, direkt in fremde Hände, unerträglich war das für Fjodor Ipatytsch.

Was aber sollte er machen? Der neue Förster, so ein Höflicher ist das, krieg den mal zu fassen, also dieser neue Förster hatte gleich bei ihrer ersten Begegnung die Abrechnungen durchgeblättert und alle Unterlagen durchgesehen und gefragt, »Wieviel hat Sie eigentlich das Haus gekostet, Genosse Burjanow?«

»Das Haus?« Fjodor Ipatytsch war durchaus nicht auf den Kopf gefallen und witterte sofort, wohin dieser Fatzke aus der Stadt den Hasen laufen lassen wollte. »Na, das vorige habe ich dafür abgegeben. Das neue hat mir mein Schwager gebaut; also habe ich ihm dafür mein voriges abgetreten. Alles Ehre um Ehre – ich kann eine beglaubigte Erklärung . . .«

»Ich frage nicht nach dem Bau. Ich frage, wieviel hat das Holz gekostet, aus dem Ihr neues Haus gebaut wurde? Wer hat Ihnen die Genehmigung gegeben, im Naturschutzgebiet Holz zu schlagen, und wo ist diese Genehmigung? Wo sind die Rechnungen, die Materialaufstellungen, die amtlichen Bescheide?«

»Bis ins einzelne läßt sich das nicht nachrechnen, Juri Petrowitsch. Bei uns im Wald geht es rationell zu.«

»Bei euch im Wald geht es kriminell zu, Burjanow!«

Und so hatten sie sich denn auch getrennt, mit freundlichen Worten. Allerdings, eine Frist hatte der Förster gesetzt: Zwei Wochen. In zwei Wochen, darum hatte er ersucht, sollten alle Unterlagen vorliegen, und zwar tipptopp aufgearbeitet und auf dem letzten Stand, ansonsten . . .

»Ansonsten, Marja, geht's uns dreckig. Der locht mich ein.«

»Wehe uns, Fedjenka!«

»Wir sollen genau abrechnen? Gut, rechnen wir ab!«

An Geld, wie gesagt, fehlte es nicht. Nur fehlte es an der Kraft, sich von ihm zu trennen. Das Wichtigste war, das Haus stand. Das Haus stand – zum Malen schön, mit Hahn auf dem Dach. Und nachträglich dafür das Geld aufzutreiben – so was ist entwürdigend bis zur Unmöglichkeit.

Also half Ipatytsch ein bißchen nach. Ein paar Hunderter nahm er für Brennholz ein. Und im gleichen Wald konnte man, das ist bekannt, während der Förster in der Stadt auf seine Karte starrte, Lindenbast schälen. Eine Sünde wäre es gewesen, keinen Lindenbast zu schälen, wenn Nachfrage nach Bastschuhen bestand. Doch sich in vollem Stil zu entfalten, wagte Ipatytsch nicht; das Gerücht von der Strenge des Försters war bis hierher ins Dorf gedrungen. Über andere Möglichkeiten sann er nach. Suchte sehr und setzte auch seinen Sohn auf die Fährte.

»Schnüffle, Wowka, ob es wo nach Rubeln riecht.«

Und Wowka schnüffelte und fand. Zwar war die Einnahme nicht sonderlich groß: alles in allem drei Zehner für Hinweis, Genehmigung und Transport. Aber auch drei Zehner sind schließlich Geld.

Diese dreißig Rubel holte Fjodor Ipatytsch den Touristen aus der Tasche. Sie hockten an dem bewußten Abend am Ufer des Stausees und langweilten sich – die Fische bissen nicht an. Wowka bekam das als erster mit, sie hatten ihn losgeschickt, seinen Vetter zu suchen, doch was scherte ihn jetzt der Vetter, wo es Rubelchen zu holen gab – er bekam es also mit und meldete es seinem Vater. Der traf unverzüglich ein, begrüßte die Männer mit Handschlag, rauchte mit ihnen eine Zigarette am Lagerfeuer, teilte deren Enttäuschung hinsichtlich der Fische und sagte, »Ich wüßte ein Plätzchen, garantiert mit Fischen und Pilzen und Beeren. Aber leider – Sperrgebiet. Dafür gibt es dort allerdings Hechte – so groß!«

Lange trieb er den Preis hoch, weigerte sich und lehnte ab. Aber als es dunkelte, jagte er höchstpersönlich auf der Dienststute herbei und brachte die Touristen zehn Kilometer weiter ans Ufer des Schwarzen Sees. Dort bissen die Fische einstweilen auch tatsächlich noch an, und eben das kostete die Touristen haargenau dreißig Rubelchen. Ja, zu leben verstand Fjodor Ipatytsch, nichts dagegen zu sagen.

Darum konnte Jegor, als er nach zwei Tagen die Erinnerung zurückerlangt hatte und wieder ins Denken eintrat, sich zwar entsinnen, wo er gewesen war, doch fand er die Touristen nicht mehr an jenem Ort. Die Feuerstelle fand er, leere Konservendosen und Eierschalen.

Die Touristen aber waren weg. Wie in der Erde versunken.

Und der Motor war auch weg. Ein guter Motor, ganz neu, ein Weterok, acht Pferdestärken, und dazu die eine von Jegor. Der Motor weg, der Benzinkanister und die schmiedeeisernen Dollen. Die Ruder allerdings waren noch da; Jegor entdeckte sie im Schilf. Feuerrot flammten ihre Blätter, von weitem konnte man sie sehen.

Doch das geschah alles erst später, nachdem er wieder zu sich gekommen war. Zunächst einmal konnte er an jenem ausgelassenen Tag nichts anderes tun als laut lachen.

Gegen Sonnenuntergang hatte er das Boot bis in das Reich von Jakow Prokopytsch geschleppt, gab anstelle von Erklärungen sechs Handvoll Gelächter ab und machte sich auf wackligen Beinen schwerfällig auf den Heimweg, die Hunde folgten ihm.

Und so trottete er denn in Hundebegleitung bis nach Hause. Normalerweise mögen Hunde keine Betrunkenen, Jegor aber mochten sie in jeglichem Zustand. Kein zusammenhängendes Wort konnte er sprechen. Die Füße trugen ihn kaum. Doch die Köter liefen ihm nach wie der schönen Gilda vom Direktor. Und es wird erzählt, nicht er selber soll an der Gartenpforte angeklopft haben, sondern einer von seinen Freunden hätte das mit der Vorderpfote für ihn erledigt.

Charitina, nachdem sie ihren Jegor unter großen Mühen in den Schuppen geschleppt und dort, für alle Sünden unerreichbar, eingesperrt hatte, rannte zuallererst zu ihrem Schwager, zu Fjodor Ipatytsch, um dort mitzuteilen, daß ihr Sohn Kolka abhanden gekommen und verschwunden war.

»Laß dir Zeit mit so einer Suchanzeige, Tina – zur Miliz kommen wir immer noch rechtzeitig. Suchen müssen wir deinen Kolka, kann sein, er hat sich wo festgespielt.«

Und er sandte Wowka aus, seinen Vetter zu suchen am Ufer, genau dort, wo Jegor sich als Schlepper betätigt hatte. Wowka lief los und schrie und rief und landete mit seinen Rufen endlich bei den Touristen. Schon in einiger Entfernung nahm er die Mütze ab, wie sein Vater es ihm beigebracht hatte.

»Guten Tag, ihr lieben Onkelchen, und ihr Tantchen auch. Ich suche meinen Vetter. Mein Vetter ist verschwunden, Kolka heißt er. Habt ihr ihn nicht gesehen, zufällig?«

»Er hat uns besucht, dein Cousin. Heute morgen.«

Cousin – das war mehr zum Lachen, doch dann erzählten sie alles im Ernst. Wie sein Onkel Jegor sich hier betrunken und wie er sich danebenbenommen und wie er dann eine Schlägerei angefangen hatte.

»Ja, ja, so ist der«, bestätigte Wowka. »Der ist ein bißchen so, du verstehst, Onkelchen.«

Charitina, aufgelöst in Tränen, lief die ganze Zeit durchs Dorf und hatte darüber sogar ihr Wehklagen vergessen. Sie schluchzte nur, »Meinen Koljuschka habt ihr nicht gesehen, gute Leute? Koljuschka, mein Söhnchen?«

Keiner hatte Kolka gesehen. Kolka war verschwunden. Kolka war verschwunden, aber zu Hause war ja noch Olka. Olka und Jegor. Doch Jegor schnarchte im Schuppen, und Olka schrie. Dieser Schrei begleitete Charitina von Straße zu Straße, von Gasse zu Gasse, von Haus zu Haus. Das Töchterchen hatte an Stimme einiges aufzuweisen. Solange die Mutter sie hörte, brauchte sie sich wenigstens nicht um das Töchterchen zu grämen – Olka brüllte, demnach war sie am Leben. Als sie aber plötzlich verstummte, drehte Charitina beinahe durch.

»Erwürgt ist sie worden!«

Wer sie erwürgt haben mochte, daüber dachte sie nicht nach. Sie stürzte zurück, man sah nur noch das Tuch aufwirbeln. Eilte ins Haus – da stand Kolkas Lehrerin, Nonna Jurjewna, am Bettchen, und im Bettchen lag Olka und strahlte übers ganze Gesicht.

»Guten Tag, Charitina Makarowna, bitte machen Sie sich keine Sorgen. Ihr Kolka ist bei mir.«

»Wieso bei Ihnen? Welches Recht haben Sie, fremde Kinder zu rauben?«

»Jemand hat ihn sehr gekränkt, Charitina Makarowna. Wer, das sagt er nicht, er zittert nur am ganzen Leibe. Ich habe ihm Baldrian gegeben und heißen Tee. Er ist eingeschlafen. Machen Sie sich bitte keine Sorgen. Und sagen Sie auch Jegor Saweljitsch, er braucht sich nicht unnötig aufzuregen.«

»Jegor Saweljitsch führt gerade ein Gespräch mit dem Schwein. Allzusehr regen sich die beiden wohl nicht auf.«

»Es wird sich alles einrenken, Charitina Makarowna. Alles wird sich einrenken. Morgen sehen wir weiter.«

Das glaubte Charitina nicht; sie folgte Nonna Jurjewna, um sich Kolka anzuschauen. Und richtig, da schlief Kolka auf dem Feldbett unter einer Jungmädchendecke. Fest schlief er, auf seinen Wangen aber trockneten Tränen. Nonna Jurjewna verbot kategorisch, ihn zu wecken, und veranlaßte Charitina, nachdem diese ihren Sohn identifiziert hatte, zum Rückzug. Außerdem stand Charitina der Sinn jetzt nicht nach Aufsehen, Skandal oder dergleichen.

Auch am Morgen erschien Kolka nicht, und Jegor konnte sich noch immer an nichts erinnern. Den ganzen Tag lag er im Schuppen, schluckte Wasser und stöhnte. Sogar vor Jakow Prokopytsch zeigte er sich nicht, als der ihm höchstpersönlich seine Aufwartung machte. Noch vermochte er nicht zu erfassen, wie das eine zum andern paßte, wer dieser Jakow Prokopytsch war und wieso er sich bei ihm eingefunden hatte, in welcher Angelegenheit.

Nun, in einer schlimmen Angelegenheit.

»Ein Motor, ein Kanister mit Benzin, dazu die Dollen. Dreihundert Rubel.«

»Drei-hundert?«

Von Geburt an hatte Charitina nicht so viel Geld gesehen, und darum pflegte sie alle Summen über hundert hochachtungsvoll und mit getrenntem Zahlwort zu bezeichnen: drei-hundert, vier-hundert, fünf-hundert . . .

»Drei-hundert? Jakow Prokopytsch, Genosse Sasanow, hab Erbarmen mit uns.«

»Ich hätte schon Erbarmen, aber das Gesetz hat keins, Genossin Poluschkina. Falls sich innerhalb von zwei Tagen, also bis zum dritten, die Gegenstände nicht eingefunden haben, werde ich die Miliz einschalten. Eine Anzeige werde ich erstatten.«

Jakow Prokopytsch ging. Charitina aber stürzte in den Schuppen, schüttelte ihren Mann, zerrte an ihm, beschimpfte ihn, schlug gar auf ihn ein. Jegor gab nur undeutliche Laute von sich. Dann, unter gewaltigen Mühen, tat er den Mund auf, bewegte die schwere Zunge.

»Wo war ich?«

Es drehte sich hier nicht um Kolka, der ist bei Nonna Jurjewna, der geht nicht zugrunde. Allesamt konnten sie hier zugrunde gehen, alle, ganz und gar, und darum machte sich Charitina, nachdem sie ihrem Mann einen Zuber Wasser in den Schuppen geschleppt und ihn erneut dort eingeschlossen hatte, abermals auf zur einzigen Verwandtschaft, zu ihrem Schwesterchen Marjiza und zu Fjodor Ipatytsch.

»Ihr müßt uns retten, ihr, meine Lieben! Drei-hundert Rubel wollen sie von uns!«

»Genau nach Gesetz«, sagte Fjodor Ipatytsch und seufzte stoßartig. »Das Gesetz, liebe Tina, wirst du nicht überlisten.«

»Wir würden an den Bettelstab kommen. An den Bettelstab, Schwesterchen!«

»Na nun, wozu denn gleich das Allerschlimmste, und womöglich wegen nichts? Von uns verlangen die auch was. Und nicht nur drei Hunderter, sondern einiges mehr. Trotzdem laufen wir nicht davon und werfen uns niemand vor die Füße. Ja, so ist das, Charja, meine Liebe, so ist das.«

Den ganzen Tag war Charitina unterwegs, von einem zum andern, weinte sich aus bei diesem und jenem und kehrte dennoch mit nichts nach Hause zurück. Sie hatte sich gedreht und gewendet, der Tag war dahingegangen, als hätte es ihn nicht gegeben. Alles war geblieben wie zuvor. Der Bootsmotor irgendwo auf dem Grund, die drei Hunderter wie ein Mühlstein am Halse und Kolka in einem fremden Hause.

Die Nacht über leerte Jegor den Zuber, schlief den Rausch aus und war gegen Morgen endgültig zu sich gekommen. Stiller als der frühere Jegor kam er aus dem Schuppen, obwohl es stiller wohl kaum ging. Und Charitina, die während der Nacht zu einem Schachtelhalm getrocknet war, wurde auf einmal auch ganz still und fragte nur immer, »Du, entsinne dich, wo bist du gewesen, Jegoruschka? Mit wem hast du getrunken, und wie bist du heimgekommen?«

Ein bißchen was wußte sie freilich. Nicht von Kolka, der schwieg wie ein Grab, wandte den Kopf ab. Sondern von Wowka, ihrem Neffen.

»Die Touristen haben ihm angeboten, Tante Tina.«

»Touristen?«

Trübe sah es aus in Jegors Kopf. Trübe, leer und unbehaglich – als wären ihm alle Gedanken überstürzt davongebraust in ein anderes Haus, ihm allein Schutt und Kehricht hinterlassend.

»Was denn für Touristen?«

»Geh zu Sasanow, zu Jakow Prokopytsch. Er weiß alles, Jegoruschka. Und dann finde diesen Motor. Vor dem Herrn und der Muttergottes beschwöre ich dich und auch vor den Kindern, finde ihn!«

Einen halben Tag lang suchte Jegor den Weterok, den Kanister und die Dollen auf dem Grunde des Sees. Er tauchte, schleppte sich durchs Wasser, tastete mit Händen und Füßen den Boden ab. Rauchte, schlotternd vor Kälte, am Ufer ein knappes Zigarettchen und stieg erneut ins Wasser. Er konnte sich nicht genau erinnern, wo er das Boot umgekippt hatte, und zeigen konnte es ihm keiner. Die bewußten Touristen verwöhnten sich mittlerweile am Schwarzen See mit Fischen. Als er durchgefroren war bis auf die Knochen und ein Päckchen Machorka aufgeraucht hatte, brach Jegor die Taucherei ab. Eine Dolle hatte er im Schlamm gefunden und dazu die zwei Ruder im Schilf. Damit trat er vor Jakow Prokopytsch.

»Geben Sie mir ein Boot, Jakow Prokopytsch. Vom

Boot aus taste ich mit der Hakenstange den Boden ab, so ist es zu kalt. Mächtig kalt ist es, mit den Füßen durch den Schlamm zu waten.«

»Kein Boot für dich, Poluschkin. Mein Vertrauen hast du verloren. Schaff das veruntreute Gut zurück, dann werden wir weitersehen.«

»Wohin weitersehen?«

»Auf dein weiteres Auftreten.«

»Im Krankenhaus wird mein Auftreten sein. Es ist nämlich kalt, Jakow Prokopytsch. Die Beine werde ich einbüßen.«

»Nein. Poluschkin. Bettle nicht. Ich hab da mein Prinzip.«

»Ihrem Prinzip wird nichts geschehen, Jakow Prokopytsch. Beim Herrgott schwöre ich es.«

»Ein Prinzip, Poluschkin, das ist, weißt du . . .«

»Ich weiß, Jakow Prokopytsch. Alles weiß ich jetzt.«

Jegor nickte, stand noch da, seufzte leise. Der Vorgesetzte zwang sich abermals etwas ab, etwas Langes, Müdes. Jegor hörte nicht hin. Er wischte sich zwei ungebetene Tränen von den weißen Wimpern und sagte plötzlich ganz unpassend, »Nun, scher du dich zum Teufel!«

Sprach's und schleuderte die eine einzige Dolle, die er nach einem halben Tag Suchen gefunden hatte, zurück ins Wasser. Und ging.

Jakow Prokopytsch verschlug es erstmal die Sprache, er guckte gewissermaßen entgeistert, ließ die Kinnlade herunterklappen. Dann brüllte er los, »Poluschkin! Bleib stehen, sag ich dir! Poluschkin!«

Jegor blieb stehen. Schaute ihn an, sagte leise, »Nun, was brüllst du, Sasanow? Dreihundert Rubel habe ich zu ersetzen? Wirst sie bekommen, deine dreihundert Rubel. Das wirst du. Da habe ich nämlich auch mein Prinzip.«

Er schritt heimwärts, den Blick auf die Füße geheftet. Auch zu Hause blickte er nicht auf; er versteckte die Augen hinter einem Vorhang weißlicher Brauen, und so sehr Charitina sich auch bemühte, seinen Blick bekam sie nicht zu fassen.

»Hast ihn nicht gefunden, Jegoruschka? Den Motor hast du nicht gefunden?«

Jegor gab keine Antwort. Er ging an ihr vorbei zum Küchentisch, zog den Schubkasten heraus und kippte, was an Hausrat darin war, mitten auf den Tisch.

»Noch haben wir einen halben Tag, Jegoruschka, einen halben Tag bis morgen. Vielleicht gehen wir zusammen suchen? Vielleicht tasten wir den ganzen Grund ab?«

Jegor schwieg. Schweigend besah er sich die Messer. Welches bog sich am wenigsten. Er wählte eins aus, holte den Schleifstein vom Regal, spuckte drauf und begann es zu schärfen, die Spitze besonders. Charitina erstarrte.

»Wozu wetzt du das Messer, Jegor Saweljitsch?«

Schweigend fuhr Jegor mit dem Messer über den Schleifstein, Strich für Strich. Und runzelte die Brauen, so daß eine scharfe Falte entstand. Ausgeblichen waren die Brauen, in keiner Weise furchterregend, aber er runzelte sie.

»Jegor Saweljitsch . . .«

»Koch Wasser ab, Charitina. Und stell Gefäße und Schüsseln bereit.«

»Wozu denn das?«

»Das Schwein werde ich schlachten.«

Charitina warf sich wie eine Glucke auf ihn.

»Waas?!«

»Tu, was ich dir auftrug.«

»Was soll das! Was fällt dir ein, he! Besinn dich, du, besinn dich. Unheilbringer, unseliger! Das Schwein will er ans Messer liefern – und wovon werden wir uns den Winter über ernähren? Wovon? Von Gottes Almosen?«

»Ich hab dir gesagt, was zu sagen war.«

»Ich geb es nicht! Nein, das laß ich nicht zu! Ihr guten Leute . . .«

»Schrei nicht, Charitina. Ich habe auch mein Prinzip, nicht bloß er.«

Noch nie hatte er ein Schwein geschlachtet; stets hatte er jemanden gebeten, der ein härteres Auge besaß. Nun jedoch war er wie verroht, schluchzte auf, zuckte zusammen, stieß mit dem Messer zu, ohne hinzusehen. Die ganze Kehle zersäbelte er dem Schwein, aber er tötete es. Das Schwein wurde sofort eingesalzen, Tränen aus vier Augen tropften drauf.

Gut nur, daß Kolka nicht da war. Zur Lehrerin hatte er sich zurückgezogen, zu Nonna Jurjewna. Danke, eine gute Seele war ihm begegnet, wenn auch ein Mädchen, das noch allein dastand. Ein Mädchen aus der Stadt.

Zur Nacht wurde das Schwein verarbeitet. Das Fleisch verpackten sie in Säcke, die Innereien behielten sie. Jegor warf sich die Säcke über die Schulter und machte sich noch in der Nacht auf den Weg zur Bahnstation. Er hoffte, gegen Morgengrauen in der Stadt zu sein und auf dem Markt ein möglichst munteres Plätzchen zu erhaschen, denn auf seine eigene Munterkeit zählte er nicht mehr. Ein besonders munterer Mensch war er ohnehin nie und jetzt schon gar nicht. Wie der Fisch in die kalte Tiefe, hatte sich all seine Lebendigkeit nach innen verzogen.

»Je nun, 's wird so sein, wenn's nicht anders ist.«

7

Es hatte sich so ergeben, daß Kolka Poluschkin noch nicht ein einziges Mal im Leben mit irgendwem in einen Streit geraten war. Weder Anläße noch zanksüchtige Freunde waren ihm begegnet, und obwohl er Schmerzen unterschiedlicher Art mehr als genug erduldete, verletzten diese lediglich den Körper. Die Seele aber hatte bislang niemand angerührt, niemand hatte sie verletzt, und darum war sie an Kränkungen noch nicht gewöhnt. Eine untrainierte Seele hatte dieser Junge – natürlich war das ein großer Mangel fürs Leben, sofern man dieses mit den Maßstäben seines lieben Onkels maß, mit den Maßstäben Fjodor Ipatowitsch Burjanows.

Doch Kolka ließ sich von seinen eigenen Maßstäben leiten, und deshalb brannte in ihm die väterliche Ohrfeige wie ein glühendes Stück Kohle. Sie brannte und glühte und wollte nicht verlöschen. Eine Kleinigkeit, möchte man meinen, ein Garnichts. Schließlich hatte er die Hand eines lieben und nahen Menschen an seinem Kopf gespürt, nicht die irgendeines Nachbarn. Versuchst du das jemandem zu erklären, er lacht dich aus.

»Spiel dich nicht auf, Kleiner! Du wetzt deine Zunge über deinen lieben Vater, bedenke das.«

Bedenken allein war hier jedoch offenbar nicht ausreichend, so sehr Kolka es auch versuchte. Irgend etwas war noch vonnöten, und darum machte er sich, tränenblind, auf den Weg dahin, wo man, wie er glaubte, auch ohne viel Bedenken verstehen, sich hineinversetzen und helfen würde.

»Und sie sagen, los, verpaß ihm eine! Und er schlägt wirklich zu.«

Nonna Jurjewna konnte gut zuhören. Sie schaute ihn an wie einen Erwachsenen, ganz ernst schaute sie ihn an, und unter diesem Blick verlor Kolka mit einem Mal die Hemmungen und schluchzte los. Er weinte, schmiegte das Gesicht an Nonna Jurjewnas kleine Knie, und sie fing nicht etwa an, ihn zu trösten. Sie tröstete ihn nicht und redete nicht auf ihn ein – nun ja, alles nur halb so schlimm, nicht wahr, so was vergißt man, es war doch der Vater, der dich geschlagen hat, und nicht irgendwer.

Kolka fürchtete sich jetzt vor Gesprächen, doch anstatt mit Gesprächen bewirtete ihn Nonna Jurjewna mit süßem Tee, gab ihm eine Medizin und legte ihn schlafen.

»Morgen, Kolka, werden wir uns unterhalten.«

Am Morgen hatte sich Kolka ein wenig beruhigt, die Kränkung aber war nicht vergangen. Sie, diese Kränkung, war in sein Inneres eingedrungen, so eingedrungen, daß er sie jetzt gewissermaßen von der Seite betrachten konnte. Wie in einem Käfig saß sie, einem kleinen Raubtier ähnlich. Die ganze Zeit spürte Kolka in sich dieses unverträgliche Raubtier, er beobachtete es, studierte es – und lächelte nicht. Die Sache war ernst.

»Wenn er mich doch von sich aus geschlagen hätte, ja von sich aus, Nonna Jurjewna, aus Wut. Aber daß er sich von denen verleiten ließ. Wieso erniedrigt er sich? Wieso?«

»Er ist aber doch ein guter Mensch, dein Vater, Kolja, ein sehr guter Mensch. Gibst du mir recht?«

»So, und tut er das, weil er ein guter Mensch ist?«

Nonna Jurjewna stritt nicht; Streiten fiel hier schwer, weil Kolja sich in dieser Angelegenheit weit besser auskannte. Sie deutete vorsichtig an, vielleicht sollte man mit dem Vater reden? Doch Kolka wehrte sich entschieden dagegen.

»Wer schuld hat, der soll auch als erster kommen!«

»Kann man so etwas von einem Älteren verlangen?«

»Wenn einer schon der Ältere ist, dann soll er ein gutes Beispiel geben. Das haben Sie uns doch beigebracht? Und er, was gibt er für ein Beispiel? Tut, als ob er ein Untertan wäre. Nun, ich werd auf keinen Fall ein Untertan sein, auf gar keinen Fall!«

Da seufzte Nonna Jurjewna. Irgendwo dort, in dem unerreichbaren, beinah sagenhaften Leningrad war eine einsame Mutter, auch Lehrerin, zurückgeblieben, die als einzige von der großen, lauten Familie die Blockade überlebt und dann, bereits im Frieden, den Mann verloren hatte; die ebenso leise, fleißig und zuverlässig war wie Nonna Jurjewna. Als die Tochter nach dem Studium hierher in diese Einöde geschickt wurde, da hatte sie bloß geweint.

»Paß gut auf dich auf, Töchterchen.«

»Paß gut auf dich auf, Mutter!«

Nonna Jurjewna lebte im Dorf wie ein Mäuschen: von zu Haus in die Schule, aus der Schule nach Hause. Zum Tanzen ging sie nicht, und auf keine Feier – als wäre sie nicht dreiundzwanzig, sondern schon achtundsechzig.

»Möchtest du das Lied von Stenka Rasin hören?«

Schallplatten besaß Nonna Jurjewna zwei Kisten voll. Und Bücher noch mehr. Die Wirtin hatte ihre Befürchtungen.

»Nie und nimmer werden Sie, Nonna Jurjewna, einen Mann finden.«

»Warum?«

»Na, Sie verschwenden sich viel zu sehr auf die Bücher. Sie sollten sich selber leid tun – die Männer mögen die Verbücherten nicht.«

Kann sein, die Männer mochten sie nicht. Kolka dagegen mochte sie sehr. Den ganzen Tag hörten sie Schallplatten, lasen Gedichte, sprachen über wilde Tiere, hörten abermals Platten.

»Na, das ist eine Stimme, was, Nonna Jurjewna? Da zittert die Lampe!«

»Das ist Schaljapin, Fjodor Iwanowitsch Schaljapin. Das merk dir bitte.«

»Und ob ich mir das merke, unbedingt. Er war sicherlich sehr stark, nicht wahr?«

»Schwer zu sagen, Kolja, Die Heimat verlassen und in einem fremden Land sterben – was ist das, Kraft oder Schwäche? Ich würde meinen, es ist Schwäche.«

»Aber vielleicht hatte man ihn gekränkt?«

»Kann einen sein Vaterland kränken? Das Vaterland ist immer im Recht, Kolja. Die Menschen können sich irren, können ungerecht sein, sogar böse, das Vaterland kann nicht böse sein, da habe ich doch recht? Das Vaterland kann einen nicht kränken, das ist einfach töricht.«

»Der Vater sagt, wir haben das beste Land. Ach was, geradezu das allerallerbeste!«

»Ja, das allerallerbeste!«

Traurig lächelte Nonna Jurjewna, doch konnte Kolka nicht verstehen, warum sie traurig lächelte. Er wußte noch nicht, was Einsamkeit ist und was Sehnsucht – selbst seine erste Begegnung mit einer gewöhnlichen schmerzlichen Ungerechtigkeit, seine erste wirkliche Kränkung war trotz allem klar und begreiflich. Die Traurigkeit Nonna Jurjewnas aber war zuweilen ihr selber unbegreiflich.

Am zweiten Tag hielt Kolka das freiwillige Einsiedlertum nicht mehr aus und lief weg. Während sein Vater unzählige Male nach dem Bootsmotor tauchte, stahl sich Kolka, um nicht der Mutter zu begegnen, auf Umwegen aus dem Dorf. Da lagen, wie im Märchen, drei Wege vor ihm: zum Flüßchen, wo die Dorfjugend badete; am Teich vorbei in den Wald; und zur Bootsstation, wohin er noch

vor kurzem besonders gern gelaufen war. Und wie der
Held im Märchen stand auch Kolka, zögerte, grübelte,
seufzte und bog dann nach links ab, in das Reich des Jakow
Prokopytsch.

»Nun, was hast du mir zu vermelden?« fragte Jakow
Prokopytsch als Antwort auf Kolkas »Guten Tag«. »Was
für Unannehmlichkeiten hast du mir zu verkünden?«

Überaus aufgeregt, sogar ein wenig stotternd vor Aufregung, berichtete Kolka dem Chef seines Vaters eilig, ja
überstürzt, alles über den vorgestrigen Tag. Darüber, wie
das Boot nicht schlecht gefahren war und wie die fernen
Ufer sich vor ihnen aufgetan hatten, wie fleißig Jegor den
Touristen geholfen hatte. Er berichtete über die Luftmatratzen und das Lagerfeuer. Über den brennenden Ameisenhügel und das gelbe Zelt. Über die Wurst mit Brötchen
und die zwei Trinkbecher aus Emaille, die der Vater auf die
eindringliche Aufforderung der Touristen auf einen Zug
geleert hatte. Und darüber, wie er dann getanzt habe, wie
er hingefallen war . . .

Jakow Prokopytsch hörte Kolka aufmerksam zu, ohne
ihn zu unterbrechen; er blinzelte nur böse. Am Ende präzisierte er, »Und du bist dann also gegangen?«

»Ja, ich bin gegangen«, sagte Kolka und seufzte und
hatte sich entschlossen, die Ohrfeige nicht zu erwähnen.
»Ich bin gegangen, und er ist dort geblieben. Der Motor
war noch da.«

»Demnach trifft dich keine Schuld«, sagte nach längerem Schweigen der Leiter der Bootsstation. »Ich werde
dich sowieso nicht in die Sache hineinziehen, du arbeitest
ja nicht bei mir.«

»Aber ich habe doch nicht darum . . .« Kolka seufzte.
»Ich habe nur alles so erzählt, wie es gewesen ist. Was er
jetzt durchmacht, Onkel Jakow Prokopytsch.«

»Was er durchmacht, gibt's umsonst – aber was ich
durchmache, das kostet Geld. Na schön . . . alles klar. Du

bist noch zu klein, um Lehren zu erteilen. Viel zu klein. Verzieh dich von hier. Verzieh dich, und laß dich nicht mehr blicken – ich verbiete dir den Zutritt.«

Und Kolka ging. Er ging ohne besondere Bitterkeit, denn er hatte mit nichts gerechnet, als er sich dieses Gespräch vornahm. Er mußte einfach mit Jakow Prokopytsch reden, er mußte ihm erzählen, wie alles gewesen war, weil er wußte, daß sein Vater niemals und niemandem davon erzählen würde. Daß Jakow Prokopytsch, nachdem er es erfahren hatte, ihn schlicht und einfach davonjagen würde, das ahnte Kolka im voraus, und darum war er weder verwundert noch enttäuscht. Er dachte nach und begab sich abermals zur Lehrerin.

»Warum sind die Menschen so böse, Nonna Jurjewna?«

»Das ist nicht wahr. Die Menschen sind gut, sehr gut.«

»Und warum kränken sie dann andere?«

»Warum?«

Nonna Jurjewna seufzte. Fragen stellen, das fällt euch leicht. Sie hätte nicht zu antworten brauchen, natürlich. Sie hätte ausweichen können, hätte sagen können, wenn du erwachsen bist, wirst du es erfahren, jetzt bist du noch zu klein. Sie hätte das Gespräch auf ein anderes Thema lenken können. Nonna Jurjewna aber sah Kolka in die Augen und konnte nicht heucheln, so klar waren seine Augen. Sie forderten Klarheit.

»Darüber, was das ist, das Böse, und warum es getan wird, darüber denken die Menschen seit langem nach, Kolja. Solange sie auf der Welt sind, schlagen sie sich damit herum, und einmal, um alles auf Anhieb zu erklären, haben sie sich den Teufel ausgedacht, mit Schweif und Hörnern. Haben sich den Teufel ausgedacht und auf ihn alle Verantwortung für das Böse abgewälzt, das in der Welt geschieht. Nicht mehr die Menschen sollten schuld sein an dem Bösen, sondern der Teufel. Der Teufel hätte sie verführt. Aber der Teufel konnte den Menschen nicht helfen. Er hat ihnen die Gründe für das Böse nicht erklärt, sie nicht vor dem Bösen bewahrt und nicht von ihm erlöst. Und warum ist das alles so, was meinst du?«

»Na darum, weil sie immer nur von außen her gesucht haben. Das Böse aber ist im Menschen, innen sitzt es.«

»Und was sitzt noch innen im Menschen?«

»Der Bauch! Wegen dem Bauch geschieht auch das Böse. Ein jeder hat Angst um seinen Bauch, und er kränkt alle, alle ringsum.«

»Außer dem Bauch gibt es noch das Gewissen, Kolja. Das ist ein Gefühl, das erst reifen muß. Reifen und sich festigen. Manchmal kommt es vor, daß in einem Menschen das Gewissen nicht ausreift, daß es winzig bleibt, grün und ungenießbar. Dann steht dieser Mensch gewissermaßen ohne Ratgeber da, ohne Kontrolleur in sich selbst. Und er merkt nicht mehr, wo das Böse und wo das Gute ist. Alles in ihm verschiebt und verwirrt sich. Und um sich selbst einen Rahmen abzustecken, um mit ihrem tauben Gewissen keine Verbrechen zu begehen, denken sich solche Menschen Regeln aus.«

»Was für Regeln?«

»Verhaltensregeln. Was einer tun soll und was nicht. Sie halten, was ihnen ihr eigenes, winziges Gewissen sagt, für Lebensart und machen es zu einer unabänderlichen Regel für alle. Zum Beispiel meinen sie, daß ein Mädchen nicht allein leben darf. Und falls eine dennoch allein lebt, heißt es, irgendwas ist da nicht in Ordnung. Also sollte man auf sie ein besonderes Auge haben. Also sollte man ihr gegenüber mißtrauisch sein. Also darf man über sie die allerdümmsten Gerüchte . . .«

Nonna Jurjewna hielt inne. Wurde sich dessen bewußt, daß sie mittlerweile in eigener Sache sprach, daß sie aus dem Allgemeinen einen privaten, persönlichen Schluß zog. Sie bekam einen Schreck.

»Ach Gott, meine Kochplatte in der Küche ist nicht ausgeschaltet!«

Sie lief hinaus, doch Kolka merkte es nicht. Er saß da, die Stirn in Falten, dachte nach, ordnete ein. Wandte Nonna Jurjewnas Worte auf sein tägliches Dasein an.

Was die Regeln anbetraf, so paßte alles genau zueinander. Kolka hatte solche gesehen, die nach ihren Regeln lebten und alle, die sich nicht an diese Regeln gebunden fühlten, für besonders dumm oder besonders raffiniert hielten. Waren die Regeln, nach denen Jakow Prokopytsch lebte, einfach und stabil, so wichen die Regeln seines lieben Onkels Fjodor Ipatowitsch ganz entschieden von ihnen ab. Sie waren weitaus elastischer als die geradlinigen Schrullen des von einer Kiefer getroffenen Jakow Prokopytsch Sasanow. Alles konnten sie rechtfertigen und alles gestatten, was nur immer Fjodor Ipatowitsch im gegebenen Moment notwendig erschien.

Außerdem waren da noch die Regeln des Vaters. Einfache Regeln: niemandem jemals irgendwelche Regeln aufzwingen. Und er zwang keinem welche auf. Er lebte allzeit still und verschüchtert. Immerzu blickte er sich um, ob er nicht jemanden störte oder jemandem in der Sonne stand oder jemanden beim Laufen behinderte. Dafür hätte man ihm von ganzem Herzen danken sollen, aber keiner sagte Dankeschön zu ihm. Keiner.

Kolka zog die Stirn in Falten, grübelte, nach welchen Regeln er leben sollte. Und wie man es wohl einrichten könnte, daß es keinerlei Regeln mehr gibt, sondern daß alle Menschen ringsumher nur nach ihrem Gewissen handeln. So wie es sein Vater tat.

Während nun Kolka sich den Kopf über die Probleme von Gut und Böse zerbrach, weinte in der Küche seine Lehrerin Nonna Jurjewna still und leise vor sich hin. Die

Wirtin war ausgegangen, und sie konnte, ohne etwas zu verheimlichen und ohne ein Dienstlächeln aufzusetzen, sich voll und ganz ihrem Kummer hingeben. Sie weinte über ihr glückloses Geschick, ihre Brille, ihre studierte Unbeholfenheit und ihr langwährendes Alleinsein.

Und vielleicht ist es wahr, daß die Männer keine verbücherten Mädchen mögen?

8

Der Zug traf in der Gebietsstadt so früh ein, daß Jegor sich bereits gegen fünf Uhr morgens am Marktplatz befand. Der Markt hatte noch nicht geöffnet; Jegor blieb in der Nähe des Tors stehen und legte seine Säcke auf den Asphalt. Selber lehnte er sich mit der Schulter an den nächsten Pfosten, drehte sich als Frühstück ein Zigarettchen und begann besorgt über die bevorstehende Handelsoperation nachzudenken. Seit je hatte er nicht zum Kaufmann getaugt, seine Hände waren fürs Beil geschaffen und nicht für Waage und Gewichte. Daheim, im Fieber des Aufbruchs, hatte er seine Fähigkeiten überschätzt und bedauerte das jetzt zutiefst, er blickte finster drein und seufzte.

Wozu denn um den heißen Brei herumreden. Angst flößte der Markt Jegor ein. Er fürchtete sich vor ihm, mißtraute ihm und rechnete damit, daß man ihn übers Ohr hauen würde, unweigerlich, ganz gleich, wobei. Vorerst träumte er nur davon, wie er sich möglichst nicht gleich um alle Kilos auf einmal prellen ließe. Wie er wenigstens ein bißchen was herausholte, wenigstens zwei von den drei Hundertern, die gleich einem Unwetter drohend über ihm hingen.

Mittlerweile war die Stadt in Bewegung geraten. Autos prusteten, Hausmeister schlurften, frühe Dämchen klapperten mit den Absätzen. Jegor rückte für alle Fälle näher zu den Säcken, wobei er den bequemen, weiter entfernten Pfosten gegen einen unbequemen, näheren eintauschte; um den Kolchosmarkt war es einstweilen allerdings ruhig. Einzelne Personen tauchten zwar schon auf, aber das Tor, mit dem Jegor liebäugelte, öffnete vorerst niemand.

»Was ist das!«

Jegor blickte sich um. Ein Chef. Mit Hut, Brille, Aktentasche. Und weist mit dem Zeigefinger auf die Säcke.

»Was ist das, frage ich Sie!«

»Schweinefleisch ist das«, erklärte Jegor eilig. »Ganz frisch, jawohl. Eigene Schlachtung.«

»Eigene Schlachtung?« Die Augenbrauen unter dem Hut bewegten sich drohend, auf – nieder, auf – nieder. »Das ist Blut! Blut strömt antisanitär auf den Asphalt, das sehe ich deutlich und mit bloßem Auge.«

Unter den Säcken hervor sickerten tatsächlich ein paar klägliche Tropfen Blut. Jegor blickte auf das Blut, schaute den strengen Chef an, begriff nichts, klapperte hastig mit den Wimpern.

»Für solche Mätzchen wird die Marktproduktion beanstandet«, fuhr der Mann mit der Aktentasche streng fort. »Was, sagen Sie, haben Sie für eine Produktion?«

»Ich? Ich habe gar keine Produktion. Geschlachtetes habe ich. Ein Schwein.«

»Um so mehr bin ich verpflichtet, wachsam zu sein. Schon mal was von Cholera gehört? Nein? Sauberkeit – Unterpfand der Gesundheit! Name?«

»Meiner?«

»Ihr Name, frage ich!«

»Je nun . . . Poluschkin.«

»Po-lusch-kin.« Der Mann mit dem Hut zückte ein Büchlein und trug Jegors Familiennamen sorgsam darin ein, was Jegor äußerst beunruhigte. »Wir müssen die Güteklasse herabsetzen, Bürger Poluschkin. Sie wissen, weswegen. Die Schlußfolgerungen ziehen Sie selber.«

Er verstaute das Büchlein in der Tasche, ging, ohne

sich umzuschauen, davon, und Jegor, wie vor den Kopf geschlagen, blickte ihm hinterdrein. Dann eilte er zu seinen Säcken, wollte sie schon hochheben, auf daß alles sanitär sei, aber dazu kam er nicht. Zwei Männer stürzten vom Markt her auf ihn zu, ein älterer, der andere in mittleren Jahren. Der stieß einen Seufzer aus, schnalzte.

»Ei, sieh an, ein Rechtsverletzter. Ein Parasit, ts, ts!«

»Wieso denn das?« fragte Jegor.

»Weißt du, wer das war?« fragte der in mittleren Jahren. »Der Oberste von der Inspektion. Der das Fleisch stempelt. «

»Stempelt?«

»Ja, und wenn er es nicht stempelt, kannst du deine Ware einsargen. Darfst sie nicht verkaufen, und fürs Kühlhaus wird sie auch nicht zugelassen. Vergammeln wird die schöne Ware. «

»Wieso denn das?« fragte Jegor.

»Es wimmelt von Aufpassern, schrecklich!« sagte der Ältere und seufzte. »Von Aufpassern und von Rückversicherern. Eine Epidemie, schon mal was davon gehört?«

»Was ist?«

»Unseren Bruder haben sie ganz schön in der Zange . . .«

Und die beiden Passanten taten besorgt, fingen an zu stöhnen und zwitscherten was von Hygiene, Gesundheitsinspektion, Epidemie, Gütekontrolle, Stempel, Kühlhaus. Der eine stand rechts, der andere plazierte sich links. Jegor hörte ihnen zu und drehte immerzu den Kopf hin und her. Den Hals hätte er sich fast verrenkt.

»O ja, bist du angeleimt, Mann. «

»Und vorigen Monat«, sagte der Ältere und stieß den in den mittleren Jahren in die Seite, »da hat er ihm drei Hunderter aufgebrummt. «

»Wie denn das?«

»Aufgebrummt hat er sie ihm. Mit anderen Worten,

lebt wohl, ihr drei Hunderter. Weggeflogen sind sie, wie die Rauchschwalben.«

»Wieso denn das?«

»Ja, eine Anzeige hat er gemacht, eine richtige Anzeige . . . Was hast du denn für Fleisch, Kalbfleisch?«

»Schweinefleisch.« Jegor, den Mund aufgesperrt, blickte mal den rechts an und mal den links. »Was mach ich nun, Leute, he? Gebt mir einen Rat.«

»Was soll man da raten? Nimm deine Säcke und scher dich nach Hause. Und verkauf deinen Kram für einen Rubel das Kilo.«

»Für einen Rubel werden sie es gar nicht nehmen«, sagte der in mittleren Jahren. »Wozu sollen sie einen Rubel bezahlen? Wenn's hoch kommt, zahlen sie siebzig Kopeken.«

Siebzig Kopeken? Für siebzig Kopeken, das kann ich nicht, das kann ich auf gar keinen Fall. Ich habe einen Verlust zu ersetzen. Drei Hunderter muß ich zahlen.«

»Ja, ja, deine Sache steht nicht gut«, seufzte der Ältere. »Sicher, so was kränkt einen, aber wenn er erst mal deinen Namen notiert hat, dann ist Schluß.«

»Und was nun?«

»Könntest du dem Mann nicht helfen, na?« fragte, um Jegor besorgt, der in mittleren Jahren. »Du siehst ja, er hat zu zahlen, und ihm vergammelt das schöne Fleisch.«

»Schwierig«, sagte der Ältere und tat betrübt. »O ja, eine schwierige Sache. Unvorstellbar.«

»Wir verstehen!« flüsterte Jegor und schaute sich um. »Wir werden natürlich, wie sagt man, Eure Schwierigkeiten in Betracht ziehen. Und uns für Eure Mühe erkenntlich zeigen.«

»Das hättest du dir sparen können«, sagte der Ältere streng. »Ich komm dir, sozusagen, aus ehrlichem Herzen, und du redest von Geld. So was kränkt einen.«

»Ja, das kränkt einen«, bestätigte der in mittleren Jahren.

»Aber wieso denn, was denn?« sagte Jegor verschreckt.

»Das habe ich nur so, wirklich nur so ... So dahergeschwatzt habe ich das, Bürger.«

»Dahergeschwatzt hat er es«, sagte der in mittleren Jahren. »Vielleicht sollten wir ihm das abnehmen?«

»Das Wichtigste hierbei ist, wie wir die oberen Instanzen umgehen«, gab der Ältere zu bedenken. »Dein Name ist bekannt, sie haben ihn notiert. Das macht die Sache so kompliziert. Vielleicht wäre es besser, alles auf einmal zu verkaufen, wie? Alles auf einen Hieb. En gros, wie man das nennt. Eineinhalb Rubel das Kilo.«

»Eineinhalb Rubel?« stöhnte Jegor. »Wie könnt ihr so was machen, liebe Leute! Das wäre ja glatte Plünderei.«

»Plünderei, sagst du? Und daß sie dich mit deinem Namen jetzt an der Angel haben, was ist das? Selber bist du an allem schuld, hast dich hier antisanitär aufgeführt und schreist Plünderei! Was haben wir eigentlich an dir verloren. Wir wollten dir helfen, kameradschaftlich.«

»Wer nicht will, der hat schon«, sagte der in mittleren Jahren. »Soll er sich trollen, mit seinem Dreck am Stecken.«

Und sie gingen.

Jegor begann zu bereuen, rang mit sich – hielt es nicht länger aus.

»Männer! He, ihr!«

Sie blieben stehen.

»Zwei Rubel und einen Fünfziger ...«

»Geh du doch!«

Und gingen selber.

Jegor strampelte sich noch mehr ab. »Männer! Laßt mich nicht im Stich, liebe Leute!«

Wieder blieben sie stehen.

»Nun, was willst du noch? Wir erweisen dir alle Achtung, bieten dir, sozusagen für ein Dankeschön, unsere Hilfe an – und du? Hin und her und her und hin.«

»Einfach nicht ernst zu nehmen bist du. Soweit mußte es halt kommen.«

»Aber wo wollt ihr denn hin, liebe Leute, Freunde? Und ich, wie soll ich jetzt . . .«

»Deine Sache.« Sie lenkten ihre Schritte zur Ecke, vom Marktplatz weg.

»Halt!« rief Jegor ihnen nach. »Na gut, genug gefeilscht. Los, gebt für alles in allem zwei Hunderter und drei Zehner.«

Er wußte längst, daß ihn die Männer betrogen. Daß sie ihn betrogen und logen und sich aus allem herauswanden. Und daraus war in seinem Innern eine äußerst traurige Erkenntnis erwachsen. Er hatte plötzlich an seinen Schwager, an Fjodor Ipatowitsch, denken müssen, der sich aus anderer Menschen Leid einen Gewinn verschaffte; und an Jakow Prokopytsch, der sich lediglich darum Sorgen machte, daß anderer Leute Unglück ja nicht ihn, ihn persönlich berührte; und an jene Touristen; und an diese Gauner und noch an die vielen anderen, die ebenso klein, kleinlich und gierig waren und nur auf ihr eigenes Wohl bedacht. Dies alles war ihm also eingefallen, und darum hatte er gesagt, »Los, gebt für alles in allem . . .«

»Nun, weißt du, erst mal muß aber gewogen werden. Vorwärts, auf die Waage mit deiner Produktion!«

Es wurde gewogen. Jegor kehrte mit zwei Hundertern nach Hause zurück. Ohne Fleisch – aber mit Geschenken. Der eine bekam ein Messerchen, der andere ein Tüchlein, alle beschenkte er, keinen hatte er vergessen. Auch für Wodka hatte das Geld gereicht.

»Die Gäste bitte her, Charitina«, verkündete er noch auf der Schwelle. »Lade alle ein. Die Brigadiere, den Bauleiter, Jakow Prokopytsch, die liebe Verwandtschaft. Alle lade ein. Jegor Poluschkin möchte die Welt bewirten.«

»Was hast du dir da ausgedacht und eingebildet, was ist das für eine Träumerei, was für ein Hirngespinst . . .«

Er ließ Charitina gar nicht zu Wort kommen. Nahm, die Stiefel noch an den Füßen, in der Ikonenecke Platz. Schlug mit der flachen Hand auf den Tisch.

»Genug! Wenn auch nur einen Tag – den aber gründlich!«

»Wo wir aber doch drei-hundert zahlen müssen. Und du bringst für das ganze Schwein nur zwei-hundert. Und woher nehmen wir den Rest – woher?«

»Ich bin der Kopf – ich werde es mir einfallen lassen.«

»Du bist der Kopf, und ich bin der Hals – an mir hängt das Familienjoch . . .«

Da holte Jegor das Geld aus der Tasche, knallte es auf den Tisch.

»Wegen dieser Scheine sollen wir uns abhärmen? Des Lebens Schönheit mit ihnen messen? Ihretwegen Tränen vergießen? Verfeuern müßte man sie, allesamt und überall, in lodernden Flammen! Verfeuern, und danach auf ihrer Asche den Hocktanz tanzen! Und einen Reigen rings um die Flamme! Daß die Frierenden gewärmt und die Geblendeten sehend werden! Daß es weder Arme noch Reiche gibt, weder Schulden noch Schuld! Daß wir . . . Und ich, ich will als erster mein Letztes in dieses Feuer . . .«

»Jegoruschkaa!«

Charitina warf sich ihm zu Füßen. Der zündet tatsächlich sein Letztes an, dem ist alles zuzutrauen. Der verfeuert sein Geld, gibt seinen Geist auf – und dann? Entweder ins Gefängnis hinter Gitter oder an den Espenbaum, den bittern.

»Stürz die Familie nicht ins Verderben, Jegoruschka! Schone die Kinder! Alles werde ich tun, wie du es gebietest. Alle werde ich einladen. Kochen werde ich und braten und zu trinken auftragen. Nur gib mir dieses Geld, das sündige. Gib es, bei unserem Herrn Jesus Christus flehe ich dich an.«

Jegor wurde mit einemmal schlapp – als ob man die

Luft aus ihm hätte entweichen lassen. Er warf die zwanzig Zehnrubelscheine vom Markt auf den Tisch und sagte, »Wodka so viel, daß alle genug bekommen. Daß sie darin ersaufen.«

Charitina nickte, huschte wie ein Mäuschen zur Tür hinaus. Jegor aber setzte sich auf die Bank, nahm den Tabaksbeutel und drehte sich seine Beraterin, die Zigarette. Sorgfältig drehte er sie, bedächtig. Nicht weil es ihm leid war um den Machorka, um nichts war es ihm jetzt leid, sondern weil er unbedingt und sehr gern nachdenken wollte. Doch gehorchten ihm die Gedanken nicht, rannten in alle Richtungen auseinander, und er versuchte sie zu sammeln, wie die Machorkakrumen in dem Fetzen Zeitungspapier.

Über vieles wollte er nachdenken. Wollte begreifen, was mit ihm geschehen war, warum, und vor allem – wozu. Er wollte prüfen, wer im Recht war und wer schuldig. Er wollte entscheiden, wie weiter, wo man noch einen Hunderter herbekommen und wo einen künftigen Broterwerb finden konnte. Er wollte träumen vom Triumph der Gerechtigkeit, von der Bestrafung aller Ungerechten, Bösen und Gierigen. Er wollte Glück und Freude, Ruhe und Stille. Und er wollte Achtung. Ein bißchen wenigstens.

Und außerdem hätte er gern geweint, doch weinen konnte Jegor nicht, und darum rauchte er nur düster, den Blick starr auf den Tisch gerichtet. Als er sich schließlich umschaute, da sah er plötzlich, in der Tür stand Kolka.

»Söhnchen . . .« Und er erhob sich und senkte den Kopf. Und sagte dann leise, »Das Schwein habe ich geschlachtet, Söhnchen. Ja, so also.«

»Ich weiß.«

Kolka trat an den Tisch und setzte sich auf den Platz der Mutter, auf den Schemel. Jegor aber stand noch immer, den Kopf schuldbewußt gesenkt.

»Setz dich, Vater!«

Jegor ließ sich folgsam auf die Bank nieder. Steckte, ohne hinzusehen, die Kippe in den Geranientopf auf dem Fensterbrett; ein Blütenblatt knisterte. Sein Blick wanderte im Kreise, um Kolka herum. Kolka schaute ihn an, auf Erwachsenenart schaute er ihn an, eindringlich. Dann sagte er, »Kein bißchen bist du schuld, Vater. Ich bin schuld.«

»Du? Wie das?«

»Ich habe dich nicht rechtzeitig angehalten.« Kolka seufzte. »Du bist doch mein Aufziehkamerad, stimmt's?«

»Stimmt, Söhnchen, richtig.«

»Na. Und ich habe dich nicht zurückgehalten. Also bin ich auch schuld. Sieh nicht den Tisch an. Sieh mich an, gut? So wie früher.«

Jegors Lippen begannen zu hüpfen – kaum zu unterscheiden, ob er lächeln wollte oder pfeifen. Mit Mühe und Not hielt er sich in Gewalt.

»Du mein Kläräugiger . . .«

»Schon gut, was soll das«, sagte Kolka ungehalten und drehte sich weg.

Und richtig so, daß er sich wegdrehte, denn in Jegors Nase kitzelte es plötzlich, und zwei Tränen krochen wie von selbst über die unrasierten Wangen. Er wischte sie weg, lächelte und begann sich abermals ein Zigarettchen zu drehen. Während er es drehte und anrauchte, schwiegen sie beide, Vater und Sohn. Dann wandte Kolka sich zu ihm um, und seine Augen funkelten.

»Was ich für einen Mann bei Nonna Jurjewna gehört habe, oho, Vater! So was von Stimme! Geradezu wie von einem Elefanten.«

Zum Abend kochte und briet Charitina Schweinebauch und tischte ihn auf. Jegor, in sauberem Hemd, saß in der Ikonenecke, links von sich die Geschenke, rechts die Halbliterflaschen. Jeden empfing er mit einem Geschenk und einem geschliffenen Wasserglas, denn Schnapsgläser hatten sie nicht in ihrem Haushalt.

»Auf deine Gesundheit, teurer Gast. Iß und trink und freu dich am Geschenk.«

Die Brigadiere und den Bauleiter hatte Charitina nicht eingeladen, vielleicht wollte sie es nicht; Jakow Prokopytsch aber hatte sich herbemüht.

»Einen Groll auf dich, Poluschkin, habe ich nicht, darum bin ich gekommen. Jedoch achte ich das Gesetz von Herzen. Dich habe ich geachtet, und das Gesetz achte ich. So ist bei mir die Fragestellung.«

»Setz dich, Jakow Prokopytsch, Genosse Sasanow! Für dein Kommen hab Dank, nun koste von Speise und Trank.«

»Mit unserem vollsten Vergnügen. Alles muß aufs genaueste befolgt werden, richtig? Alles, was festgelegt ist. Und alles, was nicht festgelegt ist, das sind nur Phantasien. Mit Benzin müßten die übergossen und angezündet werden.«

Fjodor Ipatytsch hatte sich gleichfalls eingefunden, doch er war ganz und gar in sich gekehrt, ganz düster. Und darum schwieg er, aß und trank. Jakow Prokopytsch jedoch antwortete er.

»Ein jeder findet, wenn es bei wem anders brennt, seine passende Beschäftigung. Der eine löscht, der andere glotzt, der dritte wärmt sich die Hände.«

Jakow Prokopytsch fuhr hoch.

»Wie darf ich, Fjodor Ipatytsch, diese Bemerkung verstehen?«

»Die Gesetzesleute sollte man verbrennen und nicht die Phantasien. Auf einen Haufen zusammentreiben alle Gesetzesleute – und dann verbrennen. Auf kleiner Flamme langsam rösten.«

Man hätte den Streit jetzt anheizen können, doch Marjiza ließ das nicht zu. Sie zupfte an ihrem Mann.

»Streite nicht. Hetze nicht. Für uns ist besser hübsch beiseite bleiben, sich die Hände reiben.«

Und Wowka sagte ihm ins andere Ohr, »Kann sein, wir brauchen von ihm mal ein Boot.«

Jegor aber hörte nichts in seiner Ikonenecke. Er verteilte Geschenke, verwaltete den Wodka. Trank selber, bot den anderen an.

»Trinkt, teure Gäste! Fjodor Ipatytsch, teurer Schwager, mein liebster und einziger Freund, was bist du so finster und zugeknöpft. Lächle, schau mit Samtaugen drein, laß uns dein wertvolles Wort hören.«

»Ein Wort, läßt sich machen.« Fjodor Ipatytsch hob das Glas. »Nun denn, auf deine Heimkehr, Hausherr. Und auf deinen Scharfsinn. Alle um dich her sind solche Gesetzesleute, ohne Scharfsinn, da gibt es kein Überleben. Hast dich also herausmanövriert – alle Achtung, jawohl. Verdienst ein Lob. Eine reine Seele wird das Paradies schauen.«

»Das Paradies?« wandte bekümmert Charitina ein. »Das Paradies ist für die anderen, wir tun weiterwandern. Uns fehlen fürs Paradies noch hundert Rubel.«

Marjiza wunderte sich. »Wieso denn das, Tina, was für hundert Rubel? Das Schwein, bitte schön, wird er wohl nicht ohne Gewinn . . .«

Charitina hatte sich zusammengenommen. Den ganzen Tag hatte sie sich beherrscht, und nun konnte sie nicht mehr. Fing plötzlich an zu jammern, wie bei der Totenklage.

»Ach du mein Schwesterchen Marjiza, ach du mein Schwagerchen, Fjodor Ipatytsch, ach ihr meine liebwerten, freundlichen Gäste . . .«

»Was ist mit dir, Tina, was ist, wozu das Wehklagen?«

»Es sind doch nur zwei-hundert Rubel für die ganze Schlachtung.«

»Zweihundert?« Fjodor Ipatytsch fiel der Bissen aus

dem Mund. »Zweihundert Rubel? Wie kommt denn das? Was zahlt man denn jetzt fürs Kilo?«

»Ganz gleich, was man zahlt – hab alles verkauft«, sagte Jegor. »Eßt und trinkt, ihr Gäste . . .«

»Moment mal!« unterbrach ihn Fjodor Ipatytsch streng. »Frisches Schwein ist kein Hammel. Und erst recht heutzutage. Und erst recht in der Stadt. Vier Rubel fürs Kilo, das zahlt man! Vier runde hübsche Rubel – das weiß ich.«

Am Tisch wurde es ruhig. Und Jakow Prokopytsch stimmte ihm zu. »Jawohl, von diesem Preis in etwa sprach auch meine Gattin.«

»O du mein Gott!« jammerte Charitina. »O du mein Gott! O ihr lieben Leute!«

»Moment mal!« Fjodor Ipatytsch schlug mit der flachen Hand auf den Tisch. Vor lauter Verdruß hatte er vergessen, daß er Gast und nicht bei sich zu Hause war. »Das läuft ja darauf hinaus, daß du zwei Hunderter eigenhändig in den Ofen gefeuert hast, Jegor. Und das bei deinen Schulden, wo du so viel zu zahlen hast und deine Familie in Armut lebt, da verschenkst du zwei Hunderter an einen Fremden? O du Unheilbringer, unseliger!«

Da schlug Jegor mit seiner knochigen Faust auf die Tischplatte, daß die Gläser hüpften.

»Schweig! Alles berechnet ihr, ja? Den Gewinn berechnet ihr, die Verluste zählt ihr zusammen? Aber wehe, in meinem Hause wagt einer zu zählen und zu berechnen, habt ihr alle verstanden und begriffen? Ich bin hier der Hausherr, höchstpersönlich. Und eines kann ich euch berechnen: dem einen sein Holzhaus zimmern, dem anderen das Dach decken, dem dritten ein Fenster durchbrechen – darauf verstehe ich mich. Und meinem Sohn trage ich auf, dies und nichts anderes im Leben zu berechnen. Dreihundert Quadratmeter Land habe ich, und diese dreihundert Quadratmeter leben nach meinen Gesetzen und zählen

nach meinem Zählmaß. Und ich habe ein einfaches Gesetz: zähl nicht die Rubel, zähl die Lieder. Haben alle verstanden und begriffen? Dann sing, Charitina. Ich wünsche
es.«

Alle schwiegen sie, wie vor den Kopf geschlagen,
starrten Jegor mit aufgesperrten Mündern an. Kolka kam
das sehr ulkig vor; er verdrückte sich in den Vorraum und
schüttete sich dort aus vor Lachen.

»Sing, Tina«, sagte Jegor. »Ein gutes Lied sing uns.«

Charitina schluchzte. Stützte den Kopf in die Hand,
zog ein bekümmertes Gesicht, wie es dazugehört, und . . .
Und wieder sang sie etwas anderes, als er wollte:

> Ach, Elend, Weh und Sorgen,
> ach, gestern, heute, morgen!
> ach, armes junges Mädchen ich –
> käme wer und holte mich?

9

Am anderen Tag erschien am Erfassungskontor eine Bekanntmachung. Von der Größe einer Zeitungsseite etwa. In Druckbuchstaben wurde allen Bürgern mitgeteilt, daß die Annahmestellen im Bezirk Lindenbast von der Bevölkerung aufkauften. Geweicht und getrocknet. Gezahlt wird ein halber Rubel fürs Kilo. Fünfzig Kopekchen in bar.

Jegor las die Bekanntmachung lange. Fünfzig Kopeken fürs Kilo – das sind ein Rubel für zwei Kilo. Acht Rubel für das Pud, kein schlechtes Geld. Große Summen konnte man sich verdienen, wenn man jeden Tag seine fünf Pud aus dem Wald schleppte.

Fjodor Ipatytsch hingegen überlegte nicht. Er hatte keine Zeit dazu – kaum hatte er davon erfahren, eilte er schon hinaus, um anzuspannen. Setzte sich auf den Dienstpferdewagen und fuhr in den Wald, zusammen mit Wowka und scharfen Messern. Sich erst um eine Genehmigung zum Bastschälen zu bemühen, das kam für ihn nicht in Frage. Und auch nicht, sich den Weg in den Lindenwald über alle möglichen Hindernisse zu erzwingen. Ist ja eine alte Sache, wer zuerst kommt, trinkt den Rahm. Ja, so ist es.

Jegor löffelte unterdes seine dünne Kohlsuppe und stellte als der Herr des Hauses seine Erwägungen an.

»Also, acht Rubelchen für das Pud. Das wären dann nach altem Geld achtzig Rubel. Einen ganzen Arbeitslohn kannst du dir an einem Tag verdienen, wenn du dich ins Zeug legst.«

Charitina stritt nicht; sie war still geworden seit dem Ferkelleichenschmaus. Sie huschte durchs Haus, hastete durchs Dorf, lief zu Bekannten, irgendwas hatte sie vor, um irgendwas bemühte sie sich, bat sie. Jegor war nicht auf dem laufenden; man hatte ihn nicht eingeweiht, und bohrende Fragen stellen, das ziemte sich nicht. Es ziemte sich, den Mannesstolz unangetastet zu bewahren.

Was nun den Lindenbast betraf, das war eine sichere Sache. Wer einigermaßen gewitzt war, besorgte sich eine Genehmigung beim Forstwart, bei Fjodor Ipatytsch also, und am nächsten Sonnabend und Sonntag ging es in der Frühe ab in den Wald. Hin – mit einem Lied auf den Lippen; zurück – mit einem Bündel auf dem Rücken. Natürlich mit einem Bündel auf dem Rücken quer durchs Unterholz. Viele Rubel wirst du so nicht an Land ziehen, versteht sich. Wer jedoch ein Motorrad besaß – bis zu fünfundzwanzig Kilo schaffte der. Die Woche über wurde geweicht, aufgefädelt, getrocknet – und auf zum Kontor. Wenn Sie bitte wiegen möchten.

Nun, Fjodor Ipatytsch verplemperte sich nicht mit Kleinigkeiten; in der ersten Nacht bereits schaffte er eine Wagenladung voll aus dem Wald. Seine liebe Not hatte das Pferd. Und was für ein kluger Kopf war er – nicht zurück ins Dorf, nicht zu seinem Prachthaus fuhr er; wozu sich unnötig zur Schau stellen? Ins Wasser trieb er die Stute, dort spannte er sie aus und ließ das Fuhrwerk zusammen mit dem Lindenbast weichen – ein Pferdewagen ist kein Motorrad, nichts kann ihm passieren. Für die Stute ist es eine Erleichterung, es kommt kein Gerede auf, und das Wasser erledigt die geforderte Veredlung des Produkts gleich im Wagen. Danach wird wieder angespannt – und alles auf einmal zurück an Land gebracht. Ausbreiten und trocknen, das übernimmt Marjiza. Außerdem war in seinem Forstwirtschaftsbetrieb noch ein zweiter Pferdewagen. Also den Gaul umgespannt und Lindenbast geschält, solange das Silber klingelt.

Drei Fuhren brachte Fjodor Ipatytsch auf diese Weise ein,

während sein Schwager überlegte. Fjodor Ipatytsch wurde müde dabei, natürlich. Arbeit fordert Schweiß. Seinem Sohn Wowka verlangte er das Letzte ab, gegen sich selber kannte er keine Rücksicht, und die Stute brachte er fast zum Zusammenbrechen. Wowka fiel gleich auf der Schwelle in sich zusammen, und die Mutter trug einen Schlafenden ins Bett. Fjodor Ipatytsch selbst hielt sich nur durch einen Kräutertrank auf den Beinen, einen Dillaufguß, der gibt Kraft.

Nur ein Gläschen trank er, Marjiza hatte die Karaffe nicht rechtzeitig vom Tisch schaffen können, nur ein Gläschen trank er auf die Gesundheit. Zum Wohle, Jegor Poluschkin, zum Wohle, dir und deiner unrasierten Wenigkeit!

»Willkommen bei Speise und Trank. Greif zu!« Fjodor Ipatytsch krächzte. Nein, nicht wegen des Gläschens, sondern vor Verdruß. »Setz dich an den Tisch, teurer Schwager und bedeutender Kaufmann.«

Das war spöttisch gemeint, doch Jegor achtete nicht darauf, etwas anderes zog seine Aufmerksamkeit auf sich. Er nickte, dankte, lächelte und wandte sich zur Tür um, die Mütze aufzuhängen. Als er sie aufgehängt hatte und zum Tisch schritt, sich dabei die Jacke glattzupfte, da fing er an zu zwinkern. Die Karaffe war weg. Die Karaffe und auch das Gläschen – nur Kartoffeln auf dem Tisch. Allerdings mit Speck.

»Ich komme in einer bestimmten Angelegenheit zu dir, Fjodor Ipatytsch.«

»Iß erst mal. Die Angelegenheit kann warten.«

Sie aßen. Marjiza brachte Tee. Sie tranken. Danach rauchten sie eine und kamen zu der bestimmten Angelegenheit.

»Ich brauche eine Bescheinigung, Schwager. Nämlich in bezug auf den Lindenbast. Einen Fünfziger zahlen sie fürs Kilo.«

»Einen Fünfziger?« Fjodor Ipatytsch wunderte sich. »Einen reichen Staat haben wir. Schmeißt mit dem Geld nur so um sich.«

»Soviel geben sie eben einstweilen.«

Fjodor Ipatytsch schnaufte und tat einen strengen Seufzer.

»Mißwirtschaft«, sprach er dann. »Dieser Wald steht unter Naturschutz. Trinkwasserschutzzone nennt sich das. Und da schälen wir die Bäume nackt.«

»Eben, nun ja...«

»Du schälst, sagen wir, eine Linde. Aber sie trocknet davon aus. Für dich ist es ein Gewinn, und für den Staat was? Für den Staat ist es ein Verlust.«

»Wahr und wahrhaftig. Bloß, man muß eben wissen, wie geschält wird. Wenn es einer sachkundig...«

»Wir denken überhaupt nicht an den Staat«, meinte, abermals bekümmert, der Herr des Hauses. »An Rußland denken wir ganz und gar nicht. Wir sollten aber immer dran denken.«

»Das sollten wir, Fjodor Ipatytsch. O ja, wir sollten.«

Sie seufzten beide, sannen nach. Hefteten den Blick auf die Zigarettchen.

»Lindenbast muß sachkundig geschält werden, das hast du richtig gesagt, Schwager. Aber auch mit Perspektive. Damit wir auch in der Zukunft... Daran müssen wir denken.«

»Das verstehen wir, Fjodor Ipatytsch.«

»Nun gut, wie dem auch sei. Ich werde dir, weil du's bist, so ein Papierchen bewilligen. In Erwägung deiner ärmlichen Lage.«

Recht hatte Fjodor Ipatytsch, Jegors Lage war ärmlich. Zwar hatte er den versunkenen Bootsmotor bereits vollständig bezahlt, doch auf seiner früheren Arbeit – in dem stillen Hafen, der einem Achtung eintrug – war er nicht geblieben. Von selbst war er gegangen, auf eigenen Wunsch.

»Ich hab da nämlich mein Prinzip, Jakow Prokopytsch.«

Und wieder lief er, wohin man ihn schickte; tat, was man von ihm verlangte; machte, was man ihm auftrug. Und bemühte sich, so sehr er nur konnte. Eigentlich bemühte er sich gar nicht. Sich bemühen, das ist, wenn man sich extra anstrengt, damit ja alles normal abläuft. Jegor hingegen kam nicht im entferntesten auf den Gedanken, irgend etwas schlecht zu erledigen. Sein Leben lang arbeitete er nach bestem Wissen und Gewissen. Daß ihm so manches danebenging, war nicht seine Schuld, sondern sein Unglück. Er hatte Talent dazu, von Geburt an.

Am Sonnabend, kaum daß der Nebel aufriß und in Fetzen über die Erde schwamm, nahm sich Jegor ein paar Stricke, schärfte die Messer, steckte sich das Beil in den Gürtel und begab sich in jenen Naturschutzwald, Lindenbast holen, fünfzig Kopeken das Kilo. Kolka nahm er mit – ein Pud zusätzlich, das bedeutete acht Rubelchen zusätzlich. Übrigens, zusätzlich hatte er ohnehin noch nie etwas gehabt.

»Die Linde ist ein wichtiger Baum«, sprach Jegor, während sie auf einem zugewachsenen Waldweg gingen. »In früheren Zeiten, Söhnchen, da hat sie halb Rußland mit Schuhwerk versorgt, mit Holzlöffeln ernährt und mit Süßem bewirtet.«

»Und was hat eine Linde Süßes?«

»Na die Blüten. Der Honig aus diesen Blüten ist ein besonderer, ein goldener Honig. Die Biene schätzt Lindenwälder, sammelt dort reiche Ernte. Linden sind die allernützlichsten Bäume.«

»Und Birken?«

»Birken, die sind zur Schönheit da.«

»Und Fichten?«

»Zum Holzgeben. Fichten, Kiefern, Zedern, Lärchen. Damit man eine Hütte zimmern kann oder, sagen wir, überhaupt ein nützliches Bauwerk. Jeglicher Baum, Söhnchen, hat einen Nutzen – die Natur mag keine Nichtstuer. Der eine wächst für den Menschen, für seine Bedürfnisse, der andere für den Wald, für alles mögliche Getier oder für die Pilze, sagen wir. Und darum mußt du, bevor du das Beil schwingst, hinsehen, ob du jemandem zu nahe trittst, Elch oder Hase, Pilz, Eichhörnchen oder Igel. Nämlich kränkst du sie, so strafst du dich selber. Sie werden fortgehen aus dem verstümmelten Wald – und mit nichts wirst du sie zurücklocken.«

Schön war es, diesen ruhigen Waldweg entlangzugehen, mit bloßen Füßen durch das taufeuchte Gras zu schlendern, den Vögeln zuzuhören und über die kluge Natur zu reden, die, zum Nutzen alles Lebendigen, für alles gesorgt hatte und auf alles achtgab. Inzwischen war die Sonne emporgestiegen und vergoldete die Zapfen an den Fichten. Die Hummeln im Gras fingen an zu summen. Kolka sah bei jeder Wegbiegung auf den Kompaß. »Wir sind nach Westen abgebogen, Vater.«

»Bald sind wir am Ziel. Warum, Söhnchen, will ich wohl unbedingt in den entfernten Lindenwald? Weil der nahe gelegene so schön ist. In ganzer Pracht steht er da, in voller Blüte, und man darf ihn nicht anrühren. Lieber laufen wir bis tief in den Wald hinein, um die Füße ist es uns nicht leid. Dieser Lindenwald hier mag weiterblühen, den Bienen zur Freude und den Menschen zum Nutzen.«

»Vater, und fliegen die Hummeln auch zur Linde?«

»Die Hummeln? Hummeln, Söhnchen, bemühen sich mehr nach unten, sie sind reichlich schwer. Den Klee umschwirren sie und alle möglichen Blüten. Die Natur hat auch ihre Stockwerke. Sagen wir, die Bachstelze, die lebt auf der Erde, der Habicht dagegen fliegt unterm Himmel. Jedem ist sein Stockwerk zugeteilt, und darum gibt es keinerlei Gehetze und Gedränge. Jeder hat seine Beschäftigung und seinen Platz zum Essen. Die Natur läßt keinen zu kurz kommen, Söhnchen, alle sind für sie gleich.«

»Und wir, können wir nicht auch so sein – wie die Natur?«

»Je nun, das ist . . . Wie soll ich sagen, Söhnchen. Wir müßten so sein, natürlich, aber es geht nicht.«

»Warum geht es nicht?«

»Weil die Stockwerke durcheinandergeraten sind. Im Wald ist alles verständlich. Der eine wurde als Igel geboren, der andere als Eichhörnchen. Der eine huscht auf der Erde herum, der andere springt von Ast zu Ast. Die Menschen dagegen, die werden doch alle gleich geboren. Alle sind nackt und bloß, alle schreien sie, alle brauchen sie die Mutterbrust und machen in die Windeln. Und wer von ihnen später, sagen wir, ein Haselhuhn wird und wer ein Falke – das ist unbekannt. Und darum wollen sie alle unbedingt Adler sein. Um aber Adler zu sein, genügt Wollen nicht. Der Adler hat ein Adlerauge und dazu einen Falkenflug . . . Merkst du, Söhnchen, was für ein Duft herüberweht? Von Lindenblüten. Gleich hinter dieser Kurve . . .«

Sie bogen um die Kurve, und da verstummte Jegor. Er verstummte, blieb fassungslos stehen, zwinkerte mit den Augen. Auch Kolka blieb stehen. Sie schwiegen beide, und in der schwülen Morgenstille hörte man die zottigen Hummeln in ihren unteren Stockwerken summen.

Die kahlgeschälten Linden aber ließen schwer ihre welkenden Blüten auf die Erde fallen, die weißen Stämme schimmerten matt durch die grüne Dämmerung, und die Erde unter ihnen war naß von den Säften, welche die Wurzeln unablässig aus den Tiefen der Erde emporholten für die bereits todgeweihten Kronen.

»Sie haben sie umgebracht«, sagte Jegor leise und nahm die Mütze ab. »Für Rubel umgebracht, für fünfzig Kopeken das Kilo.«

Und während Vater und Sohn erschüttert vor den vernichteten Linden standen, beendete Charitina auf der von ihr selbst festgelegten Strecke die letzte Runde. Sie stürzte sich in den Endspurt, der heißersehnten Ziellinie entgegen, hinter der ihr ein zwar nicht leichtes, aber doch gesichertes Leben vorschwebte.

Bei aller Stimmgewalt – Charakter war ihr nicht allzuviel zuteil geworden. Auf den eigenen Mann einschreien – bitte schön, ja; jedoch mit der Faust auf einen amtlichen Schreibtisch schlagen, nein, das nicht. Sie hatte eine unerklärliche Angst vor diesen Schreibtischen, vor den Menschen dahinter, vor den behördlichen Papieren und den fast bis unter die Decke mit Plakaten vollgehängten Wänden bei den Behörden. Schüchtern trat sie ein, stolperte an der Schwelle. Forderungen stellen, das wollte sie nicht, und bitten und betteln, das konnte sie nicht. Also stammelte sie nur, während ihr von der Kopfhaut bis zu den Kniekehlen kalter Schweiß ausbrach.

»Ich tät eine Stelle brauchen, irgendwas. Zum Geldverdienen. Hab schließlich Familie.«

»Was für einen Beruf haben Sie?«

»Was für einen Beruf? Vieh hab ich mal gehütet.«

»Vieh haben wir hier nicht.«

»Nun, aber doch Männer. Mich um die kümmern, das kann ich. Sie bekochen, beputzen, bewaschen.«

»Nun, Poluschkina, da haben Sie einen sehr seltenen Beruf. Den Ausweis bitte?« Sie schauten in das Personaldokument, zogen ein finsteres Gesicht. »Sie haben ja eine Tochter im Krippenalter.«

»Olka.«

»Eine Krippe haben wir nicht. Die Kinderkrippe untersteht Pjotr Petrowitsch, zu ihm müssen Sie gehen, er soll entscheiden.«

Sie ging zu Pjotr Petrowitsch; das war die zweite

Runde. Von Pjotr Petrowitsch zu Iwan Iwanowitsch, das war die dritte. Und von dort aus . . .

»Nun, die Sache ist so, wie der Chef entscheidet. Ich habe im Prinzip nichts einzuwenden, bloß Kinder gibt es viele, und nur eine Krippe.«

Diese Runde war die letzte, die Schlußrunde. Sie führte zur Ziellinie. Hinter dieser Linie war entweder zweimal monatlich ein fester Lohn oder das Ende aller Träume. Ein solches Ende fürchtete Charitina sehr, und deshalb bereitete sie sich gleich am Morgen mit aller weiblichen Schläue auf das Zusammentreffen mit dem letzten Chef vor. Ihr neues Kleid kürzte sie bis zum Knie, sie bügelte und kämmte und machte sich zurecht, so gut sie nur konnte. Und die kleine Handtasche nahm sie mit, ein Geschenk ihrer lieben Schwester Marjiza zum Namenstag. Olka brachte sie bei der Lehrerin Nonna Jurjewna unter – mochte die schon immer trainieren. Höchste Zeit, daß die sich eigene anschaffte. Hat sich lange genug schöne Tage gemacht.

Mehr tot als lebendig berührte Charitina die geheiligte Tür, als wollte sie zu Zar Berendej oder zum Unsterblichen Kostschej. Doch anstatt eines Kostschej oder eines Berendej war hinter der Tür ein Mädchen. Mit langem offenem Haar. Ihre Krallen klapperten über das Maschinchen.

»Zum Leiter möcht ich. Poluschkina heiß ich.«

»Kommen Sie bitte.«

Charitina war gerührt. So was von höflich. Nicht »Warten Sie!« und nicht »Gehen Sie durch!«, sondern »Kommen Sie bitte«. Und führte einen selber in das Zimmer vom Leiter.

Der, nicht mehr jung, mit schwarzer Brille, saß hinter dem Schreibtisch, wie sich's geziemt. Er schaute vor sich hin, ob streng, war nicht auszumachen, weil er eine Brille trug, so dicht wie Ofentüren.

»Die Genossin Poluschkina«, sagte das Mädchen.
»Zwecks Nachweis einer Arbeitsstelle.« Sprach's, ging
hinaus und hinterließ um Charitina eine süße Wolke.

Der Leiter sagte, »Guten Tag. Nehmen Sie doch
Platz.«

Und streckte seine Hand quer über den Schreibtisch.
Nicht zu ihr hin, sie stand am anderen Ende des Schreibti-
sches, sondern quer herüber. Charitina mußte einen
Schritt auf die Hand zugehen, um sie zu drücken.

»Eine spezielle Ausbildung haben Sie also nicht?«

»Ich versteh mehr was von Haushalt.«

Daran, daß sie auf jeder neuen Stelle und bei jedem
neuen Chef immer wieder ein und dasselbe gefragt wurde,
hatte sich Charitina rasch gewöhnt.

Und gleich fing sie an herunterzuhaspeln, »Ich versteh
mehr was von Haushalt. Nun, und im Kolchos habe ich
ausgeholfen, selbstverständlich. Aber da sind nun die Kinder. Zwei. Olka, das ist die Kleine, kann ich die vielleicht
allein lassen? Und wo wir nun das Schwein schlachten
mußten . . .«

Der Leiter hörte zu, wandte den Kopf nicht ab, doch
wohin er schaute, war nicht rauszukriegen, und wie er
schaute, auch nicht. Darum kam Charitina durcheinander,
schwatzte zusammenhangloses Zeug anstelle des Wesentlichen und verschwatzte sich derart, daß sie kein Ende finden konnte. Die Kinder, und den Motor, und das
Schwein, und den unnachsichtigen Genossen Sasanow,
und den eigenen Ehemann und Unheilbringer – sie alle
verflocht sie zu einem Geflecht. Und verheddorte sich selber darin.

»Also, was brauchen Sie denn, Genossin Poluschkina?
Einen Krippenplatz oder Arbeit?«

»Also, ohne Krippenplatz wird es nichts mit dem Arbeiten, nämlich wohin dann mit der Tochter? Ewig kann
ich Nonna Jurjewna ja nicht behelligen.«

Oje, wenn man doch wüßte, wohin der guckt und wie!

»Nun, und falls wir Ihre Tochter in der Krippe unterbringen, wo möchten Sie arbeiten? Wollen Sie eine Fachausbildung, oder wollen Sie einfach so, als Hilfskraft . . .«

»Wie Sie es anordnen. Vielleicht auf irgendwas aufpassen oder irgendwo alles sauberhalten?«

»Nun, aber irgendeinen Wunsch werden Sie doch haben? Gewiß haben Sie einen, nicht wahr?«

Charitina seufzte.

»Ich hab den einen Wunsch, mir ein Stück Brot zu verdienen. Von meinem Mann hab ich nichts mehr zu erhoffen, und die Kinderchen brauchen doch Kleidung und Schuhe, und ernährt müssen sie werden und auf eigene Füße gestellt. Olka bindet mir die Hände – ich kann sie doch nicht Tag für Tag Nonna Jurjewna überlassen.«

Der Mann hinterm Schreibtisch lächelte.

»Wir werden Ihre Olka unterbringen. Wo hatten wir denn Ihren Antrag?« Und er klopfte plötzlich mit den Handflächen die Schreibtischplatte ab, noch immer, ohne den Kopf zu wenden. Er tastete, fand das Papier. Fragte, »Das hier?«

Charitina stand auf.

»Herrgott im Himmel, du bist doch nicht womöglich blind, guter Mensch?«

»Was will man machen, Genossin Poluschkina, die Sehkraft hat mir den Dienst gekündigt. Nun, aber ein Stück Brot, wie Sie sagen, muß man sich doch verdienen, nicht wahr?«

»Das Lernen, hat das dir vielleicht die Augen zerfressen?«

»Nicht das Lernen – der Krieg. Erst konnte ich noch ein bißchen sehen, dann immer schlechter. Bis eines Tages alles schwarz war . . . Ist das Ihr Antrag?«

Charitinas Lippen bebten, am liebsten hätte sie auf

Weiberart losgeheult und einen Klagegesang angestimmt. Jedoch sie beherrschte sich. Und führte dem Mann die Hand, als er seinen Entscheid unter das Papier setzte.

Wie sie nach Hause kommt, sitzen sie da, der Mann und der Sohn, wie die Heiligen, rühren sich nicht.

»Und der Lindenbast?«

»Nichts mit ist mit Lindenbast. Die Bäume stehen nackt wie Mädchen. Und die Lindenblüten rieseln herab.«

Aus irgendeinem Grund fing Charitina nicht an zu schreien, obwohl Jegor das erwartet hatte. Sie seufzte nur.

»Ein blinder Leiter kümmert sich mehr um mich als der eigene Ehemann.«

Jegor fühlte sich fürchterlich gekränkt. Sprang sogar auf.

»Besser, er hätte sich um den Wald gekümmert! Besser, er hätte diese Räuberei, diese verbrecherische, bemerkt! Besser, er hätte diese Bastschäler erwischt und auf der Stelle...«

Er winkte ab und ging hinaus auf den Hof. Eine rauchen.

10

Der Gedanke, das Schicksal
auf dem Gebiet des Lindenbasts zu überlisten, war bei Jegor
das letzte Aufflammen eines inneren Protestes. Sei es, weil es
eben das letzte war und keine Proteste mehr in Reserve
standen, oder sei es, weil sein Scheitern allzu offenkundig
war – Jegor machte über alles ein fettgedrucktes Kreuz. Er
hörte auf, an sein eigenes Glück zu glauben, an seine Arbeit
und an seine Möglichkeiten, hörte auf, für sich und die
Familie ins Gefecht zu ziehen, und erlosch. Er ging regelmäßig zur Arbeit, grub, was man ihm auftrug, schüttete zu, was
man von ihm verlangte – doch tat er alles bereits ungern, mit
halber Kraft, nunmehr bemüht, daß man ihm möglichst
wenig auftrug und nicht unbedingt etwas von ihm verlangte. Friedlich saß er abseits, möglichst weit weg von den
Vorgesetzten, rauchte, saß da in der Sonne und blinzelte und
mochte an nichts mehr denken. Er mied die Gedanken, wich
ihnen aus. Aber sie kamen gekrochen.

Aber sie kamen gekrochen. Kleine Gedanken waren es,
gewunden und schwarz wie Blutegel. Sie saugten an Jegor,
und kaum war es ihm gelungen, den einen abzuschütteln, da
saugte sich bereits der nächste fest, und verscheuchte er den,
kam der dritte. Jegor war nur noch damit beschäftigt, sich
ihrer zu erwehren. Er hatte keine Ruhe mehr, anstelle der
Ruhe wuchs nach und nach unmerklich etwas Verschwom-
menes. Jegor umriß es selbst mit einem einzigen Wort:
Wozu? Viele solcher Wozu? gab es, und nicht auf eines von
ihnen wußte Jegor eine Antwort. Aber eine Antwort

brauchte er, sein Gewissen forderte eine Antwort, die Blutegel saugten sie aus ihm heraus – und um wenigstens ein
bißchen vergessen zu können, um wenigstens irgendwie
die raschelnde Unruhe in seinem Herzen zu betäuben, begann Jegor zu trinken. Ganz im stillen, damit die liebe
Gemahlin nicht schimpfte, und nur ganz wenig, denn
Geld hatte er keins. Doch war er früher darauf bedacht,
jede Kopeke heimzubringen, ähnlich wie der Vogel Star,
so zweigte er jetzt hin und wieder auch ein Rubelchen von
zu Hause ab. Zweigte es ab und dachte ans Dreifache.

Und mit einemmal fanden sich Freunde: die Scherbe
und Filja. Die Scherbe war rundum kahl wie ein Knie,
hatte eine Nase wie eine Saatgurke und Augen wie rote
Johannisbeeren. Außerdem einen Mund, aus dem heraus
floß Fluch auf Fluch – und in ihn hinein floß Wodka. Mit
Gebraus floß der dort hinein, als wäre der Scherbe keine
Kehle gewachsen, sondern ein Trichter zum Tanken.
Ohne Korken und ohne Boden.

Filja brachte dergleichen nicht zuwege. Filja hielt das
Glas weit von sich und spreizte den kleinen Finger ab.

»Nicht zum Besaufen trinken wir, sondern bloß, damit wir uns nicht entwöhnen.«

Filja hielt bei einem Glase gern Reden, und das erboste
die Scherbe jedesmal. Er war aufs Volltanken aus. Filja
dagegen schätzte weniger das Resultat als vielmehr den
Prozeß, und darum bemühte er sich, als letzter zu trinken,
damit ihm keiner auf die Fersen trat. Er schüttelte die
Flasche, kippte die allerletzten Tropfen ins Glas und stellte
seine Betrachtungen an.

»Was enthält sie, die vorliegende Flüssigkeit. Die vorliegende Flüssigkeit enthält Ertrunkene, sieben an der
Zahl: Alter und Jugend, Liebe und Tugend, Kummer und
Freude und den Ratschlag der Leute. Und an alles erinnere
ich mich, wenn ich dich austrinke.«

Jegor aber trank schweigend. Gierig trank er, so daß er

fast erstickte – er hatte es eilig, die Blutegel von sich abzuschütteln. Nicht ums Erinnern ging es ihm, sondern ums Vergessen. Woran einer krankt, das möchte er halt kurieren.

Es half, doch nur kurze Zeit. Und um soviel er die Frist zu verlängern wünschte, soviel Geld benötigte er. Er lernte, sich schwarz etwas dazuzuverdienen; die Scherbe war darin ein großer Meister. Mal erbot er sich, einen Lastwagen zu entladen, mal einem alten Frauchen den Zaun auszubessern, mal ließ er sich sonst noch was einfallen. Flink war er, solange er nüchtern war. Und Jegor erboste sich. »Zu einer richtigen Arbeit müßten sie dich einsetzen, dich mit deiner Pfiffigkeit – nicht zum Geldschinden nebenbei!«

»Die Arbeit läuft nicht weg. Haben wir uns durchgespült, schaffen wir sie immer noch. Und schaffen wir sie nicht, dann . . .«

Und er erläuterte, was dann folgte.

Und Filja zog den Schlußstrich.

»Die Maschinen müssen arbeiten. Aber die Menschen müssen sich geistig erholen.«

Jedoch geschah es, daß nicht einmal die Scherbe etwas Einträgliches zu organisieren vermochte. Dann machten sie, was von ihnen gefordert wurde, schimpften, stritten sich, litten – und die Blutegel ergriffen derart Besitz von Jegor, daß er den Spaten beiseite stellte und nach Hause lief. Ein Glück nur, Charitina arbeitete jetzt als Geschirrspülerin in der Kantine und hatte ihn daher nicht unter Kontrolle. Jegor nahm sich vom geheiligten Ort ein Rubelchen, vielleicht waren es auch zwei, und zurück ging's, zu seinen Freunden und Kameraden.

»Was enthält sie, die vorliegende Flüssigkeit?«

Tränen enthielt sie. Denn mochte Charitina auch eingespannt sein durch Haushalt, Kinder und Arbeit, die Rubel zählte sie. Und konnte nicht begreifen, wohin sie entschwunden waren. Und stürzte sich auf Kolka mit hitziger Hand.

»Ah du, Dieb und Herumtreiber gewissenloser!«

Und nun wird gezogen. An Haaren, Ohren – an allem, was sie zu packen kriegt. Sie selber heult, und Olka heult, und Kolka schreit. Jegor hätte jetzt am liebsten geschwiegen, doch Kolkas Augen waren allzu fassungslos. Allzu oft schauten diese Augen ihm in die Seele.

»Ich habe das Geld genommen, Tina.«

Sprach's und erschrak. Verstummte. Was weiter lügen? Was nun erfinden?

»Für – was?«

Gottlob erfragte sie das nicht auf einmal, sondern gewissermaßen in zwei Rationen. Und gab Jegor so Zeit zum Überlegen und ließ auch ab von Kolka. Der wischte sich die Nase, lief jedoch nicht weg. Er beobachtete den Vater.

»Ich . . . Das war so . . . Einem Bekannten habe ich es geborgt. Brauchen tut er es, sehr nötig.«

»Er braucht es – und wir? Wir, mein Gott, wovon sollen wir Brot und Salz kaufen? Wovon sollen wir leben, du Unheilbringer, vermaledeiter? Du schweigst? Noch diesen Augenblick setzt du deine Mütze auf, begibst dich zu ihm und forderst es zurück!«

Da sieht man's, kaum geht ein Frauenzimmer arbeiten, gleich fängt sie auch zu Hause an zu kommandieren. Worauf du dich verlassen kannst.

»Tu, was ich dir sage!«

Jegor setzte die Mütze auf, verließ das Haus. Wohin sollte er gehen? Zum Schwager etwa, zu Fjodor Ipatytsch, sich ihm vor die Füße werfen? Kann sein, der gibt dann was, aber das nutzt er doch aus und setzt ihm zu und erpreßt ihn. Sollte er das etwa erdulden? Und wenn er nichts gibt, sondern Charitina alles erzählt? Aber wohin sonst könnte er gehen? Nun, nirgendwohin.

So grübelte Jegor und sann nach, lief dabei durchs Dorf einen Kreis und langte wieder zu Hause an. Nahm die Mütze ab und begann schon auf der Schwelle.

»Hat sich verdrückt, dieser Mensch. Hat seinen Abschied genommen aus unserer Bevölkerung.«

Charitina holte Luft, tief Luft, so daß ihre Brust sich weitete wie in der süßen Jugendzeit, von der im Lied gesungen wird und die Filja auf dem Grunde des Glases sucht. Und sie legte los, »Unmensch hinterländischer du Verhängnis meiner armen Seele Herr mein Gott erbarm dich und hilf ach du Unheilbringer du teuflischer . . .«

Jegor stand mit gesenktem Kopf da, hörte zu und sah seinen Sohn an. Doch Kolka sah weder ihn an noch die Mutter, sondern nur den Kompaß. Den Kompaß sah er an und hörte nichts, denn morgen mußte er diesen wertvollen Kompaß für ein Dankeschön weggeben.

Und schuld an allem war Olja. Nicht seine kleine Schwester Olka, sondern Olja Kusina, die mit den schönen Wimpern und dem Zopf. Wowka zog sie oft am Zopf, und sie lachte. Erst haute sie zu, als nähme sie es ernst, dann ließ sie die Zähne blitzen. Ihre Art zu lachen gefiel Kolka sehr, doch ihren Zopf anrühren, davon wagte er nicht einmal zu träumen. Er schaute nur hin, von weitem. Und sah weg, wenn sie ihn zufällig anblickte.

Jetzt trafen sie sich selten. Es waren Ferien. Aber sie begegneten sich trotzdem – am Flüßchen. Zwar badete Olja hinter den Büschen, zusammen mit den Mädchen, aber ihr Lachen erreichte auch von dort Kolkas Ohren. Und da wollte Kolka gern irgend etwas tun – den Fluß durchschwimmen, einen Hecht am Schwanz fangen oder irgend jemanden, am besten natürlich Olja, vor dem sicheren Untergang retten. Doch der Fluß war breit, ein Hecht war nicht vorhanden, und niemand ging unter. Darum prahlte er lediglich mit seinen Tauchkünsten, sie aber beachtete seine Tauchkünste nicht.

Gestern war er nun mit Wowka an einer neuen Stelle baden gegangen. Olja Kusina hatte sich ihnen angeschlossen. Am Ufer warf sie als erste das Kleidchen ab – und hinein ins Wasser. Wowka sofort hinterher, Kolka jedoch verheddderte sich im Hosenbein und fiel ins Gras. Ehe er sich aufgerappelt hatte, waren die beiden schon im Wasser. Er wollte hinterdreinstürzen, sah zu ihnen hin und tat es nicht. Er ging ein Stück zur Seite und setzte sich in den Sand. So trüb wurde ihm plötzlich zumute, so wehmütig, daß weder das Wasser ihn reizte noch die Sonne. Verdunkelt hatte sich die Welt, als sei es Herbst.

Wowka brachte dieser Kusina das Schwimmen bei. Zeigte und hielt und beschrieb und schrie.

»Dummes Stück, du! Was zappelst du gleich mit dem ganzen Körper. Los, ich halte dich. So geht's schon besser.«

Olja hörte auf ihn, als wäre sie wirklich ein dummes Stück. Dabei wußte sie doch, Kolka schwimmt weit besser als Wowka. Und hat keine Angst vor dem Tiefen, aber bitte, mach was dagegen. Von Wowka lernte sie es und kicherte obendrein.

So ging Kolka nicht ins Wasser. Er hörte das Lachen und Wowkas strenge Anweisungen und überlegte, was er wohl antworten würde, falls Olja sich doch noch erinnert und ihn zu sich ins Wasser ruft. Doch Olja erinnerte sich nicht. Sie tobte so lange im Wasser, bis sie fror, dann kam sie herausgesprungen, griff sich das Kleid und rannte ins Gebüsch den Badeanzug auswringen.

Und Wowka kam zu ihm gelaufen. Ließ sich auf den Bauch fallen, riß die Augen weit auf. »Ich habe Olja an die Brust gefaßt!«

Wieviel Blut sich in Kolkas Körper befand, ist nicht bekannt. Auf jeden Fall stieg ihm das gesamte Blut ins Gesicht. Und in der Herzgegend entstand geradezu ein Druck vor Blutleere.

»Sie hat doch gar keine.«

»Na wenn schon. Ich hab da angefaßt, wo sie mal eine haben wird!«

Kolka flehte zu Gott, es möge schneien oder plötzlich ein Gewitter hereinbrechen oder ein Orkan von einem Wind. Und es half. Zwar ereignete sich nichts dergleichen, doch Olja ging nicht mehr ins Wasser, so sehr Wowka auch drängte.

»Nein und nein. Meine Mutter erlaubt das nicht.«

Braucht der Mensch viel Freude? Sie hatte nein gesagt, und Kolka vergaß auf der Stelle alles, das Baden und ihr Lachen und Wowkas unschöne Worte. Gelogen hatte Wowka, aber ja doch, gelogen, und Schluß! Und schon lief Kolka nicht mehr schweigend am Ufer entlang, sondern erzählte. Erzählte über heiße Länder. Über Meere, auf denen er nie gewesen war, und über Elefanten, die er nie gesehen hatte. Doch er erzählte so, als sei er dort gewesen und hätte sie gesehen, und Oljas schöne Augen wurden größer und größer.

Wowka aber ärgerte sich sehr und ging deshalb hinter ihnen. Doch nicht etwa direkt hinter ihnen, das fehlte noch, das wäre denen ja schon wieder ein Vergnügen, nein, er lief seitlich hinter ihnen, an den Büschen entlang. Absichtlich brach er dort Zweige ab, machte absichtlich mancherlei Lärm.

»Und weißt du, wie klug sie sind, die Elefanten? Alles verstehen sie, jawohl, alles! Wenn es tutet, gehen sie zur Arbeit, genau wie die Menschen, und zum Essen auch.«

»Aber das müssen sie doch!«

So pflegte Oljas Mutter zu staunen, und Olja mittlerweile auch. »Und kann man sie essen?«

Kolka stöhnte. Oje, nie fragst du nach dem, was wirklich interessant ist! Dann überlegte er, »Zu teuer.«

»Mich müßte mal einer zum Elefantenessen einladen!

Sonstwas tät ich dafür geben, nichts wäre mir zu schade, reinweg gar nichts!«

Nein, nicht einmal für so einen sagenhaften Lohn käme Kolka auf die Idee, ihretwegen einen Elefanten umzubringen. Nein, nicht dazu leben die Elefanten auf dieser Welt, daß Mädchen sie verspeisen. Und mögen sie noch so schön sein.

So dachte er. Und gab eine diplomatische Antwort.

»Unmöglich, bei uns so etwas zu bekommen. Für kein Geld nicht.«

»Ich habe einen Elefanten gefunden«, schrie plötzlich Wowka. »Einen hiesigen! Mit abstehenden Ohren!«

Er stürzte aus dem Gebüsch und brachte einen jungen Hund angeschleppt. Es war ein mageres Hündchen, verkommen, jemand hatte ihm ein Ohr abgerissen. Über seine Schnauze rann Wasser. Oder waren es Tränen? Und mit der Zunge versuchte er immerzu, Wowka die Hand zu lecken. Mit einer kleinen, ungeschickten Zunge.

»Was für ein ekliges Vieh!« Olja Kusina versteckte sich hinter Kolka. »Der hat ja die Räude. Lange macht er nicht mehr.«

»Wir ersäufen ihn«, sagte Wowka mit Freude. »Kann sein, er hat die Tollwut.«

»Und wie willst du ihn ersäufen?«

Olja kam hinter Kolka hervor, und in ihren Augen blitzte etwas Scharfes. »Wirfst du ihn ins Wasser?«

»Schätze, er würde ans Ufer schwimmen, wenn ich ihn einfach so . . . Nimm ihn mal, ich such einen Stein.«

Er hielt Kolka den Hund hin, doch Kolka wich zurück und versteckte die Hand. Er versuchte etwas zu sagen, aber die Worte waren ihm plötzlich abhanden gekommen. Und während Wowka, den kleinen Hund auf den Armen, am Ufer nach einem Stein suchte, dachte Kolka die ganze Zeit an Worte. An sehr notwendige Worte, sehr leidenschaftliche. Bloß, es waren keine da.

Steine waren hier auch keine, so sehr Wowka sich bemühte. Kolka freute sich schon im stillen, sprach mit gepreßter Stimme, »Schade wär's gewesen«, da brüllte Wowka freudig, »Ich brauch überhaupt keinen Ziegelstein. Brauch ich nicht! Ich geh ins Wasser und presse ihn auf den Grund. Der säuft sofort ab.«

Und er lief los, zum Fluß. Kolka aber bekam wieder das Würgen in der Kehle, und wieder entschwanden ihm die Worte, irgendwohin. Da rannte er einfach Wowka hinterher und packte ihn dicht vorm Wasser an der Badehose.

»Laß mich!« Wowka riß sich los, daß ihm der Gummi auf den Hintern schnippte. »Ich habe ihn gefunden, ich habe ihn zu mir gelockt, jawohl! Und jetzt mache ich mit ihm, was ich will.«

»Er hat ihn gefunden, er hat ihn zu sich gelockt«, bestätigte Olja Kusina, »und jetzt macht er mit ihm, was er will. Und am besten, er ersäuft ihn – das ist interessant.«

»Spielen wir Gerassim und Mumu!« erklärte Wowka und ging erneut ins Wasser.

»Gib ihn mir«, bat Kolka leise. »Gib ihn mir, ja! Ich gebe dir dafür, was du willst. Ja, was du willst.«

»Was hast du denn schon zu geben?« fragte Wowka herablassend, blieb jedoch stehen, ging nicht ins Tiefe. »Ihr habt doch jetzt nichts weiter – außer Schulden. So sagt mein Vater.«

»Außer Schulden!« wiederholte Olja Kusina und lachte, ein Lachen war das, als hätte sie ein Glöckchen verschluckt. »Nichts haben sie, reinweg gar nichts, nicht mal mehr das Schwein.«

»Gib ihn mir.« Kolka fing plötzlich an zu zittern, als sei er nach langem Tauchen gerade erst aus dem Wasser gekommen. »Also, wenn du willst... Wenn du willst, gebe ich dir meinen Kompaß, ja? Ganz richtig gebe ich ihn dir, aber ersäufe das Tier nicht, es tut mir leid.«

»Es tut ihm leid!« rief Olja Kusina lachend. »Es tut dem Kleinen leid!«

Doch Wowka lachte nicht, er sah Kolka an. »Ganz richtig?« fragte er. Mißtrauisch war er, ganz wie sein Vater, Fjodor Ipatowitsch.

»Großes Bären-Ehrenwort«, bekräftigte Kolka. »Oder ich will nie wieder baden.«

Wowka schwieg, überlegte.

»Und was soll er mit deinem Kompaß?« fragte Olja Kusina. »Als ob er ihn brauchte, so einen Kompaß. Und was wird er kosten – so um die fünfundachtzig Kopeken, höchstens. Aber ein kleiner Hund, weißt du, was der wert ist? Oho! Du kannst dir keinen kaufen, so viel!«

»Ich verlange den Hund doch gar nicht«, erklärte Kolka, und ihm war eigenartig zumute, überhaupt nicht schön, am liebsten hätte er losgeweint. Um den Kompaß tat es ihm leid, um den kleinen Hund tat es ihm leid, um sich selber tat es ihm aus irgendeinem Grunde auch leid, und um noch etwas tat es ihm leid – um was genau, das vermochte Kolka beim besten Willen nicht zu begreifen. Und er fügte hinzu, »Ich gebe dir den Kompaß dafür, daß du den Hund niemals ersäufst.«

»Das versteht sich«, sagte Wowka ernsthaft. »Ein Kompaß ist zuwenig für einen Hund.«

Und er hielt den Hund auf den Händen, als wollte er ihn abwiegen.

»Ich will ihn gar nicht richtig«, sagte Kolka seufzend. »Soll er bei dir leben, wenn du willst. Ich gebe dir den Kompaß dafür, daß du ihn nicht ersäufst.«

»Nun, dafür...« Wowka runzelte die Stirn wie sein Vater, holte tief Luft, seufzte. »Dafür, das geht. Was meinst du, Olja?«

»Dafür, das geht«, sagte sie.

Nicht mal eigene Worte hatte sie – das war besonders bitter. Sie wiederholte seine Worte, wie jener sprechende

Papagei, von dem Kolka in dem Buch »Robinson Crusoe« gelesen hatte.

»Gut, soll er einstweilen bei mir leben«, sagte Wowka wichtig. »Und den Kompaß bringst du mir morgen, Olja ist Zeuge.«

»Ich bin Zeuge«, sagte Olja.

Dabei war es dann geblieben. Wowka hatte den Hund mit zu sich nach Hause genommen, Olja war zu ihrer Mutter gelaufen, und Kolka war gegangen, sich von seinem Kompaß zu verabschieden. Er betrachtete ihn, sah, wie die Nadel sich drehte, wie sie zitterte, wohin sie zeigte. Sie zeigte auf Norden.

11

Manch einer ist so arm, daß kein Hund ein Stück Brot von ihm nimmt. Vor solchen Leuten hatte Fjodor Ipatytsch keine Achtung, und Jakow Prokopytsch fürchtete sich vor ihnen. Wenn einer gar nichts hat, was hat er dann, fragt sich. Phantasien und sonst nichts.

Nonna Jurjewna aber hatte nicht einmal Phantasien. Nichts hatte sie, außer Büchern, Schallplatten und Mädchensehnsüchten. Und deshalb war sie auf alle ein ganz klein wenig neidisch, sogar auf Charitina Poluschkina. Bei der saß ein Kolka am Tisch und schlang Kohlsuppe in sich hinein, und eine Olka schlürfte Milch. Mit so einer Beigabe war selbst ein Unheilbringer von Mann zu ertragen, vorausgesetzt, man hätte ihn, den Mann.

Diesen Neid, der knirschte wie der erste Schnee, diesen Neid hatte Nonna Jurjewna nie jemandem eingestanden. Nicht einmal sich selbst, denn er lebte in ihr unabhängig von ihrem Wesen. Lebte aus sich selber, wuchs von selbst, machte ihr fliegende Hitze und peinigte sie des Nachts. Hätte jemand Nonna Jurjewna das alles ins Gesicht gesagt, wäre sie höchstwahrscheinlich auf der Stelle in Ohnmacht gefallen, der Schlag hätte sie gerührt bei so einer Eröffnung. Nun, aber ihre Wirtin, von der sie das Zimmer gemietet hatte, eine scharfnasige, scharfäugige und scharfohrige Wirtin, die wußte natürlich über das alles Bescheid und hatte längst überall die Zunge gewetzt.

»In die Kopfkissen beißt sie, Frauen, ich habe es selber

gesehen, durchs Schlüsselloch, das ist ein Kreuz, ja, in ihr spielt das Blut.«

Und die Frauen nickten zustimmend.

»Höchste Zeit, das Mädchen ist sonst überlagert. Wir, wann haben wir unsere ersten geboren? Ei je, die Jahre nach Weiberart gerechnet, müßte sie schon das dritte in der Wiege schaukeln.«

Nun, von solcherart Gerede und Geflüster wurde das Leben für Nonna Jurjewna mehr heulens- als lebenswert. Nie hatte sie sich entschlossen, etwas für sich zu erreichen, gar nicht erst versucht hatte sie es – doch jetzt trieb es sie förmlich von einem Abteilungsleiter zum andern. Wo immer sie die Geduld hernehmen mochte und die Hartnäckigkeit, sie gab nicht auf. Alle Instanzen durchlief sie, welche man ordnungsgemäß zu durchlaufen hat – und setzte sich durch.

»Wir werden Ihnen ein separates Zimmer zuweisen. Allerdings ein stark reparaturbedürftiges, leider.«

»Das ist mir gleich!«

Eine bedrängte Seele denkt nicht an ein Dach, sie braucht Wände. Sie braucht etwas, um sich vor saugenden, bohrenden Augen zu verstecken, und falls es dabei durchs Dach tropft – bitte, soll es tropfen. Hauptsache, Wände sind da. Hinter denen der Mensch sich ausweinen kann.

Nonna Jurjewna weinte sich aus, mit großem Vergnügen und tiefer Erleichterung; sie fing sogar wieder an zu lächeln. Kaum aber waren die Tränen getrocknet, da ward es naß von oben. Es begann zu regnen, und das Wasser gelangte ohne jegliches Hindernis in ihr Zimmer. Füllte alle Schüsseln und Töpfe und erzeugte in dem ansonsten so friedfertigen Kopf Nonna Jurjewnas Gedanken von durch und durch praktischer Zielrichtung.

Jedoch führten diese, wie sich herausstellte, in eine Sackgasse.

»Alle Reparaturkapazitäten sind ausgeschöpft.«

»Aber bei mir läuft es durch die Decke. Wie durch eine Dusche, wissen Sie.«

Man lächelte gönnerhaft.

»Das ist nicht die Decke, wo es durchläuft, das ist das Dach. Eine Decke kann nicht laufen, sie ist zu was anderem bestimmt. Dagegen ein Dach, das geht gut, im nächsten Jahr setzen wir Sie auf die Liste.«

»Aber hören Sie bitte, dort kann man doch unmöglich leben. Das Wasser rinnt in Bächen von der Decke, und . . .«

»Wir hatten Sie auf den stark reparaturbedürftigen Zustand hingewiesen, es existiert auch eine diesbezügliche Aktennotiz. Somit sind Sie an dem Ganzen selber schuld.«

Da vergeht einem das Lächeln. Es ist auch fehl am Platz, wenn in einem Zimmer, wenn in dem eigenen, erlittenen, erträumten und erweinten Zimmer, Hallimasche wachsen. Einsalzen möchte man sie und fäßchenweise in die herrliche Stadt Leningrad schicken. Der lieben Mutter.

Aber sie hatte Glück. Wahrhaftig, Nonna Jurjewna hielt sich insgeheim für glücklich – und wunderte sich daher überhaupt nicht, wenn sie mal Glück hatte. Am Ende jener reparaturkapazitätslosen Sackgasse lief ihr ein gewisser Bürger über den Weg. Sehr entgegenkommend. Kahlköpfig und großmütig, einem alten Römer ähnlich.

»Was ist schon dabei, daß es läuft? Wird wieder gedeckt.«

Und er fing gleich damit an. Deckte mit solchen Wörtern, daß man am liebsten die Heiligen hinausgetragen hätte. Aber auch mit dieser Art von Umgangsform hatte Nonna Jurjewna sich mittlerweile abgefunden. Sie hatte sogar gelernt, nicht rot zu werden.

»Ich habe da eine Brigade – eine Wucht. Arbeitet für zwei, frißt für drei und säuft, was auf den Tisch kommt.

Also – stell eine Flasche bereit, für den Abschluß des Arbeitsvertrags.«

Es umwehte den alten Römer wie eine Spirale – die Mücken stürzten tot herab. Gewiß, die Menschheit entwickelt sich in einer Spirale, doch diese, konkrete, roch so stark, daß Nonna Jurjewna für alle Fälle zurückfragte, »Was für eine Flasche, bitte?«

»Mineralwasser, Naturalwässerchen, was denn sonst, kreuzweis geludert und gepudert noch eins!«

Während Nonna Jurjewna lief, die bewußte Flasche zu holen, jagte unser alter Römer gewissermaßen auf Socken zur Baustelle.

»Wir können Geld machen, Männer, kreuzweis geludert und gepudert noch eins! Der Herrgott hat uns ein Dummköpfchen beschert. Bei der am Haus ist allerhand undicht. Wir werden es ihr schön dicht machen, der Guten, mit halben Litern. Wie an der Front, in drei Schichten. Damit diese Pest ja nicht mehr auf einen so lieben Menschen tropft!«

Jener Tag hatte sich, was die Aufheiterung ihrer Seelen anging, nicht sehr glücklich angelassen, und die Männer waren sauer. Während die Scherbe sich in aller Ruhe nach einer Feierabendarbeit umsah, schaufelten sie auf unbebautem Gelände zu nebelhaftem Zweck Erde von einer Stelle auf die andere und legten sich dabei miteinander an.

»Mach die Wand glatt. Streiche sie glatt, sag ich dir!«

»Wozu streicheln? Ist doch kein Frauenzimmer.«

»Weil sie sonst zusammensackt.«

»Nun, sie kann mich mal, diese Zusammengesackte. Und du, Jegor, statt daß du hier Anweisungen gibst, von wegen den Graben glattstreicheln, scher dich lieber nach Hause und streichle deine rechtmäßige Gattin und hol ein paar Rubelchen heraus. Dafür würde uns die Natur zulächeln!«

Da schwieg Jegor. Finster glättete er seine Grabenwand, hob Erdreich aus. Doch obwohl er wie gewohnt glättete und aufs akkurateste grub, jene Leichtigkeit, jene Arbeitssucht, die ihn einstmals an Rauch- und Schwatzpausen vorbeibewegt hatte, jene leidenschaftliche Begeisterung angesichts des Werks seiner Hände empfand er nicht mehr. Er empfand sie längst nicht mehr, und er tat haargenau nur so viel, daß sie ihm eine Arbeit als erledigt abnahmen, und sei es gar unter Geschimpfe.

Er schwieg auch darum, weil er nach jener erlogenen Geschichte von dem unbekannten Mann, der sich mit den ihm angeblich geliehenen Rubeln aus der hiesigen Einwohnerschaft verabschiedet hatte, weil er sich nach Charitinas Tränen und Kolkas Blicken geschworen hatte, nicht ein einziges Kopekchen mehr aus dem Hause zu tragen. Er hatte sich selbst das Wort gegeben und sich sogar insgeheim bekreuzigt, obgleich er nicht an Gott glaubte. Und er hatte es vorläufig gehalten. Er hielt sich an sein Wort und an das geheime Kreuzeszeichen wie an einen Rettungsring.

Nun, und da eilte die Scherbe herbei und überraschte sie mit der frohen Kunde vom Dach, das über dem Dummchen genau zur rechten Zeit angefangen hatte zu tropfen.

»Feierabend, Männer!«

Augenblicks machten sie Feierabend. Sie freuten sich, ließen ihre Spaten im Graben stehen und stürzten zum Flüßchen, sich zu waschen. Als sie sich gewaschen hatten, gingen sie den Arbeitsvertrag abschließen, wobei sie schon im voraus in ihren Bäuchen eine aufregende Leere verspürten.

Von weitem bereits erkannte Jegor das bewußte Häuschen, zur Hälfte mit Schiefer gedeckt, zur Hälfte mit Gras bewachsen – und somit genau das, was sie jetzt interessierte. Er musterte das Gebälk, morsch war es immerhin noch nicht, und mit geübter Axt und gutem Blick würde

es keine sonderliche Mühe bereiten, dieses Häuschen auszubessern. Das Dach neu decken und die Fußböden neu legen
und fertig.

So dachte er, während er mit Zimmermannsaugen die
Arbeit abschätzte. Dachte es und schwieg, denn es handelte
sich hier nicht schlechthin um Arbeit, sondern um Feierabendarbeit, und über den wahren Umfang der Leistun-
gen zu sprechen war da nicht zulässig. Da ziemte es sich, jede
beliebige Unterlassungssünde des Eigentümers aufzublähen
bis zum Ausmaß einer Katastrophe, Schrecken einzujagen
und aus diesem Schrecken das fette Geld zu schneiden. Eine
Nebeneinkunft für Männer, nicht an die große Glocke zu
hängen, nicht abzurechnen dem Staat, einer Buchhaltung
oder dem Finanzamt, nicht einmal den eigenen Frauen.

Und er dachte weiterhin, daß man auch die Vortreppe
ausbessern und die Türpfosten auswechseln müßte. Und
daß man dem Dach über der Treppe wieder ein menschen-
würdiges Aussehen geben sollte . . .

Da tat sich die schiefhängende Tür weit auf, und die
Scherbe sagte fröhlich, »Brigade – Achtung! Sei gegrüßt,
Herrin des Hauses, erzähl uns von deinen Unannehmlich-
keiten, damit wir sie verludern und bepudern . . .«

»Guten Tag«, sagte sehr freundlich die Bewohnerin des
Hauses. »Kommen Sie doch herein, bitte.«

Alle gingen hinein, Jegor aber blieb wie angewurzelt auf
der Vortreppe stehen. Erstarrte völlig: Nonna Jurjewna. Zu
ihr war Kolka damals gelaufen – zu ihr und nicht zu seiner
leiblichen Mutter. Schallplatten hatte er gehört, eine
Stimme, sagt er, wie von einem Elefanten . . .

Jegor trat auf der Stelle, ins Haus ging er nicht, und zum
Davonlaufen konnte er sich nicht entschließen. Einerseits
war's ihm peinlich, mit einer solchen Kumpanei in ihr Haus
einzufallen und dazu in einer solchen Angelegenheit – andererseits erschien es ihm recht gut, daß er dabei war, einer, der
von der Zimmermannsarbeit etwas versteht.

»Jegor Saweljitsch, warum kommen Sie nicht herein?«
Sie hatte ihn also erkannt. Jegor seufzte, nahm die
Mütze vom Kopf, trat ein in den vermorschten Flur.

Sie brachen der Flasche Naturalwässerchen den Hals.
Aßen dazu einen kleinen Fisch in Tomatensoße, der heutzutage wichtigtuerisch als Großfisch bezeichnet wird. Filja
spreizte den kleinen Finger ab.

»Wie viele gibt es von ihnen, von diesen irdischen Unannehmlichkeiten oder sagen wir Unzufriedenheiten – wer
könnte sie zählen? Wir können es, die arbeitenden Menschen. Weil nämlich jede Unannehmlichkeit und jede Un-
zufriedenheit des Lebens durch unsere Hände geht. Nun,
und was die Hände befühlt haben, das vergißt auch der
Kopf nicht. Und somit, was folgt daraus, junge Herrin des
Hauses? Hehe, daraus folgt, daß wir trinken, liebe Bürger-
Freunde-Genossen, und zwar auf unsere arbeitenden
Hände. Auf unsere Erhalter und Ernährer.«

Die Scherbe trank schweigend. Er kippte das Glas bis
weit in den Rachen, rülpste ohrenbetäubend und wischte
sich mit dem Ärmel den Mund trocken. Zufrieden war er.
Äußerst zufrieden. Hier konnte man ein seltenes Geschäft
an Land ziehen. Ein harmloses Dummerchen war sie, das
sah man doch gleich.

Jegor aber trank nicht.

»Ich danke für die Bewirtung.« Und schob den Becher
von sich.

»Warum lehnen Sie so kategorisch ab, Jegor Saweljitsch?«

»Zu früh«, sagte er. Und Filja – der bereits zum zwei-
tenmal den kleinen Finger abspreizte, um Maß zu nehmen –, Filja sah er unverwandt an und fügte hinzu, »Auf
arbeitende Hände trinken – das können wir. Und zwar mit
größter Hochachtung. Bloß, wo sind sie, diese Hände?
Sind es vielleicht meine? Nein. Deine vielleicht oder die
von der Scherbe? Nein. Wir sind Geldschinder, aber keine

Arbeiter. Geldschinder sind wir. Und freuen sollten wir uns darüber ganz und gar nicht, sondern uns mit heißen Tränen davon reinwaschen. Mit heißen Tränen reinwaschen von Schimpf und Schande.«

Nonna Jurjewnas Augen wurden so groß wie Brillengläser. Filja runzelte die Stirn, überlegte. Und die Scherbe . . . Nun, die Scherbe ist und bleibt die Scherbe – er hatte mittlerweile das zweite Gläschen in seinen Schlund gegossen und wischte sich mit der Manschette den Mund trocken.

»Du mißbilligst also?« fragte schließlich Filja und lachte, doch nicht fröhlich, sondern ablehnend. »Bitte, Genossin Lehrerin, da sehen Sie, Genossin Vertreterin unserer fortschrittlichen Intelligenz, was bei uns für eine gesunde Selbstkritik herrscht. Und sie wirkt wie Gift. Bis zum ersten Gläschen. Aber nach erwähntem Gläschen vergessen wir die Selbstkritik, und es beginnt die richtige, die massive Kritik. Was sagst du dazu, ehemaliger arbeitender Mensch Jegor Poluschkin?«

Nonna Jurjewna erschrak plötzlich. Wovor sie erschrak, begriff Jegor nicht. Er sah nur, sie erschrak. Und fing eilig an zu lächeln, zwinkerte mit den Augen und wurde geschäftig, wobei sie sich sogar ein wenig erniedrigte.

»Greifen Sie zu, Genossen. Essen Sie doch. Schenken Sie sich ein, bitte, schenken Sie sich ein. Jegor Saweljitsch, ich bitte Sie herzlich, trinken Sie Ihr Glas aus.«

Jegor blickte sie an, und so viel Demut war in seinen Augen, so viel Schmerz und Bitterkeit, daß Nonna Jurjewna ein Würgen in der Kehle bekam, fast schien irgend etwas zu glucksen, wie bei der Scherbe nach dem Gläschenkippen.

»Trinken möchte ich sogar sehr gern, Nonna Jurjewna, verehrte Lehrerin. Und ich trinke jetzt auch, wenn's der Zufall will. Und fände ich plötzlich tausend

Rubel – ich tät wahrscheinlich alles vertrinken, auf der Stelle. Bis ich nicht mehr am Leben wäre, immerzu tät ich trinken und trinken und andere freihalten. Trinkt, liebe Gäste, würd ich sagen, trinkt, bis euer Gewissen im Wein erstickt ist.«

»Nun, von mir aus, finde sie«, sagte auf einmal die Scherbe. »Such sie und find sie und verludere und verpudere sie, die tausend Rubel.«

Jegor warf einen raschen Blick auf Nonna Jurjewna, bemerkte ihre erschrockenen Augen und ihre zitternden Hände und begriff alles. Begriff, nahm den beiseite geschobenen Becher und sagte, »Gestatten Sie, auf Ihre Gesundheit, Nonna Jurjewna. Und auf das Glück auch, natürlich.«

Und trank aus. Und aß dazu von den kleinen Fischen, die absurderweise in Tomatensoße statt in einer Meeresbucht schwammen. Und setzte den Becher hin wie einen Punkt.

Dann besichtigten sie das Haus. Das Objekt, dem sie fortan, sozusagen, ihre Kräfte zu widmen haben würden. Die Quelle der in Aussicht stehenden Einkünfte.

Die Rollen dabei waren im voraus aufgeteilt. Die Scherbe hatte die Leute zu erschrecken, Filja hatte sich die Zunge wund zu reden, und Jegor hatte sich mit der Sache selbst zu befassen. Er mußte überschlagen, wieviel alles zusammen kosten könnte, und die Summe dann verdoppeln. Erst nach dieser Verdopplung zog die Scherbe den Strich. Wieviel der jeweilige Eigentümer für die genannte Arbeit auszuspucken hatte.

So war es auch hier vorgesehen. Filja bereitete nebelhafte Reden vor, die Scherbe zog bereits am Tisch vorsorglich ein finsteres Gesicht.

»Nun, kleine Herrin des Hauses, Dank für die Bewirtung. Und jetzt berichte von deinen Unannehmlichkeiten des Lebens.«

Sie gingen, begutachteten, schätzten, machten angst – und Jegor schwieg. Alles schien nach Plan zu laufen, alles war wie immer, doch woran Jegor jetzt dachte, während er all die Unannehmlichkeiten in Augenschein nahm, das erriet niemand. Weder die Scherbe noch Filja noch Nonna Jurjewna.

Er dachte daran, was das alles die Lehrerin kosten wird. Auch dachte er, daß ihre ganze Einrichtung aus einer Klappliege bestand, auf welcher sein Sohn damals, als man ihn gekränkt hatte, schlafen gelegt worden war. Und nachdem er alles aufgenommen hatte, was an Arbeit notwendig war, und er das benötigte Material hinzugerechnet hatte, da verdoppelte er darum den Betrag nicht, sondern halbierte ihn.

»Einen halben Hunderter.«

»Waas?« Die Scherbe vergaß sogar zu fluchen vor Erstaunen.

»Der muß wohl besoffen sein«, sagte Filja und fing für alle Fälle an zu kichern. »So einen unmöglichen Preis zu nennen.«

»Fünfzig Rubel, Material und Arbeit zusammen«, wiederholte Jegor streng. »Weniger wird es, wir bitten um Entschuldigung, natürlich kaum werden . . .«

»Aber ich bitte Sie, Jegor Saweljitsch . . .«

»Ach Mensch, verludere und verpudere du deine . . .«

»Schweig!« schrie Jegor. »Wage nicht, hier deine Ausdrücke loszulassen, in diesem Haus!«

»Du kannst mich mal für einen halben Hunderter, inklusive Material.«

»Mich auch«, sagte Filja. »Wir verzichten aus Gründen der Unsinnigkeit.«

»Aber wie können Sie, liebe Genossen«, stammelte Nonna Jurjewna verschreckt. »Was wird denn dann . . .«

»Dann wird das Ganze drei Zehner kosten«, sagte Jegor finster. »Dreißig Rubel. Und außerdem mache ich

Ihnen, Nonna Jurjewna, noch Regale. Damit die Bücher nicht auf dem Fußboden liegen.«

Sprach's und ging, um die Flüche der Scherbe nicht zu hören. Ging fort, ohne sich umzuschauen. Kehrte zurück auf die Baustelle und griff wieder nach dem Spaten. Um die Grabenwand glatt zu machen.

Sie schlugen ihn auf der Baustelle, zuerst im Graben, dann zerrten sie ihn hinaus und schlugen oben weiter.

Jegor aber wehrte sich kaum – die Männer mußten doch ihre Wut und die Beleidigungen an irgend jemandem auslassen. Was ist er denn schon, Jegor Poluschkin, gewesener Zimmermann – hat er goldene Hände, ist er besser als andere, oder was?

12

Fjodor Ipatowitsch hatte alle Schulden beglichen, alle Bücher hatte er auf den neuesten Stand gebracht, sämtliche Unterlagen beschafft, gleich, welche verlangt wurden. Eine Mappe mit Kordeln kaufte er im Kulturwarenladen, dahinein legte er die Papiere und begab sich zum Gebiet. Vor dem neuen Förster Rechenschaft ablegen.

Die letzte Kopeke hatte ihn sein Haus gekostet. Die allerletzte Kopeke. Und obwohl er sie beileibe nicht seinen eigenen Kindern vorenthalten hatte, war Fjodor Ipatowitsch beleidigt. Oje, und wie beleidigt. So sehr, daß er schier alle Freundlichkeit vergaß.

Darum machte Fjodor Ipatowitsch während der gesamten Fahrt den Mund nicht auf. Bleischwere Gedanken wälzte er von einer Seite auf die andre, und beleidigende Wörter verschiedenster Art dachte er sich aus. Keine Schimpfwörter, keine Flüche, deren hatte man sich vor ihm unerschöpflich viele ausgedacht, sondern besonders kränkende Wörter. Von außen ganz normale, von innen aber wie Gift. Auf daß dieser verdammte Förster sich zwei Wochen damit herumquälte und ihm trotzdem nichts anhaben konnte. Kein bißchen.

Ein schwieriges Problem war das. Und Fjodor Ipatowitsch vergeudete seine Zeit nicht mit Leuten, die zufällig seine Mitreisenden waren. Ließ sich nicht durch irgendwelche inhaltslosen Gespräche ablenken.

Er dachte an das bevorstehende Treffen mit seinem

neuen Chef, dem Förster Juri Petrowitsch Tschuwalow.
Er mußte an das Treffen denken und fürchtete sich davor,
weil er nämlich nichts über ihn wußte, über diesen neuen
Förster.

Das Leben von Juri Petrowitsch hatte sich zwar wie von
selbst, jedoch nicht allzu glücklich gestaltet. Der Vater
überlebte den Krieg genau um ein Jahr und war 1946 dorthin aufgebrochen, wo schweigende Bataillone ihren Kom-
mandeur erwarteten. Bald war dann auch die Mutter gestorben, ausgezehrt von der Blockade Leningrads und den
tausend Tagen Warten auf Briefe von der Front. Still war
sie gestorben, so wie sie gelebt hatte. Sie war gestorben,
während sie ihn vor dem Schlaf stillte, und er hatte nicht
einmal gewußt, daß es sie nicht mehr gab und hatte be-
hende die erkaltende Brust leer getrunken.
   Dies alles erzählte ihm erst viele Jahre später eine
Nachbarin. Damals aber . . . Damals hatte sie ihn einfach
aus dem verödeten Zimmer in ihres getragen, in ein Zimmer, das zwar leer war und verwitwet, aber wenigstens
bewohnt, und sechzehn Jahre lang hatte er sie allein als
seine Mutter betrachtet. Doch als er eines Tages, nachdem
er rechtzeitig alle Bescheinigungen besorgt hatte, sich feierlich zur Miliz begeben wollte, um seinen ersten Ausweis
abzuholen, und sie deshalb um seine Geburtsurkunde bat,
da wurde sie auf einmal, wer weiß, warum, ganz still,
schwieg lange und rieb sich mit ihren knochigen, harten
Fingern sorgsam die dünnen und blutleeren Lippen.
   »Was ist, Mutter?«
   »Söhnchen . . .« Sie seufzte, holte aus dem knarrenden
Schrank ein altes Heft mit vergilbten dreieckigen Solda-
tenbriefen, Beileidskarten, Lichtrechnungen und Urkun-
den, suchte das benötigte Papier heraus, gab es ihm jedoch
nicht. »Setz dich, Söhnchen. Setz dich.«

Er setzte sich gehorsam und fühlte, daß etwas mit ihr vorging, wenn er auch nicht begriff, was. Und erneut fragte er sie und lächelte sanft und verunsichert.

»Was ist, Mutter?«

Sie aber schwieg noch immer, blickte ihn ernst an und sagte dann, »Du bist für mich immer mein Söhnchen gewesen, Jura, und du wirst es sein, solange ich lebe. Solange ich lebe, Jura. Bloß auf diesem Papier hier, auf deiner Geburtsurkunde nämlich, da sind andere eingetragen. Eine andere Mutter und ein anderer Vater. Und du, Söhnchen, laß dir den Ausweis auf ihren Namen geben, ja? Es ist ein guter Name, ein sehr guter sogar, und sie sind sehr gute Leute gewesen. Sehr, sehr gute sogar. Und du bist von jetzt ab kein Semjonow mehr, sondern ein Tschuwalow. Jura Tschuwalow, mein Söhnchen . . .«

Auf diese Weise war Jura mit sechzehn ein Tschuwalow geworden, doch sah er in dieser wenig gebildeten, stillen Soldatenfrau wie eh und je die Mutter und nannte sie auch so. Anfangs aus Gewohnheit und ein wenig lässig, später mit großer Achtung und Liebe. Nach dem Studium war er viel unterwegs, hatte zu tun in Kirgisien und im Altai, in Sibirien und im Gebiet jenseits der Wolga, und wo und als was er immer arbeitete, er schrieb jeden Sonntag einen Brief: Meine liebe Mutter . . . Er ließ sich Zeit beim Schreiben, schrieb sehr sorgfältig und mit sehr großen Buchstaben. Damit sie es allein lesen konnte.

Sie pflegte ihm sogleich zu antworten; von ihrer Gesundheit berichtete sie – wobei sie in ihren Briefen an ihn nie irgendeine Krankheit hatte, nicht ein einziges Mal – und von ihrem gesamten, nicht sehr großen Vorrat an Neuigkeiten. Und erst in allerletzter Zeit begann sie immer öfter und öfter ganz behutsam – um ihn, gottbehüte, ja nicht zu kränken oder zu verärgern –, auf

ihr freudloses Dasein und ihre Einsamkeit im Alter anzu-
spielen. Die Marfa Grigorjewna hat schon zwei Enkel-
chen, und in ihrem Leben ist jetzt Musik . . .

Juri Petrowitsch aber nahm das scherzhaft. Nahm es
einstweilen aus irgendeinem Grund scherzhaft und lenkte
das Gespräch immer wieder auf die Gesundheit: Achte du
nur gut auf dich, Mutter, hieß es da, dann wollen wir mal
sehen, in wessen Leben es mehr davon geben wird, von
der Musik, abwarten und, wie sagt man, Tee trinken, so
und nicht anders stehen die Dinge. Tausend Küsse . . .

Fjodor Ipatowitsch wußte von alldem natürlich nichts. Er
saß ihm gegenüber, musterte diesen Hauptstadtgecken aus
zugekniffenen Augen wie aus zwei Schießscharten und
wartete. Wartete, was der wohl sagen würde, sobald er die
Mappe durchgeblättert hatte.

Auch sah er sich um, so ein klein wenig, aus den Au-
genwinkeln – wie der wohl lebt. Denn der neue Förster
hatte ihn diesmal nicht in seinem Büro empfangen, sondern auf seinem Zimmer, im Hotel. Und Fjodor Ipatowitsch überlegte die ganze Zeit, wozu denn diese Vertrau-
lichkeit? Kann sein, er erwartete etwas von ihm, von Fjodor Ipatowitsch, he? So unter vier Augen?

O ja, ein Irrtum war da ausgeschlossen, sogar völlig
ausgeschlossen! Und darum wartete Fjodor Ipatowitsch
besonders gespannt auf die erste Frage. Wie wird sie klingen, nach welcher Melodie? Ob Paukenschlag, ob herzer-
greifendes Geigengesäusel, die erste Frage wird alles entscheiden. Und Fjodor Ipatowitsch brachte sein Äußeres in
Ordnung, seine Muskeln schienen sich zu spannen vor
lauter Warten, und es schienen ihm noch ein Paar Ohren
zu wachsen.

»Nun, trotz alledem, wo ist die Genehmigung zum
Einschlag von Bauholz im Naturschutzgebiet?«

Soso, nach dieser Melodie sollte es gehen. Nach der Milizionärspfeife also. Alles klar. Fjodor Ipatowitsch verbarg seine Enttäuschung, beugte sich weit über den Tisch, wobei er aus Höflichkeit den Atem anhielt – wie in kochendes Wasser gesteckt kam er sich vor, bei Gott, in kochendes Wasser – und wies mit dem Finger auf ein Papier.

»Na da.«

»Das ist die Quittung, daß Sie bezahlt haben. Die Quittung. Ich rede von der Genehmigung zum Holzeinschlag.«

»Aber der frühere Förster ist doch längst weg.«

»Sie hätten die Genehmigung doch nicht erst gestern einholen müssen, sondern vor einem Jahr, als Sie gebaut haben. Ist es nicht so?«

Da schnaufte Fjodor Ipatowitsch, ließ den Kopf hängen, tat zerknirscht.

»Ich und er, ich meine, dieser Förster, wir haben gelebt wie ein Herz und eine Seele. Auf die einfache Tour, wie man so sagt. Geht's – geht's, geht's nicht – geht's nicht. Und alles ohne Papierchen.«

»Bequem.«

»Nun, wieso wollen Sie mir denn nicht glauben, Juri Petrowitsch? Ich habe doch alle Papierchen, so wie Sie es verlangt hatten . . .«

»Gut, wir werden Ihre Papierchen prüfen. Sie können zurückfahren, an Ihren Arbeitsplatz.«

»Und meine kleine Mappe da?«

»Ihre kleine Mappe da bleibt bei mir, Genosse Burjanow. Alles Gute.«

»Wieso das – bei Ihnen?«

»Keine Sorge, wir werden Ihre Bescheinigungen nicht verkaufen. Gute Heimreise.«

Damit war Fjodor Ipatowitsch denn auch verabschiedet und konnte die, nun ja, gute Heimreise antreten. Auf dem gesamten Rückweg schwieg er abermals wie ein Fisch, jedoch nicht mehr, weil er sich schimpfliche Wörter ausdachte, sondern weil er sich fürchtete. Bald schwitzte er vor Angst, bald begann er zu zittern, und erst als er sich schon dem Dorf näherte, nahm er alle seine Kräfte zusammen und bemühte sich um sein inneres Gleichgewicht. Er gab sich solide und nachdenklich.

Unter diesem ganzen nachdenklich-soliden Gehabe aber hämmerte der eine Gedanke: Wo bringt dieser Förster seine Mappe mitsamt den Unterlagen hin? Womöglich zur Miliz, wie? Rösten würden sie ihn dann nämlich, den guten Fjodor Ipatowitsch, rösten. Auf kleiner Flamme würden sie ihn rösten vor den Augen der lieben Freunde und Kameraden, und die würden keinen Finger krumm machen, um ihn aus den Flammen herauszuholen. Er wußte es genau, daß sie keinen Finger krumm machen würden. Das wußte er.

Doch quälte sich Fjodor Ipatowitsch umsonst, weil der neue Förster gar nicht vorhatte, die Mappe irgend jemandem zu übergeben. Einfach unangenehm war ihm diese verdrießliche Furcht, dieses Abrechnen im nachhinein und überhaupt dieser ganze Mann. Und er konnte es sich beim besten Willen nicht verkneifen, Fjodor Ipatowitsch mit seiner Angst allein zu lassen. Einstweilen ohne weitere Schlußfolgerungen.

Nur für sich zog er den Schluß – alles mit eigenen Augen sehen! Längst war es an der Zeit, auch einmal in jenem Winkel seiner Besitzungen nach dem Rechten zu schauen, doch hatte er sich entschlossen, dort unverhofft aufzutauchen, und deshalb Fjodor Ipatowitsch nichts davon gesagt. Er legte die Mappe beiseite, schrieb mit sehr großen Buchstaben seiner Mutter einen Brief außer der Reihe – denn wer wollte wissen, wann man da zurück sein würde – und machte sich reisefertig. Als er jedoch den Koffer öffnete, in welchen er – das hatte sich so ergeben –

beinahe seit der Abreise aus Leningrad keinen Blick mehr geworfen hatte, da entdeckte er ganz zuunterst ein kleines Päckchen. Und beschämt erinnerte er sich, daß ihm dieses Päckchen in Leningrad von dritter Hand anvertraut worden war, mit der Bitte, es bei Gelegenheit einer Lehrerin in jenem abgelegenen Dorf zu überbringen. In eben jenem Dorf, das er gerade aufsuchen wollte.

Juri Petrowitsch drehte und wendete das Päckchen, nannte sich in Gedanken eine Schlafmütze und einen Egoisten und packte es in den Rucksack. Diesmal aber ganz zuoberst, um es gleich nach der Ankunft auszuhändigen, noch bevor er sich aufmachte zum Schwarzen See. Und dann ging er in den Lesesaal und vergrub sich dort lange in alten Büchern.

Nonna Jurjewna aber träumte in dieser Nacht nicht einmal den kürzesten Traum. Da habt ihr's, wie das im Leben so zugeht. Ohne Zeichen und Wunder.

13

Von jetzt an hatte Jegor wieder seine schnelle Strähne. Alles, was man ihm auftrug, erledigte er im Laufschritt, wie damals bei Jakow Prokopytsch. Und war die tägliche Pflicht getan, geschwind und ohne Bummelei, ohne Rauchpausen und sonstige Unterbrechungen, wusch und kämmte er sich, zog sich das Hemd glatt und ging zu dem stark reparaturbedürftigen Häuschen von Nonna Jurjewna. Er ging rasch, doch er rannte nicht; er beeilte sich, hetzte sich aber nicht ab. Er ging, wie ein Meister geht, mit einem besonderen, unverwechselbaren Gang.

Allerdings hatte er diesen Gang eines Meisters vor kurzer Zeit erst zurückerlangt. Anfangs – die blauen Flecke, die Filja und die Scherbe ihm beigebracht hatten, waren noch nicht verblichen – da war Jegor verzagt und niedergeschlagen. Eine ganze Nacht lang tat er kein Auge zu. Nicht vor Schmerz, nein, mit dem Schmerz war er seit langem verabredet, auf einer Bettstelle zu schlafen. Eine Nacht lang tat er kein Auge zu, stöhnte und wälzte sich, weil ihm klargeworden war, daß er die schüchterne Nonna Jurjewna getäuscht hatte. Die Rechnung mit den dreißig Rubeln ging nicht auf, soviel Jegor auch überlegte und nachrechnete. Er hatte nicht bedacht, daß Nonna Jurjewna auf ihrem Hof nicht ein Brett und nicht einen Balken hatte und daß er somit sämtliches Holz woanders besorgen mußte. Und da roch es dann ganz und gar nicht nach drei Zehnern.

Nonna Jurjewna jedoch beunruhigte er erst gar nicht damit. Sein Versehen – seine Sorge. Er lief los, schaute sich um, war ständig auf Achse, schwatzte mit dem Wächter vom Holzlagerplatz über Rheumatismus, rauchte eine mit ihm . . . Hätte er Holz für sich selbst besorgen wollen, so wäre beim Rheumatismus das Gespräch zu Ende gewesen. Kein weiteres Wort hätte Jegors Mund hervorbringen können. Er wäre einfach außerstande gewesen. In seiner Kehle hätte es zu würgen begonnen, und Schluß wäre gewesen mit jedweder Unterhaltung. Er hätte sein Häuschen, das verfluchte, eher mit seiner eigenen Haut gedeckt, damit es nicht durchregnete durch das Dach, als das Holz auch nur mit einem Wörtchen zu erwähnen, er wäre eher an einer windschiefen Ecke zum Stützpfeiler erstarrt. Doch in Nonna Jurjewnas stark reparaturbedürftiger Wohnung die Stelle eines Stützpfeilers einzunehmen war unmöglich, und darum ließ Jegor bei jenem Zigarettchen plötzlich mit steifer Zunge fallen, »Ob man hier wohl Bretter kriegt? Was?«

Dieses »Was« war so verschüchtert und erschrocken, als hätte er sich ganz klein gemacht, während es Jegors Mund entschlüpfte. Doch der Wächter bemerkte nichts dergleichen, denn seine Gedanken gingen den direkten Weg.

»Wieviel?«

Niemals im Leben hatte Jegor so rasch überlegt. Sagst du zuviel, erschrickt er und gibt gar nichts. Sagst du zuwenig, schadest du dir selbst. Wie also jetzt antworten, so ohne Erfahrung?

»Ein Dutzend . . .«

Er wartete, wie der Wächter die Augenbrauen bewegen würde, und fügte geschwind hinzu, »Und noch fünf Stück.«

»Also siebzehn«, sagte der Wächter. »Wir runden auf auf zwanzig und nehmen die Hälfte. Macht zwei Halbliterflaschen.«

Nachdem er diese mathematische Operation ausgeführt hatte, war er erschöpft und setzte sich auf einen Balken. Jegor rechnete inzwischen nach.

»Aha! Wir verstehen und begreifen. Und in welcher Form, bitte schön?«

»Die eine in natura, die andere in Geld. Als Reserve.«

»Aha!« sagte Jegor. »Und wie bekomme ich die Bretter raus?«

»Zähl von der Ecke den vierten Zaunpfahl. Hast du? Von dem wieder zurück in Richtung Ecke – das dritte Brett, das ist locker, hängt an einem Nagel. Nein, nicht wiederholen, da kommt der Chef. Das Ganze nachts. Den Wagen laß zwei Straßen weiter stehen.«

»Aha!« sagte Jegor. Die Erwähnung des Wagens hatte ihm, wer weiß, warum, die Sicherheit eingeflößt, daß da ernsthaft mit ihm verhandelt wurde. »Drei Straßen weiter lasse ich ihn stehen.«

»Dann her mit der ersten Flasche. Und den Finanzen für die zweite.«

»Gleich. Sofort«, sagte Jegor. »Wir verstehen und begreifen. Wird sofort geholt.«

Und er rannte frohgemut los, herunter vom Holzplatz. Als er aber ein paar Straßenecken gerannt und außer Atem gekommen war, da freute er sich nicht mehr. Blieb sogar stehen.

In seinen Taschen befand sich nämlich, solange er denken konnte, nur Luft. Und ein paar Krümchen Machorka. Sonst nichts – all sein Geld konnte er stets in der Faust wegtragen. Entweder den Lohn nach Hause oder einen Teil davon in Dreieinigkeit aus dem Hause. Nun verlangte man aber acht ganze Rubel. Acht Rubelchen, wie für das Pud Lindenbast.

Zutiefst betrübte das Jegor. Nonna Jurjewna darum bitten – die dreißig Rubel wären überschritten. Bei Bekannten borgen – es gibt sowieso keiner was. Irgendwo finden – da kannst du lange suchen. Jegor seufzte, wollte schon verzweifeln – und schritt auf einmal entschlossen geradewegs auf sein eigenes Haus zu.

Dies alles geschah an einem Sonnabend, und daher wirtschaftete Charitina im Haushalt. Das ganze Haus war voll Wrasen, nicht zum Durchgucken – große Wäsche, alles klar. Und sie selbst am Waschbottich, verschwitzt, mit rotem Gesicht, die Haare zerzaust – und singt. Summt irgendwas vor sich hin, aber nicht etwa ihr ewiges »Kummer, Weh und Sorgen«, und darum platzt Jegor schon auf der Schwelle los. »Gib mir acht Rubel, Tina. Ich habe Bretter beschafft für Nonna Jurjewna.«

Er wußte, was nun gleich passieren wird, sehr genau wußte er es. Im Nu wird sie trockene Augen bekommen, sie wird sich aufrichten, den Seifenschaum von den Händen streifen, tief Luft holen, und dann geht's los, daß man's über vier Straßenecken in alle Himmelsrichtungen hört. Und er bereitete sich schon auf dieses Geschrei vor, er stellte sich darauf ein, alles zu ertragen, aber nicht zurückzustecken, sondern in den Pausen, wenn sie nach Luft schnappt für eine neue Portion Gezeter, ihr klarzumachen, wer Nonna Jurjewna eigentlich ist und warum man ihr unbedingt helfen muß, koste es, was es wolle. Und er war zu allem bereit, hatte sich derart darauf konzentriert und eingestellt, daß er anfangs nicht das geringste verstand. Er konnte es nicht fassen.

»Sind die Bretter gut?«

»Wieso?«

»Daß sie dir keine morschen unterschieben. Es wimmelt von Betrügern.«

»Wieso?«

Sie wischte die Hände am Schürzensaum ab, groß waren ihre Hände, schwer, mit blauen Adern überzogen. Sie wischte sich die Hände also trocken und holte hinter der Muttergottes von Tichwin, einem Geschenk, das ihr liebes Mütterchen gesegnet hatte, eine Pralinenschachtel hervor.

»Reichen die acht?«

»Das war so ausgemacht.«

»Vielleicht mußt du noch ein Auto mieten oder irgendein Fuhrwerk.«

Und sie legte noch einen Dreier dazu zu den acht Rubeln, seufzte und ging wieder an den Bottich. Jegor starrte auf das Geld, dabei spürte er augenblicklich die bekannte aufregende Leere im Bauch. Er starrte auf das Geld, schluckte den Speichel hinunter, nahm haargenau acht Rubel.

»Ich komme damit aus.«

Sprach's und ging hinaus. Und sie wandte sich nicht um, stimmte nur abermals ein Lied an. Ein klein wenig lauter wohl als vorher, weswegen Jegor, als er dem Wächter die Flasche übergab und die vier Rubel in bar, seine ausgeblichenen Brauen möglichst forsch runzelte und so streng als möglich fragte, »Und du machst keinen Betrug?«

»Wen soll ich denn betrügen?« fragte der Wächter äußerst träge. »Kein Buchhalter da, kein Direktor da, kein Inspektor auch nicht da. Wen soll ich also betrügen? Mich selbst? Schlechtes Geschäft. Dich, wie? Auch wieder ein schlechtes Geschäft – du kommst dann kein zweites Mal.«

»Gut. Bei Nacht also, drittes Brett. Und daß du nicht schießt, im Halbschlaf.«

»Das Ding ist nicht geladen.«

Den ganzen Abend konnte Jegor nicht zwei Minuten stille sitzen; er sprang hoch, eilte irgendwohin, obwohl dazu noch gar nicht die Zeit war. Er war ungeheuer stolz auf seine Initiative und sein geschäftliches Geschick, doch rührte sich irgendwo neben dem Stolz ein großer schwarzer Blutegel. Hob seinen stumpfen Kopf und richtete seinen Saugrüssel auf die empfindlichste Stelle. Und dann sprang Jegor mit einemmal auf und lief umher, und je weniger Zeit bis zur Stunde des Diebstahls verblieb, um so öfter hob der Blutegel seinen Kopf und um so schneller und unruhiger lief Jegor von einer Ecke in die andere.

Viel lieber hätte er die Bretter nicht mit Schnaps bezahlt, sondern ordnungsgemäß. Lieber hätte er seine letzten Stiefel versetzt und dann bis aufs Kopekchen bezahlt, statt daß sich nun dieser Blutegel da ganz nahe am Herzen herumwälzte. Doch die Bretter beim Holzhandel bestellen und dafür den staatlich festgelegten Preis zahlen, das war nicht nur darum undenkbar, weil keiner Jegor seine Lieblingsstiefel abkaufen würde, sondern schlicht und einfach darum, weil der Holzhandel an Privatpersonen nur »Außerplanbestände« veräußern durfte – eine nach Inhalt und Form rätselhafte Produktion, aus welcher man mit der allergrößten List höchstens ein kleinstformatiges Klo bauen könnte. Und deswegen trugen alle nachträglichen Untersuchungen und Überlegungen – ein Gebiet, auf dem Jegor ganz besonders bewandert war –, sozusagen abstrakt-theoretischen Charakter. An praktischen Auswegen hingegen gab es nur einen einzigen, vom vierten Zaunpfahl in Richtung Ecke das dritte Brett.

Doch ungeachtet der Foltern durch die abstrakte Theorie – oder vielleicht gerade ihretwegen – nahm Jegor seinen Sohn Kolka nicht mit auf den nächtlichen Raubzug; mit keinem Wort erwähnte er die Geschichte und gebot auch seiner Charitina zu schweigen. Im übrigen war sie ohne ihn darauf gekommen und hatte beizeiten gesagt, »Kolka lasse ich nicht mit.«

»Recht so, Tina, richtig. Das Kerlchen, das kläräugige . . .« Jegor spürte plötzlich, wie es ihm die Kehle zuschnürte, und er schloß fast flüsternd, »Nun, und Gott sei Dank!«

Es wäre falsch, Jegor als einen tollkühnen Draufgänger zu bezeichnen, jedoch war er auch nicht sonderlich furchtsam. Er ging auf Bärenjagd, sprang ins Wasser und rettete Ertrinkende, trennte Betrunkene, besänftigte

Hunde. Das Wort »muß« war für ihn stets das wichtigste Wort, und sobald es ertönte, in ihm selbst oder außerhalb, wichen Furcht und Schwäche und all seine Gebrechlichkeiten von ihm. Dann ging er hin und tat, was getan werden mußte. Ohne Furcht und ohne Hast. Auch hier gab es ein »Muß«, es war nicht zu überhören, doch die Angst verging aus irgendeinem Grunde nicht. Und je näher die Zeiger der Wanduhr auf die festgesetzte Stunde zukrochen, desto stärker hämmerte in ihm diese eigenartige, ziellose und entwaffnende Angst. Und um sie zu beschwichtigen, um sich selber zu zwingen, in dunkler Nacht die Schwelle zu überschreiten, bekreuzigte sich Jegor, kaum daß Charitina aus der Stube gegangen war, plötzlich dreimal vor der Muttergottes von Tichwin. Ungeübt, hastig, eckig. Und flüsterte dazu etwas ganz und gar Unsinniges.

»Herrgott, ich stehle ja nicht, ich nehme bloß weg. Mein Gott, ein einziges Mal nur nehme ich weg und dann nie wieder. Ehrenwort und heiliges Kreuz. Gestatte es schon, himmlische Königin, verüble es nicht . . . Für einen guten Menschen nehme ich es . . .«

Da wehte es Charitina wieder ans Ufer, und er mußte das Gebet abbrechen. Und deswegen ging Jegor mit verworrener Seele an sein Diebswerk.

Die zwölfte Stunde hatte er gewählt, Mitternacht, die rechte Zeit für Diebe. Stille herrschte im Dorf, nur die Hunde bellten. Keine Menschenseele, kein Tier. Alles wie ausgestorben.

Sechsmal ging er vorbei an der Stelle mit dem Brett. Sechsmal stockte ihm das Herz – nein, nicht aus Angst, nicht, weil er befürchtete, erwischt zu werden, sondern weil er eine Übertretung beging. Einen Grenzstrich übertrat er, und jene Verwirrung, die ihn jetzt quälte, war hundertfach bitterer als jede Strafe.

Wie er die Bretter vom Lagerplatz durch acht Straßen

bis zu Nonna Jurjewna geschleppt hatte, daran konnte er sich hinterher nicht mehr erinnern. Er versuchte es nach Kräften, es gelang ihm aber nicht. Er konnte nicht begreifen, wie er das fertiggebracht hatte, ganz allein zwanzig Zoll starke Bretter von sechs Meter Länge abzuschleppen und darunter nicht zusammenzubrechen. Und wie oft er gelaufen war, darauf konnte er sich auch nicht besinnen. Es mußte sehr oft gewesen sein. Mehr als drei huckst du nicht mit einem Mal auf. Er probierte es aus.

Er erinnerte sich nur, daß auf dem Holzplatz keine Menschenseele war und daß man durch jenes dritte Brett nicht nur zwanzig, sondern ganz getrost zweihundert Bretter hätte wegschleppen können. Er nahm jedoch genau zwanzig, wie es abgesprochen war. Er schleppte, lud seine Last bei Nonna Jurjewna hinterm Haus ab – diese Stelle hatte er sich im voraus ausgesucht – und ging heim. Mit wackligen Knien, wie man so sagt.

Am nächsten Morgen aber, es war ein rechter Sonntagmorgen, ein zärtlicher, an diesem Morgen also zog Jegor ein frisches Hemd an, nahm sein eigenes Beil und machte sich gemeinsam mit Kolka auf den Weg zu Nonna Jurjewna. Ihm war so froh zumute, so feierlich, daß er jeden, dem er begegnete, anhielt und ein bißchen mit ihm schwatzte. Und mochte auch keiner etwas mit den Sorgen von Jegor Poluschkin zu schaffen haben, Jegor lenkte jedes Gespräch auf seine Sorgen.

»Pilze willst du also sammeln? Nun, da hast du Glück, kannst dich erholen. Ich dagegen hab zu tun. Arbeit, verstehst du, eine ernsthafte Sache.«

Kolka schwieg, er seufzte nur. Er war überhaupt schweigsam geworden, seit er den Kompaß gegen das Leben eines Hundes eingetauscht hatte. Doch Jegor vermochte seine Schweigsamkeit nicht richtig deuten, die bevorstehende Arbeit nahm ihn völlig in Anspruch. Das war kein Geldschinden nach Feierabend, sondern Zimmermannsarbeit. Etwas fürs Gemüt. Darum auch hatte er Kolka mitgenommen, der sonst zu Feierabendarbeiten nie mitdurfte. Was willst du einem Kind da beibringen? Geldschinden? Hier nun stand wahrhafte Arbeit in Aussicht, und es mußte auch etwas Wahrhaftes daraus zu lernen sein.

»Bei einer Arbeit, Söhnchen, bemühe dich ohne Hast. Und verrichte sie, wie die Seele es gebietet. Die Seele weiß das rechte Maß.«

»Warum redest du bloß immerzu von der Seele, Vater? In der Schule, da lehren sie, es gibt überhaupt gar keine Seele, sondern nur Reflexe.«

»Was gibt es?«

»Reflexe. Nun, das ist, wenn einer was will, und schon fließt ihm der Speichel.«

»Richtig lehren sie das«, sagte Jegor nach einigem Überlegen. »So, und wenn einer nicht was will, was fließt dann? Dann, Söhnchen, fließen heiße Tränen, nämlich wenn einer gar nicht mehr was will und aber was befohlen kriegt. Und nicht übers Gesicht fließen diese Tränen, sondern innen drin. Und sie brennen. Darum brennen sie, weil die Seele weint. Also, es gibt sie schon, die Seele, bloß jeder hat wohl so seine eigene. Und darum muß jeder verstehen, auf sie zu hören. Auf das also, was sie ihm sagt.«

Sie redeten ohne Eile, bedachten Worte wie Werke, denn sie führten ihre Gespräche beim Arbeiten. Kolka hielt fest, wo es verlangt wurde, sägte, was abgemessen war, übte, Nägel mit zwei Schlägen genau bis zum Kopf ins Holz zu jagen. Den ersten Hieb akkurat, mit Gefühl, bloß, um die Richtung zu geben – den zweiten dann mit Schwung, so daß der Kopf im Holz versank. Flott von der Hand ging ihnen die Arbeit. Sie deckten das Dach, richteten die Vortreppe her, legten die Fußböden neu. Und aus den Resten machte Jegor Regale, damit die schönen Bücher nicht länger auf dem Boden herumlagen. Zumal als er das bewußte entdeckte, das über die Indianer.

Kolka war ihm zur Seite. Half, wo er helfen konnte, lernte dabei und gab sich große Mühe. Einmal am Tag jedoch verschwand er für etwa zwei Stunden irgendwohin und kehrte immer mißgestimmt zurück. Jegor beobachtete ihn jedesmal genau, sobald er diese Mißstimmung feststellte, fragte ihn aber nichts. Der Junge war selbständig und entschied selber, wovon er ihm erzählte und worüber er schwieg. Und darum bemühte sich Jegor, von etwas anderem zu sprechen.

»Die Hauptsache ist, Söhnchen, daß du stets eine Freundlichkeit für die Arbeit hast. Daß du am liebsten singen möchtest, wenn du was fertig hast. Es gibt da nämlich so eine List. Soviel Freude in eine Arbeit hineingesungen wurde, soviel wird aus ihr wieder herauskommen. Und wer dein Werk sieht – der möchte dann auch lossingen.«

»Wenn das so wäre, täten alle bloß jammern und wehklagen.«

Zornig war Kolka an jenem Morgen zurückgekehrt. Und sprach zornig.

»Nein, Söhnchen, das sag nicht. Mit einem freudigen Löffel macht sogar dünne Kohlsuppe löffeln froh.«

»Wenn sie mit Fleisch ist, diese Suppe, dann tät ich sie auch ohne Löffel runterkriegen.«

»Es gibt einen Frohsinn für den Bauch – und einen für die Seele, Kolja.«

»Wieder mal für die Seele!« fuhr Kolka plötzlich erbost auf. »Was soll das für ein ernsthaftes Gespräch sein, wenn du immerzu von irgendwelchem Geisterzeug redest und von der Religion!«

Nonna Jurjewna, in deren Zimmer sie gerade Bretter für Regale hobelten, griff in das Gespräch nicht ein. Aber sie hörte aufmerksam zu, und diese Aufmerksamkeit schätzte Jegor mehr als ein Einmischen ins Gespräch. Deshalb blickte er bei diesen Worten zu ihr, legte dann den

Hobel beiseite und fingerte nach dem Machorka. Doch Nonna Jurjewna fing seinen verwirrten Blick auf. Und fragte plötzlich, »Vielleicht aber auch nicht von der Religion, Kolja. Sondern vom Glauben?«

»Von was denn noch für einem Glauben?«

»Recht und richtig, Nonna Jurjewna«, sagte Jegor. »Fest sogar soll der Mensch daran glauben, daß er seine Arbeit den Leuten zur Freude verrichtet. Doch wenn er sie bloß so macht, fürs liebe Geld, wenn sie nichts weiter ist als, sagen wir, heute grabe auf – und morgen schütte zu, dann bleibst du selber ohne Frohsinn und die Leute ohne Freude. Und du schaust schon nicht mehr darauf, daß du, was du tust, möglichst gut und gewissenhaft tust, sondern du schaust nach der lieben Sonne. Wo sie steht und ob sie sich bald versteckt. Ob dieser Zwangsarbeit und deiner Schande wohl bald ein gnädiges Ende beschieden wird. Und da entsinnst du dich der Seele. Unbedingt sogar entsinnst du dich, falls du kein gewissenloser Geldschinder bist, falls in dir noch der wahrhafte, arbeitende Mensch lebendig ist. Der geachtete Meister, lebendig . . . Der Meister . . .«

Jegors Stimme begann auf einmal zu zittern, er hüstelte, starrte auf seinen Machorka. Und als er sich eine Zigarette drehte, da wollten ihm plötzlich die Finger nicht mehr gehorchen; der Machorka rieselte vom Blättchen, und das Blättchen ließ und ließ sich nicht rollen.

»Bitte, rauchen Sie von diesen hier, Jegor Saweljitsch«, sagte Nonna Jurjewna. »Hier, rauchen Sie bitte.« Da lächelte Jegor ihr zu. Daß ihm richtig die Lippen hüpften.

»Je nun, so ist das eben, Nonna Jurjewna. 's wird wohl so sein, wenn's nicht anders ist . . .«

Kolka aber schwieg die ganze Zeit. Schwieg, sah zornig vor sich hin, dann fragte er unvermittelt, »Wie oft am Tag muß man ein Junges füttern, Nonna Jurjewna?«

»Ein Junges?« Verunsichert war Nonna Jurjewna durch diese Frage.

»Was denn für ein Junges?«

»Einen jungen Hund«, präzisierte Kolka.

»Tja, nun . . . Ich weiß nicht«, bekannte sie. »Vermutlich . . .«

Da klopfte es. Nicht mit der Faust, nein, mit dem Fingerknöchel, auf Städterart. Und Nonna Jurjewna mußte sich von diesem Klopfen verunsichern lassen.

»Ja, bitte? Wer ist dort? Treten Sie ein . . .«

Und herein trat Juri Petrowitsch Tschuwalow. Der neue Förster.

14

Nie im Leben hatte Kolka einen eigenen Hund besessen. Bekannte ja, das ganze Dorf voll – aber einen eigenen, den man selber aufgezogen hatte, so einen besaß er nicht. Keinen, dem er etwas hätte beibringen können, von abrichten ganz zu schweigen. So was kränkt einen natürlich.

Und bei Wowka gingen die Hunde nicht aus. Kaum ist es Fjodor Ipatytsch gelungen, einen zu erschießen, gleich legt er sich den nächsten zu. Haargenau am selben Tag oder sogar noch eher.

Fjodor Ipatytsch brachte die Hunde nicht aus Grausamkeit um und nicht im Suff, sondern mit durchaus nüchternem Kopf. Ein Hund, das ist schließlich kein Spielzeug, ein Hund erfordert Ausgaben und hat demnach sein Dasein zu rechtfertigen. Und wenn er alt wird, nichts mehr wittert und eine Masse Geld verschlingt, wozu ihn dann weiter durchfüttern? Das ist zwecklos, versteht sich. Aber damit er, der betreffende Hund, nun nicht auf dem Hofe Hungers verreckte, pflegte Fjodor Ipatytsch ihn eigenhändig zu erschießen, mit eigenem Gewehr im eigenen Gemüsegarten. Aus humanitären Erwägungen gewissermaßen. Er schoß ihn tot, das Fell wurde er bei irgendwelchen Hundenarren los, für sechzig Kopeken das Stück, und den abgehäuteten und ausgeweideten Rest verscharrte er unterm Apfelbaum. Und es gediehen prächtige Äpfelchen, nichts dagegen zu sagen.

Gegenwärtig nun zerrte bei ihnen auf dem Hofe ein

Riesenvieh von Hund an der Kette. Schnauze schwarz, Augen rot, wütendes Gekläff mit einem Anflug von Hysterie, Eckzähne wie zwei Messer. Sogar Wowka hatte Respekt vor dieser Palma, obwohl sie doch nahe beieinander aufgewachsen waren. Nicht gerade, daß er sich fürchtete – er nahm sich eben in acht. Den Behutsamen behütet Gott – dieses Sprichwort hatte Wowka bereits in der Wiege gelernt, man hatte es ja oft genug wiederholt.

An der Kette vorm Eingang lag also Palma – und nach hinten raus, hinter der Badestube, lebte Zuzik in einer alten Eisentonne. Derselbe, dessen Lebensdauer nicht von einer Uhr, sondern von einem Kompaß bemessen wurde. Solange Wowka der Kompaß gefiel, solange blieb Zuzik am Leben. Und durfte mit dem Schwanz wedeln und sich an Knochen freuen.

Allerdings war ihm Schwanzwedeln weit öfter vergönnt als Freude an einem Knochen. Und das nicht, weil Wowka ein Tierquäler war – er vergaß ganz einfach, daß auch Hunde jeden Tag fressen wollen. Er vergaß es, und die Augen des Hundes vermochten seinem Gedächtnis nicht aufzuhelfen, denn in Augen lesen, das will gekonnt sein. Lesen und schreiben können reicht nicht aus, um einem Hund eine Sehnsucht von den Augen ablesen zu können. Da braucht es noch etwas, doch weder Wowka noch Fjodor Ipatytsch hatte dieses Etwas je interessiert. Und daher auch niemals beunruhigt.

Und Olja Kusina, deren Zöpfchen einmal an Kolkas Herz gerührt hatten und gleich daran festgeklebt waren, diese Olja Kusina also konnte bloß mit Wowka-Stimme sprechen. Und auch alle ihre Wörter waren von Wowka, und die Gedanken genauso. Aber wie das kam, konnte Kolka beim besten Willen nicht begreifen. Wowka jagte das Mädchen doch, zog sie an den Zöpfen, faßte sie an, wo er sie zu fassen kriegte, einmal hatte er sie sogar mächtig verprügelt – und trotzdem lief sie ihm geradezu nach und wollte keinen anderen anschauen. Alle anderen waren dauernd Luft für sie.

Zu allem Überfluß sagte Wowka eines Tages, »Kann sein, ich ersäufe ihn trotzdem, den Zuzik. Sowie ich deinen Kompaß mal satt habe, wird der Köter ersäuft. Nutzen bringt der einem kein bißchen.«

Kolka fütterte den Hund gerade, spürte die Zunge auf seiner Hand. Er schwieg jedoch.

»Wenn er was wert ist, dann bezahl du mir den Preis.«

»Was für einen Preis?« fragte Kolka verständnislos.

»Na den wirklichen«, sagte Wowka und seufzte gewichtig.

»Aber Geld habe ich keins.« Kolka überlegte. »Vielleicht stecke ich in der Bibliothek irgendein Buch ein?«

»Was soll ich mit einem Buch? Gib mir was Richtiges zum Besitzen.«

Was Richtiges zum Besitzen hatte Kolka nicht, und somit endete das Gespräch ergebnislos. Doch Kolka mußte jeden Tag daran denken, immer umwallte ihn die Angst um den beklagenswerten Zuzik, aber es wollte und wollte ihm nichts einfallen. Er wurde bloß finster. Und dazu noch die Olja Kusina . . .

Darum also überhörte er an diesem Tage das Allerwichtigste. An den Hund dachte er, an Wowka, an das zum Besitzen, das er nicht besaß, und an Olja Kusina, die Augen, Zöpfe und ein Lachen besaß. Nichts hörte er, obwohl er mit am Tisch saß, neben Nonna Jurjewna und dem neuen Förster gegenüber.

Und so hatte sich das Gespräch bei Tische entwickelt: »Allzu leicht flattert heutzutage der Mensch fort von seinem Platz«, sagte Jegor Poluschkin, sein Väterchen. »Immerzu zieht es ihn wohin, er hetzt los, kommt außer Atem angelaufen, tut, was ihm grad unter die Finger kommt, und schon treibt es ihn weiter. Und alles um ihn her klatscht Beifall . . . Aber aus abgeschnittenen Brocken läßt sich kein Brot zusammenfügen, Juri Petrowitsch.«

»Die Leute suchen eine interessante Arbeit. Das ist natürlich.«

»Demnach heißt das, wenn etwas natürlich ist, dann ist es auch gut. Heißt es das? Da bin ich nicht einverstanden mit Ihnen. Jeder Platz ist sowieso unser, gehört allen gemeinsam, so ist das. Aber was ergibt sich, wenn du dir das Leben anschaust? Es ergibt sich, daß wir vor lauter Hasterei das alles vergessen. Da hat es, sagen wir, zum Beispiel mich hierher verschlagen, in dieses Dorf. Gut und schön. Aber auch hier ist immerhin ein Wald und ein Fluß, sind Felder und Wolken. Wem gehören sie? Die alten Leute meinen, Gott. Ich jedoch denke so, wenn es Gott nicht gibt, dann sind sie mein. Und du mußt hüten, was dein ist. Laß kein Verwüsten zu, denn es ist deine Erde. Achte sie. Wisse sie zu schützen. So ist das!«

»Ich bin mit Ihnen voll und ganz einverstanden, Jegor Saweljitsch.«

Hier hörte man Jegor zu, das war das Verblüffende! Man hörte ihm zu, sprach ihn mit Vor- und Vatersnamen an, überlegte sich sorgsam die eigenen Antworten. Nicht, daß Jegor sonderlich davon angetan war, er trachtete ja nicht danach zu gefallen – es krempelte nur alles in ihm um und um. Er trank nicht mal seinen Tee, sondern rührte bloß immer mit dem Löffel im Glas herum und sprach aus, was ihm nötig und wichtig erschien.

»Der Mensch ruht aus, das liebe Vieh ruht aus, der Acker ruht aus. Allen ist bestimmt, auszuruhen – nicht zum Vergnügen, sondern zum Kraftsammeln. Auf daß es, sozusagen, wieder ans Arbeiten gehen kann. Und wenn das so ist, dann erst recht beim Wald, er möchte auch sein Schlummerchen machen. Sich von den Menschen erholen und von den Äxten kurieren und die Wunden mit Harz heilen. Aber wir wiederum, wir holen uns von ihm noch den Bast. Ist das eine Ordnung? Eine Unordnung ist es. Bringt Unruhe und den Lindenwäldern den sicheren Tod. Wozu?«

»Das mit dem Lindenbast ist alles meine Schuld«, sagte Juri Petrowitsch. »Für Naturschutzgebiete trifft die Genehmigung nicht zu.«

»Es geht nicht darum, wessen Schuld, sondern wessen Unglück es ist.«

Nonna Jurjewna erledigte leise die Hausfrauenpflichten. Tee eingießen, Brot aufschneiden. Sie hörte Jegor und dem Förster zu, schwieg aber. So wie Kolka.

»Sind viele Linden eingegangen?«

»Jawohl.« Jegor seufzte, da er an sein erfolgloses Unternehmen denken mußte. »Geld haben sie versprochen, was soll sein... Du stellst die Axt nicht in die Ecke, wenn's einen Fünfziger fürs Kilo gibt.«

»Ja«, seufzte Tschuwalow. »Leider... In den alten Büchern steht, in unseren Wäldern hat es einstmals Unmengen wilder Bienen gegeben.«

»Wir hatten nämlich...« Jegor schielte zu seinem beharrlich schweigenden Sohn hinüber, seufzte wieder, fuhr fort, »Wir hatten uns nämlich auch aufgemacht nach Lindenbast, ja. Aber wie wir gesehen haben, im Wald ist alles weiß vor nackten Stämmen – da sind wir auf der Stelle umgekehrt. Traurig und mit schlechtem Gewissen.«

Wie überaus wohl und ruhig er sich an diesem Tag fühlte! Das Gespräch war gemächlich dahingeflossen, der neue Förster hatte sich als ein freundlicher und er selber, Jegor Poluschkin, als ein kluger und völlig selbständiger Mensch erwiesen. Kolka schnaufte neben ihm allerdings und zog ein finsteres Gesicht, doch seinem finsteren Geschnaufe mochte Jegor keine Beachtung schenken; er hütete die Eindrücke von der Begegnung mit dem Förster und trug sie bedächtig und behutsam heim, als fürchtete er sie zu verschütten.

»Ein hoch zu achtender Mann, der neue Förster«, sagte er zu Charitina, als sie sich schlafen legten. »Eine einfache Seele, scheint's, und herzlich entgegenkommend.«

»Soll er dich nehmen, daß du bei ihm arbeitest – das wäre entgegenkommend.«

»Je nun, wozu denn so was, Tina, wozu?«

Bei Juri Petrowitsch arbeiten, daran wagte Jegor kaum zu denken. Das heißt, natürlich dachte er daran, denn dieser geheime Wunschtraum hatte sich in ihm bereits festgesetzt – aber vor anderen äußern wollte er ihn nicht. Er glaubte nicht mehr an sein Glück, und sogar die ganz unerfüllbaren Träume fürchtete er vorzeitig zu verscheuchen oder zu behexen. Und darum fügte er diplomatisch hinzu, »Er ist nicht zur Arbeit hierher gereist, sondern als Tourist.«

»Wenn zum Tourismus, dann setz den Leuten keinen Spuk in den Kopf. Sonst knöpfen sie uns nochmal dreihundert ab mit ihrem Tourismus.«

Gern hätte Jegor den guten Mann verteidigt, doch er seufzte bloß und drehte sich auf die andere Seite. Mit der Frau streiten – nichts als Kraut und Rüben. Sie hat sowieso das letzte Wort.

Der neue Förster Juri Petrowitsch aber trat, nachdem er bis zum Abend bei Nonna Jurjewna gesessen hatte, an jenem Tag keinerlei Feldzug mehr an. Und das nicht allein wegen der fortgeschrittenen Zeit, sondern auch aus Erwägungen, die ihm vorerst selber nicht recht klar waren.

Begonnen hatte es damit, daß sie ihn begleitete. Da der Förster unvermittelt im Dorf aufgekreuzt war und Aufsehen vermeiden wollte, übernachtete er nicht bei seinem Untergebenen Fjodor Ipatytsch Burjanow, sondern auf Empfehlung von Nonna Jurjewna beim Direktor der Schule. Und Nonna Jurjewna war es auch, die ihn an jenem Abend zum Direktor begleitete.

Zu ihrem Direktor hatte Nonna Jurjewna ein gutes

Verhältnis, zu ihren Kollegen, zum sogenannten pädago-
gischen Kollektiv dagegen gar keins. Das heißt, irgendein
Verhältnis hatte sich herausgebildet, aber keins, wie
Nonna Jurjewna es gern gehabt hätte.

Es muß gesagt werden, daß sie die junge Lehrerin, die
aus der schönen Stadt Leningrad ins Dorf kam, freundlich
und wie eine liebe Verwandte aufgenommen hatten. Jeder
riß sich darum, ihr zu helfen, und half auch mit Rat und
Tat. Und alles verlief freundlich – genaugenommen bis zu
jenem festlichen · Beisammensein am Vorabend des
8. März. Dieser Feiertag wurde auf besondere Weise be-
gangen, denn es unterrichteten außer dem Direktor keine
Männer an der Schule, und der Internationale Tag der Frau
war somit ein wahrer Frauentag. Alle hatten sich zu diesem Abend ein Festkleid geschneidert, rechtzeitig und zutiefst geheim.

Nonna Jurjewna aber erschien im Hosenanzug. Nein,
nicht etwa in demonstrativer Absicht, sondern weil sie
diesen Anzug ganz ehrlich für das Glanzstück ihrer Garde-
robe hielt; sie hatte ihn bisher nur einmal angezogen, zur
Abschlußfeier des Instituts, und alle Mädchen hatten sie
damals beneidet. Hier jedoch löste er Verlegenheit aus und
eng zusammengepreßte Lippen.

»Wir haben heute keinen Arbeitseinsatz, meine Liebe,
sondern einen Feiertag, unseren, den Frauentag. Den Internationalen übrigens.«

»Aber ich finde, das ist doch festlich«, stammelte
Nonna Jurjewna. »Und modern.«

»In bezug auf Modernität sind Sie selbstverständlich
kompetenter, nur wenn Sie sich erlauben, in solch einer
Modernität auf einem festlichen Abend zu erscheinen,
dann müssen Sie schon entschuldigen. Wir sind hier wohl
etwas zurückgeblieben.«

Nonna Jurjewna stürzte zur Tür, der Direktor hinterdrein. An der dritten Wegbiegung hatte er sie eingeholt.

»Sie hatten keinen Grund, Nonna Jurjewna.«

»Wozu keinen Grund?« fragte Nonna Jurjewna und schluchzte.

»So zu reagieren.«

»Ach, und die anderen hatten einen?«

Der Direktor schwieg, lief neben dem erzürnt ausschreitenden Mädchen her, überlegte, was er ihr sagen sollte. Er hätte etwas sagen sollen betreffs des Vorbilds, als welches ein Pädagoge jederzeit aufzutreten verpflichtet ist, betreffs bürgerlicher Tendenzen einer uns wesensfremden Mode und dergleichen mehr. Dies alles hätte er ihr sagen sollen, sagte es jedoch nur zu sich selbst, während er laut etwas völlig anderes äußerte.

»Die beneiden Sie doch, Nonna Jurjewna. Auf ganz weibliche Art. Sie sind jung, haben eine gute Figur, entschuldigen Sie, nun, Sie verstehen. Ihre Kolleginnen haben Sorgen, Familien, Männer, den Haushalt – Sie dagegen sind wie der morgige Tag. Also, Sie dürfen ihnen großmütig Schonung gewähren.«

Nonna Jurjewna schaute unter Tränen auf und lächelte.

»Sie sind raffiniert!«

»Furchtbar«, sagte der Direktor.

Auf den feierlichen Abend war Nonna Jurjewna nicht zurückgekehrt, mit dem Direktor aber hatte sie Freundschaft geschlossen. Sogar auf einen Tee war sie manchmal zu ihm gegangen. Und deshalb brachte sie ihm heute den Förster ins Haus, ohne Vorankündigung.

Es war ein warmer, schüchterner Abend. Weiter weg, beim Klub, machten sie irgendwelche Musik, und die Wolken am Himmel färbten sich rosa. Kein Lüftchen wehte, und Nonna Jurjewnas kleine Absätze klopften vernehmlich auf den hölzernen Gehsteig.

»Still hier bei Ihnen«, sagte Tschuwalow.

»Ja, still ist es schon«, stimmte Nonna Jurjewna zu. Ein Gespräch wollte ihnen nicht gelingen. Ob der Förster

nun zerschlagen war von der Reise oder ob Nonna Jurjewna Gespräche nicht mehr gewohnt war oder ob es
sonst noch eine Ursache gab – gleichviel, sie liefen
schweigend nebeneinander her, litten unter der eigenen
Stummheit, bemühten sich aber auch nicht, sie zu über-
winden. Sie preßten die Wörter aus sich heraus wie Paste
aus einer Tube, grad so viel, um sich die Zähnchen zu
putzen.

»Es ist langweilig hier, vermute ich?«

»Nein, was denken Sie. Man hat viel zu tun.«

»Jetzt sind doch Ferien.«

»Ich übe mit denen, die nicht mitkommen. Manche,
müssen Sie wissen, sind schwach im Schreiben, machen
viele Fehler.«

»Haben Sie nicht vor, nach Leningrad zu fahren?«

»Vielleicht, für kurze Zeit. Mama besuchen.«

Und abermals ein halbes Hundert Schritte schweigend, als trügen sie brennende Kerzen vor sich her.

»Haben Sie sich diese Einöde selbst ausgesucht?«

»N-nein. Ich bin hier eingesetzt worden.«

»Aber man hätte Sie, nehme ich an, auch anderswo
einsetzen können?«

»Kinder sind überall Kinder.«

»Mich würde interessieren, was hatten Sie sich für einen Beruf erträumt? Etwa Lehrerin?«

»Meine Mutter ist Lehrerin.«

»Ein Familienberuf also?«

Die Unterhaltung wurde hochtrabend, und Nonna
Jurjewna zog vor, nicht zu antworten. Juri Petrowitsch
spürte das, nannte sich im Geiste einen dummen Puter,
doch schweigen mochte er auch nicht mehr. Gewiß, er
war nicht sonderlich bewandert im Plaudern mit ihm fast
unbekannten Mädchen, aber stumm wie ein Fisch neben
ihr gehen, das hätte erst recht blöd ausgesehen.

»Sie unterrichten Literatur?«

»Ja. Und außerdem habe ich noch die unteren Klassen.
Es fehlen Lehrer.«

»Lesen Ihre Zöglinge?«

»Nicht alle. Kolja beispielsweise liest viel.«

»Kolja ist ein ernsthafter Bursche.«

»Die Familie hat es nicht leicht.«

»Ist sie groß?«

»Normal. Sein Vater ist ein bißchen eigenartig. Nirgends kann er sich einleben, quält sich ab, leidet. Ein guter Zimmermann und ein guter Mensch, doch mit der Arbeit will es bei ihm nichts werden.«

»Wie denn das?«

»Wenn ein Mensch schwer zu verstehen ist, dann war es immer das einfachste, man erklärt ihn zu einem komischen Kauz. So nennen sie auch diesen Jegor Saweljitsch ganz offen den Unheilbringer – nun, und Kolja geht das nahe. Entschuldigen Sie . . .«

Nonna Jurjewna war stehengeblieben. Gegen einen Zaun gelehnt, schüttelte sie lange und sorgfältig Sand aus ihren Schuhen. Sand hatte sich zwar durchaus nicht viel angesammelt, aber ein Gedanke, der ihr soeben in den Kopf gekommen war, verlangte Mut, und genau den sammelte Nonna Jurjewna. Und verfaßte Sätze, diesen Gedanken möglichst gewandt darzulegen.

»Beabsichtigen Sie, die Fahrt zum Schwarzen See allein zu unternehmen?« Sprach's und erschrak. Womöglich denkt der noch, sie will sich aufdrängen? Und fügte, nunmehr völlig unpassend, hinzu, »Man hat Angst, so allein. Und langweilt sich. Und . . .«

Und sie verstummte, denn die Erklärungen lenkten das Gespräch in eine andere Richtung. Und vor lauter Verzweiflung platzte sie ganz undiplomatisch heraus, »Nehmen Sie Jegor Poluschkin bitte als Helfer mit. Freistellen werden sie ihn, er ist jetzt nur Hilfsarbeiter.«

»Wissen Sie, daran habe ich auch schon gedacht.«

»Ist das wahr?« Nonna Jurjewna lächelte eigentlich erleichtert.

»Ehrenwort.« Juri Petrowitsch lächelte ebenfalls und war im Innern aus irgendeinem Grunde genauso erleichtert.

In Wahrheit jedoch hatte der Förster bis zu ihren ungeschickten Anspielungen über gar keinen Jegor Poluschkin nachgedacht. Er war es gewohnt, viel und oft allein durch die Wälder zu streifen, er schätzte das Alleinsein und brauchte keine Helfer. Aber er wollte auf einmal irgend etwas Angenehmes für dieses scheue, ungelenke Muttertöchterchen tun, das rechtschaffen, ohne zu murren, seine Pflicht in dem entlegenen Dorf erfüllte. Und als er sah, wie ihr Gesicht aufflammte, fügte er noch hinzu, »Und sein Söhnchen nehmen wir auch mit, wenn es mit will.«

»Danke«, sagte Nonna Jurjewna. »Wissen Sie, mir scheint manchmal, Kolja wird ein Dichter. Oder ein Maler.«

Schließlich hatten sie das blechgedeckte Haus des Direktors erreicht, und das Gespräch war von selbst beendet. Entstanden war es zufällig, entwickelt hatte es sich mühselig, doch Juri Petrowitsch behielt es im Gedächtnis. Mag sein, gerade deshalb.

Nachdem sie den neuen Förster dem Direktor übergeben hatte, eilte Nonna Jurjewna sogleich nach Hause, denn sie wollte jetzt unbedingt an etwas denken. Bloß woran eigentlich, das war ihr bei weitem nicht klar.

Der Direktor aber setzte den Samowar unter Dampf und unterhielt Tschuwalow die halbe Nacht lang mit Gesprächen, wobei er besonders betonte, daß ohne die Hilfe der Forstverwaltung die Schule und die Lehrer Schwierigkeiten mit dem Brennholz haben würden. Juri Petrowitsch pflichtete ihm bei, kippte Unmengen von Tee in sich hinein und hatte die ganze Zeit ein schmächtiges Mädchen mit großer, wichtiger Brille vor Augen. Er mußte an völlig unpassender Stelle lächeln, als er sich an ihren sonderbaren Satz erinnerte: Beabsichtigen Sie, die Fahrt zum Schwarzen See allein zu unternehmen?

Am Morgen ging er beim Büro vorbei und vereinbarte, daß ihm, dem Förster Tschuwalow, zum Zwecke der Vertrautmachung mit der Trinkwasserschutzzone Schwarzer See der Hilfsarbeiter Poluschkin für die Dauer einer Woche als Hilfskraft zugeteilt wurde.

Im Büro empfing man den neuen Förster sehr zuvorkommend. Ist ja auch verständlich – eine sehr nördliche Gegend hier, und die Winter voller Schneestürme.

»Poluschkin kennen wir bestens. Mitsamt seinen Macken!«

»Ein spinnerter Mann, Genosse Förster. Wir raten Ihnen ab. Mächtig spinnert!«

»Hat einen Motor versenkt, stellen Sie sich vor.«

»Im Suff, sagt man.«

»Sagt man – oder hat man gesehen?« fragte Tschuwalow wie nebenbei, als er sein freiwilliges Einverständnis unterschrieb, den spinnerten Mann Jegor Poluschkin mitsamt seinen Macken zugewiesen zu bekommen.

»Gekläff geht diesem Menschen voraus.«

»Gekläff geht einem Hund voraus. Und zwar, wenn er darauf abgerichtet ist, hinterm Rücken zu kläffen.«

Das sagte er ganz ruhig. Derart ruhig, daß sich die Angestellten bis zum Abend in ihrem eigenen Dienstraum nur flüsternd unterhielten.

Juri Petrowitsch aber begab sich vom Büro zu Nonna Jurjewna. Sie war eben aufgestanden und empfing ihn im Morgenmantel, stumm vor Verlegenheit.

»Entschuldigen Sie, ich . . .«

»Auf geht's zum Schwarzen See!« sagte er anstelle von guten Tag. »Schließlich müssen Sie als Lehrer die hiesigen Sehenswürdigkeiten kennen.«

Sie vermochte nicht zu antworten, und er wartete die

Antwort auch gar nicht erst ab. Er warf den Rucksack auf die Vortreppe und fragte sachlich, »Wo wohnt Poluschkin? Schön, machen Sie sich inzwischen fertig, ich lauf los und hol ihn. Und den Jungen auch.«

Und er lief tatsächlich los. Rannte sogar – ungeachtet dessen, daß er der neue Förster war.

15

Wie Juri Petrowitsch bei seinem Streifzug alles allein zu bewältigen gedachte, das konnte weder Jegor noch Kolka begreifen. Von Beginn an, kaum daß sie im Wald eingetaucht waren, wuchs die Arbeit ihnen schier über den Kopf.

Kolka zum Beispiel hatte jedwedes Lebewesen, das er unterwegs bemerkte, in ein Heftchen einzutragen, in das »Tagebuch für Beobachtungen in der Fauna«. Da begegnet dir, sagen wir mal, eine Bachstelze. Also schreib auf, wo sie dir begegnet ist, um wieviel Uhr und wie lange du sie gesehen hast, wer bei ihr war, womit sie sich beschäftigt hat und so fort.

Zuerst war Kolka natürlich unsicher, vergaloppierte sich, brüllte quer durch den Wald, »Juri Petrowitsch, irgendwas kleines Graues sitzt auf dem Ast!«

Verständlich, das kleine Graue flog davon, ohne zu warten, bis es ins Tagebuch eingetragen war. Jegor befürchtete zunächst, der Förster würde Kolka für Aktivitäten solcher Art kräftig zurückpfeifen. Doch Juri Petrowitsch erklärte jedesmal geduldig, wie so was kleines Graues wissenschaftlich heißt und was darüber zu notieren ist – und gegen Abend hatte Kolka dies und jenes bereits mitbekommen. Er brüllte nicht mehr, sondern schrieb mit angehaltenem Atem und herausgestreckter Zunge in sein Heftchen: 17 Uhr 37 Minuten. Kleiner Vogel, sieht aus wie ein Holzpferdchen. Saß auf einer Birke.

Nach jeder Eintragung zeigte Kolka das Heft seinem

Vater, damit der das Geschriebene auf Fehler kontrollierte. Doch auf Fehler verstand sich Jegor nicht sonderlich, und er erinnerte jedesmal an ein und dasselbe, »Verlier nicht die Uhr, Söhnchen.«

Die Uhr hatte Juri Petrowitsch Kolka gegeben. Nur zeitweise natürlich, zwecks genauer Beobachtungen. 17 Uhr 58½ Minuten. Eine Maus. Lief irgendwohin. Von wo, war nicht zu sehen.

»Genauigkeit ist die Hauptsache für einen Forscher«, sagte Juri Petrowitsch. »Ein Schriftsteller darf etwas dazudichten, aber wir nicht. Wir beide, Nikolai, sind Märtyrer der Wissenschaft.«

»Warum Märtyrer?«

»Darum, weil in der Wissenschaft ohne Märtyrertum heutzutage nichts mehr zu entdecken ist. Was man leicht entdecken konnte, liegt seit langem sperrangelweit offen. Und was noch verschlossen ist, das erfordert Arbeit, viel mühselige Arbeit. So ist das, Nikolai Jegorytsch.«

Juri Petrowitsch sprach fröhlich und immer etwas lauter als nötig. Kolka begriff erst nicht, wozu er sich so anstrengte, kam jedoch später dahinter. Nonna Jurjewna sollte ihn hören! Für sie strapazierte Juri Petrowitsch seine Kehle, genau wie er, Kolka, für Olja Kusina.

Nonna Jurjewna aber befand sich den ganzen Tag in einem Zustand zwischen Wachen und Träumen. Alles stellte sich ihr merkwürdig dar, beinahe irreal: das Lächeln von Juri Petrowitsch, Jegors bemühte Augenbrauen, Kolkas vor Übereifer aufgesperrter Mund und die Last des nagelneuen Rucksacks, der Tannennadelduft und das Rauschen der Blätter und das Knacken der Äste unter den Füßen. Alles sah, alles hörte, alles fühlte sie deutlicher als je zuvor, doch gleichsam aus gewissem Abstand, als liefe nicht sie jetzt durch den klingenden, von Erdbeerduft durchwobenen Naturschutzwald, sondern irgendein anderes, ihr unbekanntes Mädchen, das von ihr selber mit argwöhnischem Staunen betrachtet wurde. Hätte ihr gestern noch jemand gesagt, sie würde mit einem fremden Mann und mit Jegor Poluschkin zum Schwarzen See gehen, sie hätte höchstwahrscheinlich laut gelacht. Und heute war sie mitgegangen, ohne daß einer sie hätte überreden müssen . . .

Der Förster war von den Poluschkins gerannt gekommen und hatte ungehalten gefragt, »Warum sind Sie nicht fertig? Ja was zum Teufel noch mal ist das für ein Koffer, haben Sie keinen Rucksack? Gar nichts haben Sie? Wo ist hier ein Geschäft? Um die Ecke? Na schön, machen Sie Frühstück, ich lauf gleich hin.«

Nonna Jurjewna hatte noch keine zweimal gezwinkert, da kehrte Juri Petrowitsch bereits zurück – mit Rucksack. Dann frühstückten sie, und er redete ihr zu, kräftig zuzulangen. Dann kamen die Poluschkins, Jegor und Kolka. Und dann . . . Dann warf sich Juri Petrowitsch den kaum hebbaren Rucksack über und verkündete lächelnd, »Das Kommando übernehme ich!«

Nonna Jurjewna vermochte sich kaum zu entsinnen, wie sie in den Wald gekommen war. Und noch dazu in den Hosen, die seit jener denkwürdigen Schulfeier im Koffer ganz zuunterst geruht hatten. Sie waren ein kleines bißchen zu eng geworden in dem Jahr, und das verunsicherte Nonna Jurjewna vollends. Überhaupt war sie immer noch verlegen, bemühte sich noch, sich abseits zu halten oder allenfalls in Kolkas Nähe, schwieg immer noch, hörte aber bereits zu.

Am Institut hatte man sie nach Schülermanier die gute Fee genannt. Der Spitzname war an ihr hängengeblieben von der ersten Woche des ersten Studienjahres an, als auf der ersten Komsomolversammlung ein energischer Vertreter des Institutskomitees fragte, »Nun, und was hast zum Beispiel du, Jugendfreundin, nein, nicht du, die mit der Brille, also was hast du bisher an gesellschaftlicher Arbeit geleistet?«

»Ich?« Nonna stand auf, strich sorgsam das nicht mehr ganz neue Schulkleid glatt. »Verschiedenes.«

»Was heißt verschiedenes? Konkreter bitte. Was hast du gemacht?«

»Ich? Ich war die gute Fee. Gespielt hab ich sie . . .«

Da hatte sich Nonna nicht einmal versprochen; sie war wirklich so etwas wie eine gute Fee. Nicht nur, was die Zensuren anging, sondern auch im Wesen, in ihren moralischen Maßstäben, die sie in einem Hause erworben hatte, wo es niemals Männer gab. Deshalb verlief ihr Leben in fraulicher Gemessenheit, ohne Schwankungen und Erschütterungen, wie sie den Männern eigen sind. Poesie ersetzte lebendige Kontakte, und Sinfoniekonzerte befriedigten vollauf Nonnas nebelhafte Begriffe von den menschlichen Leidenschaften. Jeden Abend eilte die gute Fee nach Hause – sie fühlte sich unbehaglich unter ihren lauten Freundinnen – und stillte eifrig die undeutlichen Sehnsüchte ihrer Seele mit den reichen Offenbarungen großer Denker.

Und so verrannen die Tage, durch nichts getrübt, aber auch durch nichts erhellt. Alles war sehr richtig und sehr vernünftig, doch wurden – wer weiß, warum – die Tage immer länger, und die Unruhe, eine seltsame, grundlose, ziellose Unruhe, wuchs und wuchs, und immer öfter legte Nonna das Buch beiseite und lauschte dieser sich in ihr steigernden, unverständlichen, aber durchaus nicht erschreckenden, guten Unruhe. Da wurde dann lange Zeit keine Seite umgeblättert, nichts sehende Augen starrten auf einen Punkt, und die Hand zeichnete von selber nachdenkliche Teufelchen auf die leeren Blätter des gerade anstehenden Referats über altrussische Literatur.

Es gab wenig Männer an ihrer Fakultät, und die wenigen, die es gab, waren bereits von den vorausschauenden

Freundinnen heimgeführt worden. Tanzen ging die gute Fee nicht, vor Zufallsbekanntschaften scheute sie zurück und den Freundeskreis auf andere Art zu erweitern, stand ihr nicht zur Verfügung. Endlos zogen sich die langen Leningrader Abende dahin, die sie – o weh! – mit der Mutter verkürzen durfte.

»Paß gut auf dich auf, Töchterchen.«

»Paß gut auf dich auf, Mütterchen.«

Wer wollte wissen, wieviel Hoffnung und wieviel Besorgnis sie in diese letzten Worte legten, die zwischen ihnen gewechselt wurden, als der Zug schon anfuhr. Der Zug fuhr an, die Mutter trippelte mit immer schnelleren Schritten neben dem Trittbrett her, und Nonna lächelte, wozu sie all ihre Kräfte zusammennahm. Die Mutter lächelte übrigens auch, und ihr Lächeln glich dem der Tochter wie eine Träne der anderen.

»Paß gut auf dich auf, Töchterchen.«

»Paß gut auf dich auf, Mütterchen.«

Nachdem sie dreihundert Kilometer überwunden und zweimal Umsteigen überstanden hatte, traf die gute Fee am Bestimmungsort ein, bekam eine Klasse zugeteilt, Unterrichtsstunden, zwei Wagen Brennholz und ein Zimmer auf Rechnung der Volksbildung. Sie schrieb der Mutter einen sehr langen und krampfhaft fröhlichen Brief, antwortete auf das gute Hundert Fragen der Zimmerwirtin, heulte lautlos die halbe Nacht lang ins Kopfkissen, am Morgen aber trat sie vor die Klasse und wurde Nonna Jurjewna. Und allmählich verschwamm all das, was zurückgeblieben war – die Vorlesungen und Mutters Piroggen, die Konzerte und Leningrads Brücken, das Große Dramatische Theater und die Teestunden bei entfernten Verwandten. All das verschwamm und verblaßte, verschwand in der Vergangenheit und wurde beinahe irreal.

Real war das Gegenwärtige. Laute Pausen, Kinderaugen, der Staub auf der Dorfstraße, knarrende Gehsteige, Sorgen um das eigene Wohl und Wehe. Und die Zukunft . . . Eine Zukunft gab es nicht, denn wovon Nonna Jurjewna träumte, unterschied sich in nichts von Vergangenem oder Gegenwärtigem; sie träumte von einem Wiedersehen mit der Mutter und mit Leningrad und davon, daß im nächsten Schuljahr die Lehrbücher für alle ausreichten.

Und außerdem träumte sie, was jedes Mädchen träumt. Doch waren diese Träume derart geheim, daß es geradezu unmöglich erscheint, einigermaßen zusammenhängend darüber zu berichten.

Da ging sie nun, den ungewohnten Rucksack auf dem Rücken, durch einen lautlosen Wald. Ihre Schuhe, ganz normale Straßenschuhe mit flachem Absatz, bei deren Anblick Juri Petrowitsch argwöhnisch »hm« gesagt hatte, versanken im Moos oder glitten ihr vor den Füßen. Die modischen Hosen, welche sich, zu ihrem großen Erschrecken, mit einemmal als so unanständig eng erwiesen, sie wurden naß vom Tau und klebrig vom Harz. Ihr Nylonanorak, in dem sie sonst zur Schule ging, blieb immerzu an Ästen und Stämmen hängen. Und Nonna Jurjewna selbst bewegte sich derart ungeschickt, daß sie bald schwitzte, bald fror. Trotzdem schleppte sie sich beharrlich durch Unterholz und Windbruch, und mochte sie sich noch so unnütz und unglücklich fühlen.

Gegen Mittag war sie endgültig am Ende ihrer Kräfte, doch ordnete Juri Petrowitsch gerade noch rechtzeitig eine Rast an. Nonna Jurjewna warf erleichtert den Rucksack ab und erklärte sich sogleich bereit zu kochen, um wenigstens auf diese Weise ihre Teilnahme an der Unternehmung zu rechtfertigen. Zwar hatte sie vom Kochen im Freien eine reichlich abstrakte Vorstellung, doch nahm sie sich der Sache hingebungsvoll an, so daß nach einer halben Stunde die noch fast ungekochte Kascha bereits munter über den

Eimerrand drängte. Nonna Jurjewna schaufelte sie mit wildem Eifer zurück, wobei sie gewisse weibliche Beschwörungsformeln murmelte, die Kascha jedoch strebte hartnäckig dem Feuer zu.

»Ein Opfer für den Waldgeist«, sagte Juri Petrowitsch lächelnd. »Wo Sie doch aber so einen Appetit haben, Nonna Jurjewna!«

»Wir werden schon zurechtkommen«, sagte Jegor.

Sie kamen zurecht. Bis auf den Boden kratzten sie die Schüsseln leer, dann erst ließen sie ab. Nonna Jurjewna lief zum Bach abwaschen. Jegor schickte Kolka, ihr zu helfen, und die Männer blieben am erlöschenden Feuer allein zurück.

»Ist Ihr Familienstand verehelicht oder Junggeselle?« erkundigte sich Jegor höflich.

Juri Petrowitsch schaute ihn seltsam an, schwieg noch seltsamer. Jegor fühlte sich unbehaglich und wurde unruhig.

»Ich bitte natürlich um Entschuldigung, betreffs meiner Neugier. Aber Sie sind ein junger Mensch, in dieser Position, und da, je nun, ich dachte mir, und so . . .«

»Ich weiß selber nicht recht, Jegor Saweljitsch, wie mein Familienstand ist, ob ledig oder verheiratet.«

»Wie hat sich denn das ergeben?«

»Nun ja, es hat sich halt so ergeben.«

Und Juri Petrowitsch verstummte. Holte Zigaretten hervor, bot Jegor eine an. Sie entzündeten die Zigaretten an einem Kohlestückchen. Jegor, dem seine Neugierde bereits hundertfach leid tat, versuchte über irgend etwas anderes zu schwatzen, an die viermal lachte er sogar lauthals, Juri Petrowitsch aber war wie zuvor finster und in sich gekehrt und gab falsche Antworten.

Nonna Jurjewna spülte Geschirr im Bach und war ebenfalls finster und in Gedanken versunken, neben ihr plapperte Kolka ohne Atempause. Solange er von wilden

Tieren und von Vögeln erzählte, hörte Nonna Jurjewna gar nicht hin, doch dann auf einmal schwieg Kolka, erzählte von den Igeln nicht zu Ende. Überlegte, seufzte und fragte böse, »Und Sie werden nun also abhauen mit diesem Juri Petrowitsch, was?«

»Wohin denn, Kolja?« Irgend etwas schien in Nonna Jurjewna zu zerreißen, und Kälte fuhr ihr in die Füße. »Und wieso?«

»Na, Sie heiraten und hauen ab in die Stadt«, erläuterte Kolka äußerst aggressiv. »Alle machen das so.«

»Heiraten? Ich heirate, ja?« Nonna Jurjewna nahm alle Kraft zusammen und lachte, bespritzte Kolka mit Wasser, ließ einen Löffel in den Bach fallen. »Hören Sie, Juri Petrowitsch? Haben Sie das gehört?«

Absichtlich laut rief sie das, damit es alle hörten. Und tatsächlich hörten es alle, Jegor und auch der Förster. Nur schwiegen sie aus irgendwelchen Gründen und hatten es keineswegs eilig, Nonna Jurjewnas Freude zu teilen. Und Nonna Jurjewna erstickte schier an ihrem eigenen gekünstelten Lachen, sie wurde rot und suchte im Wasser nach dem Löffel.

»Warum antworten Sie nicht?« fragte der Märtyrer Kolka. »Das heißt, todsicher werden Sie verschwinden, wenn Sie nicht mal mehr antworten wollen.«

»Dummes Zeug ist das, Kolja. Nichts als dummes Zeug. Auf der Stelle wirst du still sein und nie wieder davon reden!«

Wieso nicht davon reden, wo es doch alle so machen? Bitte, seine vorige Lehrerin auch. Geheiratet hat sie und dann – leb wohl, du Haus der Kindheit!

Kolka seufzte. Und Nonna Jurjewna, als sie diesen Seufzer des Mißtrauens vernahm, schrie plötzlich los. Mir nichts, dir nichts und wohl auch weinend.

»Niemals werde ich heiraten! Nie, nie, hörst du?«

Sie schrie so, daß Kolka ihr glaubte. Kein Zweifel, die heiratet nicht. Garantiert.

16

Obwohl der neue Förster Jegor mitgenommen und somit seinen geheimen Traum erfüllt hatte – Jegors frühere Lebendigkeit, sein heller und frohgemuter Optimismus von einst wollte und wollte sich nicht mehr einstellen. Ob er nun müde geworden war von der vielen Plagerei, ob er an das Gute, was immer es auch sei, nicht mehr glaubte oder ob seine neue Tätigkeit ihm allzu ungewöhnlich und, nun ja, irgendwie unmännlich vorkam, besondere Freude empfand er jedenfalls nicht.

Wieviel von dem Begehren, Gutes zu tun, ist einem Menschen fürs Leben zugebilligt? Wievielmal kann er, geschlagen und verlacht, erneut sich erheben, erneut sich lächelnd an seiner Arbeit freuen, erneut seine Kräfte an ihr messen? Wievielmal? Wer weiß das? Kann sein, da schafft es einer nur einmal oder vielleicht auch hundertmal? Vielleicht hat Jegor schon seinen gesamten Vorrat an Lebenskraft erschöpft, alle Speicher bis auf den Grund geleert, alles Korn zu Qual vermahlen und nichts als Spreu übrigbehalten? Wo sind sie hin, diese Vorräte, wer hat sie bemessen, wer hat sie geprüft. Ist es nicht an der Zeit, entschieden abzuwinken, Juri Petrowitsch um einen Dreier zu erleichtern und sich davonzustehlen zu Filja und der Scherbe?

Wer weiß, vielleicht hätte Jegor wirklich abgewinkt und auf sein Glück gepfiffen. Hätte drauf gepfiffen, weil er nämlich Angst hatte, an dieses Glück zu glauben. Angst, an sich und an diesen neuen Förster zu glauben. Ausgerissen wäre er von hier und vor den neuerlichen Versuchen, auf die Beine zu kommen, sich selber ins Gesicht zu blicken, sich das Ansehen der Leute zu verdienen und die Überzeugung, daß er, Jegor Poluschkin, kein hoffnungslos verlorener Fall ist. Ausgerissen wäre er – doch nun lief da neben ihm Kolka. Lief und freute sich, das Dummchen, am Wald und an den Tieren und glaubte voller Freude, das wäre das Leben, wunderwunderschön und herrlich. Als er diese Freude betrachtete, begriff Jegor, er würde sie nicht verraten können. Und am allermeisten, mehr noch als den grausamsten Tod, fürchtete er, jemand könnte es fertigbringen, so eine Freude zu verraten. Diese Augen zu verraten, die einen ungetrübt und vertrauensvoll anschauen. Und sich vor ungetrübtem Vertrauen sogar ein ums andere Mal verzwinkern.

»Vater, habe ich das von der Meise richtig geschrieben?«

»Verlier die Uhr nicht, Söhnchen.«

»Weiß ich ja.«

Wozu die Vögel und die Ameisen abzählen, wem nützt so was? Vielleicht brauchen Sie das nur so, zum Lachen, nun ja, aber Kolka glaubt doch an einen Nutzen. Die Augen glühen ihm schon vor Eifer, mit Herz und Seele ist er dabei und glaubt an alle Ihre Mätzchen, und wenn Sie mit uns schon wieder so was machen, so wie damals mit den Ameisen, dann warten Sie lieber noch ein wenig. Mit mir – bitte schön, soviel es Ihnen beliebt, aber mit dem Kleinen da . . .

»Haben Sie Kolka das Heftchen zu einem richtigen Zweck gegeben – oder einfach so, zum Amüsieren?«

»Wieso zum Amüsieren?«

»Damit Sie nachher, am Feuerchen nämlich, was zum Lachen haben?«

Juri Petrowitsch antwortete nicht sofort. Er dachte nach, sah Jegor an. Und hörte mit einemmal auf zu lächeln.

»Mir nutzen die Vögel nichts, Jegor Saweljitsch. Und ich brauche kein Verzeichnis von den Tieren. Kolka selber brauche ich, verstehen Sie? Damit er nicht als Gast in den

Wald tritt, sondern als Besitzer. Damit er weiß, wo was liegt und wo er lebt und wie man was nennt. Und am Feuer dann . . . Nun, was soll sein, Jegor Saweljitsch. Wir werden beieinandersitzen und miteinander lachen. Nur über die Arbeit nicht. Arbeit, welche immer es auch sei, ist ein Werk des Menschen, etwas Schöpferisches. Und über Schöpfertum sollte nicht gelacht werden.«

Man kann nicht sagen, diese Worte hätten Jegor sogleich auf andere Gedanken gebracht. Gedanken sind keine Dampflok. Doch wirkten sie, was Kolka betraf, irgendwie beruhigend, und Jegor faßte sich wieder. Über seinen Sohn schien sich vorerst niemand lustig machen zu wollen, und um sich selber war er herzlich wenig besorgt.

Am Abend beieinandersitzen und lachen, das sollte ihnen jedoch nicht vergönnt sein, denn Nonna Jurjewna verschwand. Ganz plötzlich verschwand sie, gleich nach dem Abendbrot, übriggeblieben von ihr war nur schmutziges Geschirr – und statt daß man gemütlich eine rauchte, gab's ein wildes Gerenne.

Das wilde Gerenne gab's darum, weil Nonna Jurjewna mit sich allein sein wollte. Sie hatte einen Moment abgepaßt, in dem die Klette Kolka irgendwo abgelenkt war, hatte sich in die Sträucher geschlagen und war davongestürzt, so schnell die Füße sie trugen – möglichst weit weg vom Feuer, von den fast unbekannten Männern und, dies hauptsächlich, von Kolka. Sie war so lange gelaufen, wie sie Stimmen hörte, und da sich Kolka gerade in diesem Augenblick entschloß, etwas zu singen, mußte sie lange laufen. Während sie lief, dachte sie nicht daran, wie sie später zurückfinden würde, sondern nur daran, daß bloß keiner sie jetzt entdeckte.

Nun, als das Bedürfnis nach Alleinsein nicht mehr bestand, erschien Nonna Jurjewna der Wald im gesamten Umkreis von dreihundertsechzig Grad derart gleich, daß sie, als sie sich drehte, allein auf die Intuition zu bauen beschloß und wagemutig einfach loslief, irgendwohin.

Man vermißte sie, zum Glück, sehr bald. Kolka trug sein Lied speziell für sie vor und wollte ihr Urteil hören. Der Zuhörer jedoch zeigte sich nirgends, und nachdem er eine kleine Weile gesucht hatte, meldete Kolka das seinem Vater.

»Sie wird gleich zurückkommen«, urteilte Jegor und ging an Nonna Jurjewnas Statt abwaschen. Sorgfältig spülte er noch einmal sämtliches Geschirr und Besteck, aber die Lehrerin war nach wie vor nicht zu sehen. Jegor rief zweimal laut nach ihr, erhielt keine Antwort und erstattete von ihrem Verschwinden ordnungsgemäß Meldung.

»Es mußte wohl sein«, sagte Juri Petrowitsch.

»Jedes Müssen wäre vor einer halben Stunde erledigt gewesen«, sagte Jegor. »Aber sie antwortet nicht.«

»Nonna Jurjewna!« rief munter der Förster. »Wo sind Sie?«

Sie horchten. Nur der Wald rauschte. Abendlich rauschte er, mit Baßstimme und geheimnisvoll.

»Was zum Teufel soll das?« sagte Juri Petrowitsch finster. »Nonna! Hee! Wo stecken Sie denn?«

»Je nun«, sprach Jegor, nachdem er eine Weile gelauscht hatte. »Grabesstille.«

»Was für Stille?« fragte Juri Petrowitsch betroffen.

»Vielleicht ist sie nach Hause gegangen?« vermutete Kolka leise. »Hat sich über was geärgert und ist einfach gegangen.«

»Es ist weit bis nach Hause«, zweifelte Jegor.

Juri Petrowitsch durchsuchte das umliegende Gelände, rief und pfiff. Besorgt kehrte er zurück.

»Wir werden suchen müssen. Kolja, keinen Schritt vom Feuer! Du hast doch keine Angst allein?«

»N-nein«, sagte Kolka und seufzte. »Es muß ja sein.«

»Es muß sein, Söhnchen«, bekräftigte Jegor und trabte ab in den Wald. »Je, Jurjewna! Hallo!«

Sie schrien, bis ihnen kein Krächzer mehr aus den Kehlen wollte. Zuerst bedauerte Juri Petrowitsch, daß er das Gewehr nicht mitgenommen hatte, und dann, daß ihm überhaupt eingefallen war, sich dieses Mädchen aufzuhalsen. Der Teufel mußte ihn geritten haben! Doch brauchte er sich darüber nicht lange zu grämen, denn im unwirklichen Halbdunkel des Waldes war plötzlich etwas ganz und gar Waldfremdes aufgetaucht, hilflos, bejammernswert, laut schluchzend. Es war also aufgetaucht, und ehe Juri Petrowitsch noch herausgefunden hatte, was das sein mochte, hing ihm Nonna Jurjewna schon am Hals.

»Juri Petrowitsch! Mein Lieber!«

Sie flennte wie ein Kind, geräuschvoll und nicht sehr schön. Sie schniefte durch die Nase, wischte sich die Tränen mit der Hand ab und seufzte dazu.

»Verteufelte Dummheiten stellen Sie an!« sagte ihr mit Wonne Juri Petrowitsch. »Schließlich ist das hier nicht der Kirow-Park.«

Nonna Jurjewna nickte gehorsam, wobei sie weiter schluchzte. Juri Petrowitsch freute sich, daß es im Wald dunkel war und Nonna Jurjewna seine lachenden Augen nicht sah und nicht sein Lächeln, das er mühsam verbarg.

»Ein Klassenleiter verirrt sich drei Schritt vom Zelt entfernt. Na, wenn ich das Ihren Schülern erzähle . . .«

»Das tun Sie doch nicht?«

»Nun gut, von mir aus werde ich Sie schonen. Aber Kolka?«

Nonna Jurjewna schwieg. Sie zwängten sich durch den dunklen Wald. Juri Petrowitsch ging voraus, brach Zweige ab, damit Nonna sich nicht verletzte. Das trockene Geäst krachte weithin hörbar.

»Wir laufen geradezu durch ein Revolvergebell«, sagte Juri Petrowitsch und wurde verlegen bei dem Gedanken, daß er am unrechten Ort und zur unpassenden Zeit mit seiner Belesenheit prahlte.

»Ich bin verrückt, was?« fragte Nonna Jurjewna vertrauensvoll.

»Ein bißchen schon.«

Nonna wollte erklären, wie alles gekommen war, doch da krachte es laut, und auf sie zu stürzte Jegor Poluschkin.

»Hat sie sich eingefunden? Dank sei dir ... Zwar gibt es hier keine Bären, aber verirren kann man sich schnell. Schade, Kolka hat seinen Kompaß verloren, sonst könnten Sie den haben.«

Kolka empfing sie entgegen ihrer Befürchtung freudig und stellte keinerlei Fragen. Er brummte bloß, »Jetzt aber keinen Schritt mehr ohne mich.«

»Habt ihr euch zusammengerauft?« fragte Juri Petrowitsch lächelnd. »Zeit zum Schlafen. Damen und Pagen ins Zelt, die Ritter unter die zottige Fichte.«

Kolka kam nicht einmal dazu, den Kopf aufs Kissen zu legen; er fiel um und schnarchte. Und Nonna Jurjewna konnte lange nicht einschlafen, obwohl ihr Jegor, um sie besorgt, ganz weiche Tannenzweige unter die Seite geschoben hatte.

Offensichtlich hat sie also Juri Petrowitsch geküßt, trotz allem. Vor lauter Angst und Tränen hatte sie unbewußt gehandelt, und ohne Zögern wäre sie selbst Filja oder der Scherbe um den Hals gefallen, hätten die sie gefunden. Nun hatte aber Juri Petrowitsch sie gefunden, und Nonna Jurjewna spürte auf ihren Lippen noch immer seine rauhe, von Sonne und Wind gegerbte Stoppelhaut, berührte mit den Fingern leise diese sündigen Lippen und lächelte.

Die Männer schliefen augenblicks ein. Jegor, den Kopf schräg, schnarchte, Juri Petrowitsch aber stöhnte im Schlaf und machte ein finsteres Gesicht. Sei es, daß ihm

Böses träumte, sei es, daß ihn Jegors lärmende Nachbarschaft störte.

Er wachte frühzeitig auf. Jegor wühlte sich unter der Zeltplane hervor, mit der sie sich beide zugedeckt hatten, dabei zerrte er über die Maßen an ihr.

»Wohin? Es ist noch früh.«

»Nur so.« Jegor war verlegen. »Ich gucke mich ein bißchen um. Schlafen Sie.«

Juri Petrowitsch sah auf die Uhr, es war gegen fünf, er drehte sich auf die andere Seite, überlegte noch kurz, wie Nonna Jurjewna wohl schlafen mochte, und schlief schon wieder wie ein Toter. Jegor aber nahm den Teekessel und ging zum Fluß.

Ein leichter Nebel hielt sich hier und da noch überm Wasser, klammerte sich noch an die feuchten Weidensträucher, und was an diesem Morgen in das stille Wasser schaute, spiegelte sich darin aufs feinste. Jegor tauchte den Teekessel ein, übers Wasser liefen Kreise, das Spiegelbild begann zu tanzen, verschwamm für einen Moment und erstand wieder, ebenso unglaubhaft deutlich und tief wie zuvor. Jegor betrachtete es, hob behutsam, als fürchtete er das Bild zu vertreiben, den vollen Kessel aus dem Wasser, stellte ihn sachte ab und setzte sich daneben.

Das seltsame Gefühl einer vollkommenen, fast feierlichen Ruhe hatte ihn plötzlich ergriffen. Er hörte mit einemmal die Stille und begriff, das also ist Stille, und sie bedeutet nicht völlige Lautlosigkeit, sondern lediglich ein Ausruhen der Natur, ihr Schlaf, ihr Aufseufzen vorm morgendlichen Erwachen. Mit dem ganzen Körper empfand er die Frische des Nebels und spürte dessen am feuchten Weidengesträuch haftenden herben Geruch. Er sah in der Tiefe des Wassers die weißen Stämme der Birken und die schwarze Krone einer Erle; sie verflochten sich mit sonnenwärts schwimmenden Seerosen, beinahe unmerklich einander unterspülend, schon unten auf dem Grund.

Und traurig stimmte ihn mit einemmal das Bewußtsein, daß der Augenblick vorübergehen und alles dies entschwinden würde, auf immer entschwinden, und sollte es wiederkehren, so würde es schon anders sein, nicht mehr so, wie er es gesehen und empfunden hatte, er, Jegor Poluschkin, Hilfsarbeiter in der Kommunalwirtschaft vom Dorfsowjet. Und plötzlich dämmerte ihm, was er eigentlich wollte – diese unberührte Schönheit mit Händen schöpfen und behutsam, ohne sie zu trüben oder zu verschütten, den Menschen bringen. Doch sie schöpfen war unmöglich, und malen konnte Jegor nicht, ein richtiges Bild hatte er nie im Leben gesehen. Und darum saß er einfach dort am Wasser, ängstlich bemüht, sich nicht zu rühren, und hatte den Teekessel und den Machorka, Kolka und Juri Petrowitsch und alle Kümmernisse seines unsinnigen Lebens vergessen.

Doch dann besann er sich, griff sich den Kessel und kehrte zurück zum Lagerfeuer. Sie frühstückten, brachen das Zelt ab, verpackten ihre Habe. Gegen Mittag kamen sie an den Schwarzen See. Schwarz war er in der Tat. Leblos, geheimnisvoll, das unbewegte Wasser zugehangen von zerzausten Fichten.

»Da wären wir«, sagte Juri Petrowitsch und warf den Rucksack ab. »Machen Sie es sich gemütlich. Kolja und ich kümmern uns inzwischen um Fisch.«

Er packte eine zusammenlegbare Angel und ein Kästchen mit Blinkern aus und ging ans Wasser. Kolka rannte neben ihm her und ließ kein Auge von dieser unwahrscheinlichen Metallangel.

»Mit Würmern, Onkel Jura?«

»Mit Blinker. Hechte oder Barsche.«

»Na und?« Kolka war skeptisch. »Ist doch ein Kinderspiel, oder?«

»Mag sein. So, und nun beiseite, Nikolai Jegorytsch.«

Beim fünftenmal Auswerfen straffte sich jäh die Angelschnur, und ein Zweikilohecht schoß kerzengleich empor.

»Angebissen!« brüllte Kolka. »Vater! Nonna Jurjewna! Wir haben einen Hecht gefangen!«

»Schrei nicht zu früh. Noch haben wir ihn nicht.«

Das Ufer war flach und sumpfig, mit Riedgras bewachsen, und Juri Petrowitsch zog mühelos einen graugrünen Hecht mit weit aufgerissenem schwarzem Rachen heraus. Sein weißer Bauch zappelte im Gras, Juri Petrowitsch preßte die Stiefelspitze auf das Tier, riß ihm den Blinker aus den Zähnen und schleuderte den Fisch ein Stück weiter vom Wasser weg.

»Ein Mittagessen haben wir.«

»Und ich . . .« Kolka verschluckte sich vor Aufregung sogar an der eigenen Spucke. »Kann ich mal probieren?«

»Bitte.«

Er zeigte dem Jungen, wie man die Angel auswirft, spießte den Hecht auf einen Ast und ging zum Feuer. Kolka aber blieb am Ufer. Mit dem Auswerfen klappte es vorerst nicht, der Blinker flog, wohin es ihm einfiel, doch Kolka ließ nicht locker.

»Laß sein, eine Angel kostet Geld«, sagte Jegor besorgt. »Sie wird noch brechen.«

»Wir werden sie reparieren«, sagte Juri Petrowitsch und lächelte, und sogleich lächelte Nonna Jurjewna ihm zu.

Kolka peitschte den Schwarzen See bis zum Abend. Kehrte dann finster, aber mit einer Entdeckung zurück.

»Hinter der Landzunge ist von irgendwelchen Leuten eine Feuerstelle. Alles voll leerer Büchsen. Und Flaschen.«

Sie gingen alle hin nachsehen. Das hohe Ufer war zertrampelt, stellenweise auch abgebrannt, und von frischen Baumstümpfen gezeichnet wie von Pockennarben.

»Touristen«, seufzte Juri Petrowitsch. »Und so was

nennt sich Naturschutzgebiet. Ei, ei, der Genosse Burja-now!«

»Vielleicht hat er nichts davon gewußt«, sagte Jegor leise.

Die Touristen hatten es fertiggebracht, einen Vermessungspfahl aus der Erde zu graben und zu verbrennen, geblieben war die Grube und eine schwarze Brandstätte.

»Fein gefeiert haben die!« empörte sich Juri Petrowitsch. »Wir müssen einen neuen Pfahl setzen, Jegor Saweljitsch. Sie werden sich darum kümmern, während wir eine Runde um den See machen und nachschauen, ob nicht anderswo noch so ein Gelage stattgefunden hat.«

»Wird gemacht«, sagte Jegor. »Gehen Sie, nur keine Aufregung.«

Am Abend saßen sie bis spät am Feuer. Kolka, erschöpft vom Angeln, schnurchelte im Zelt süß vor sich hin. Nonna Jurjewna wurde von gierigen Mücken fast aufgefressen, hielt aber aus, obgleich es zu keinem interessanten Gespräch gekommen war. Sie sahen ins Feuer, wechselten ab und an ein paar Worte, und doch fühlten sie sich alle drei wohl und ruhig.

»Der Schwarze See«, sagte Nonna Jurjewna und seufzte. »Viel zu finster für so etwas Schönes.«

»Jetzt ist es der Schwarze See«, sagte Juri Petrowitsch. »In alter Zeit jedoch, ich lese nämlich gern in alten Büchern, wissen Sie, wie er in der alten Zeit geheißen hat? Der Schwanensee.«

»Schwanensee?«

»Schwäne hat es hier einstmals viele gegeben. Und zwar irgendwelche besonderen – sie wurden sogar nach Moskau gebracht, für die Tafel des Zaren.«

»Um sie zu essen?« wunderte sich Jegor. »Eine Sünde ist das.«

»Früher hat man sie gegessen.«

»Der Geschmack der Menschen ist anders geworden«, sagte Nonna Jurjewna.

»Ja, Schwäne hat es viele gegeben«, sagte Juri Petrowitsch, und er lächelte. »Und jetzt, nun bitte – der Schwarze See. Und er ist auch nur wie durch ein Wunder gerettet worden.«

Auf den Vorschlag, eine Runde um den See zu machen, winkte Kolka ab. Seit dem frühen Morgen hatte er die Angel ausgeworfen, war zu der Überzeugung gelangt, daß er es noch weit hatte bis zur Vollkommenheit, und war fest entschlossen zu trainieren. Juri Petrowitsch nahm seine Absage ruhig auf, Nonna Jurjewna hingegen erschrak und wurde nervös vor Schreck.

»Nein, nein, Kolka, was redest du! Unbedingt mußt du mit uns kommen, hörst du? Das mußt du, und zwar unter dem Gesichtswinkel des Lernens und überhaupt.«

»Überhaupt will ich einen Hecht fangen«, sagte Kolka.

»Später fängst du ihn, später. Nämlich, wenn wir zurück sind . . .«

»Jaja, immer wenn wir zurück sind! Ich muß trainieren. Juri Petrowitsch, der wirft fünfzig Meter weit.«

»Kolka, aber ich bitte dich. Ich bitte dich sehr mitzukommen.«

Juri Petrowitsch unterdrückte ein Lächeln, beobachtete die verschreckte Nonna Jurjewna. Dann erbarmte er sich. »Wir nehmen die Angel mit, Jegorytsch. Hier hast du sowieso schon alle Hechte aufgescheucht.«

Das Argument wirkte, und Kolka machte sich schnell fertig.

»Und Sie«, wendete sich Juri Petrowitsch an Nonna Jurjewna. »Sie scheinen mir ein richtiger Feigling zu sein.«

Nonna Jurjewna funkelte ihn an, daß man sich eine Zigarette daran hätte anstecken können, und schwieg.

Allein geblieben, machte sich Jegor gemächlich ans Werk. Eine Grube hob er aus, mit dem Soldatenspaten des vorsorglichen Juri Petrowitsch. Für den neuen Pfahl hatte er eine Espe ins Auge gefaßt, rauchte neben ihr eine Zigarette, dann nahm er die Axt und stapfte um die todgeweihte Espe, dabei überlegte er, nach welcher Seite sie am günstigsten zu fällen wäre. In den jungen Espenwald hinein – schade um die Bäume. Dort in die Fichten – die zu knicken wäre genauso eine Sünde. In die Schneise hinein – sie von dort forträumen würde an die drei Stunden Plackerei kosten. Also dann nach der vierten Seite?

Auf dieser, der vierten Seite war nichts Bemerkenswertes, nur der Rest einer vor langer Zeit abgebrochenen Linde ragte empor. Offenbar bereitete ihr das Schilf schon genügend Kummer. Sie hatte sich, um ihr Leben kämpfend, ganz und gar verkrümmt. Die Äste setzten fast schon am Erdreich an, seltsam waren sie gewachsen, auseinandergespreizt, in verschiedenste Richtungen gewunden. Jegor warf nebenbei einen Blick auf diese Linde, später noch einen, einfach, um Maß zu nehmen, wie er die Espe zu fällen hatte. Dann spuckte er in die Hände, hob die Axt, holte aus, sah noch mal hin und . . . Und ließ die Axt sinken, und ohne an etwas Bestimmtes zu denken, ohne etwas begriffen zu haben, trat er plötzlich vor diese verkrüppelte Linde.

Irgend etwas hatte er in ihr gesehen. Mit einem Male hatte er dies gesehen, auf einen Hieb, geradezu blitzartig, und hatte es jetzt vergessen und schaute verstört auf das verworrene Geflecht aus verrankten Zweigen. Und konnte beim besten Willen nicht verstehen, was er da gesehen hatte.

Noch einmal steckte er sich eine Zigarette an, setzte sich etwas abseits nieder und blickte hinüber zu diesem gespreizt dastehenden Baum und versuchte zu begreifen, was da in ihm verborgen lag, was ihn so verblendet hatte, als er bereits zum Schlag gegen die Espe ausgeholt hatte. Er schaute von rechts und von links, lehnte sich zurück, er beugte sich nach vorn, dann, in jäher Klarheit, schlug er in Gedanken die Hälfte der Zweige ab und war gleichsam sehend geworden. Er sprang auf und rannte umher und lief um diesen Baum herum in unerklärlicher freudiger Erregung.

»Schön, wunderschön«, murmelte er, während er mit äußerster Anspannung in die verflochtenen Zweige hineinstarrte. »Der Körper weiß, wie von einem Mädchen. Den Kopf hat sie zurückgeworfen und wringt sich die Haare, die Haare . . .«

Er schluckte ein Würgen in der Kehle herunter, hob die Axt, ließ sie jedoch sogleich wieder sinken, trat ein wenig zurück von der Linde, wobei er sich zuredete, nichts zu übereilen, und setzte sich erneut, ohne die Augen von ihr zu wenden. Er hatte mittlerweile den Vermessungspfahl vergessen und den neuen Förster und Nonna Jurjewna auch und Kolka sogar – alles auf der Welt hatte er vergessen, und nichts spürte er jetzt außer einer unbändigen, sich machtvoll steigernden Erregung, von der ihm die Finger zitterten, das Herz dumpf hämmerte und die Stirn sich mit Schweißtropfen bedeckte. Dann aber stand er auf, runzelte streng seine spärlichen, ausgeblichenen Brauen, schritt entschlossen auf die Linde zu und setzte die Axt an.

Er wußte jetzt, was er abhauen mußte. Er hatte gesehen, was zuviel war.

Der Förster kehrte mit der Lehrerin und mit Kolka am nächsten Tag zurück. Neben dem längst erloschenen Feuer hockte wie aufgelöst Jegor und blickte ihnen auf Hundeart in die Augen.

»Vater, ich habe einen Barsch gefangen!« brüllte Kolka beim Näherkommen. »Mit Juri Petrowitschs Angel.«

Jegor rührte sich nicht, schien nichts gehört zu haben. Juri Petrowitsch stocherte in der ergrauten Asche, lächelte.

»Wir werden ihn wohl braten müssen. Für vier Personen.«

»Ich koche die Kascha«, erbot sich Nonna Jurjewna eilfertig, während sie ängstlich und mitfühlend Jegors seltsames Gebaren verfolgte. »Das geht schnell.«

»Kascha hin, Kascha her«, sagte Juri Petrowitsch unzufrieden. »Was haben Sie, Poluschkin? Sind Sie krank?«

Jegor schwieg.

»Einen neuen Pfahl haben Sie doch hoffentlich gesetzt?«

Jegor seufzte ergeben, schüttelte den Kopf und erhob sich.

»Kommen Sie. Ist ja schon alles gleich.«

Er ging, ohne sich umzuschauen, hinüber zur Schneise. Juri Petrowitsch sah Nonna Jurjewna an, Nonna Jurjewna sah Juri Petrowitsch an. Beide folgten sie Jegor.

»So«, sagte Jegor. »Das wäre also der Pfahl.«

Eine schlanke, biegsame Frau, die Arme angewinkelt, beugte sich zurück, als wenn sie sich das Haar richtete. Der weiße Körper schimmerte matt im grünen Halbdunkel des Waldes.

»So«, wiederholte Jegor leise. »Das also wäre dabei herausgekommen.«

Alle schwiegen. Auch Jegor schwieg bekümmert und ließ den Kopf hängen. Er wußte schon, was auf dieses Schweigen folgen mußte, er war schon auf Beschimpfungen gefaßt, bedauerte bereits, daß er sich abermals hatte hinreißen lassen, beschimpfte sich selber mit den allerletzten Worten.

»Irgend so eine Frau«, meinte erstaunt und ein bißchen verächtlich Kolka, der gerade hinzugetreten war.

»Ein wahres Wunder ist das«, sagte Nonna Jurjewna leise. »Davon verstehst du noch nichts, Kolja.«

Sprach's und umfaßte seine Schultern. Juri Petrowitsch aber holte seine Zigaretten hervor, reichte sie auch

Jegor. Als sie sich beide eine angesteckt hatten, fragte er, »Wie hast du allein sie bloß hergeschleppt, Saweljitsch?«

»Die Kraft muß wohl dagewesen sein«, antwortete Jegor leise und fing an zu weinen.

17

An jenem Morgen, als Jegor die Kreise auf dem Wasser zählte und sich an der unberührten Schönheit der Natur erfreute, trafen sich vor dem Lebensmittelladen Fjodor Ipatytsch und Jakow Prokopytsch. Jakow Prokopytsch pflegte auf dem Wege zu seiner Bootsstation stets einen Blick in den Laden zu werfen, haargenau zur Öffnungszeit, ob nicht vielleicht was Interessantes geliefert worden war. Fjodor Ipatytsch hingegen pflegte auf Signale von oben zu erscheinen; der Verkaufsstellenleiter persönlich teilte ihm die Neuigkeiten mit. Heute hatte er sich wegen Hering aufgemacht. Die Verkaufsstelle hatte Hering in Büchsen geliefert bekommen. Eine Delikatesse. Und wegen dieser Delikatesse hatte Fjodor Ipatytsch sich als erster in der Schlange eingenistet.

»Seien Sie gegrüßt, Fjodor Ipatytsch.« Jakow Prokopytsch stellte sich als neunzehnter in die Schlange; Fjodor Ipatytsch schien nicht der einzige Bekannte des Verkaufsstellenleiters und der Verkäuferinnen zu sein.

»Unsere Verehrung«, erwiderte Fjodor Ipatytsch und entfaltete eine Zeitung, womit er andeutete, daß er nicht unbedingt gewillt war, sich auf Gespräche einzulassen.

An einem anderen Tag hätte Jakow Prokopytsch dieser Unhöflichkeit vielleicht einiges Gewicht beigemessen, vielleicht wäre er sogar beleidigt gewesen, jetzt aber war er durchaus nicht beleidigt, denn er trug eine brandheiße Neuigkeit mit sich und hatte es eilig, sie sich von der Seele zu laden.

»Was hört man so von der Revision? Schon irgendwas Effektives?«

»Von was denn für einer Revision?«

»Des Waldes, Fjodor Ipatytsch. Des Naturschutzgebietes.«

»Ich weiß von keiner Revision«, sagte Fjodor Ipatytsch, doch die Zeilen in der Zeitung fingen auf einmal an zu tanzen, die Buchstaben hüpften, und kein einziges Wort war mehr zu lesen.

»Sie ist also geheim«, schlußfolgerte Jakow Prokopytsch. »Und der Schwager ließ nichts verlauten?«

»Was denn für ein Schwager?«

»Ihrer. Jegor Poluschkin.«

Nun begann es Fjodor Ipatytsch ganz und gar vor den Augen zu flimmern. Was für eine Revision? Was hatte Jegor damit zu tun? Einerseits möchte man fragen, und andererseits muß man fürchten, an Geltung zu verlieren. Er faltete die Zeitung zusammen, steckte sie in die Tasche, zog ein finsteres Gesicht.

»Es ist also allen bekannt.«

Was aber bekannt war – liebend gern würde er es erfahren. Nur wie?

»Es ist bekannt«, stimmte Jakow Prokopytsch zu. »Unbekannt sind nur die Konsequenzen.«

»Was für Konsequenzen?« Fjodor Ipatytsch, hellwach, spitzte die Ohren. »Konsequenzen wird es keine geben.«

»Man sieht, Sie sind nicht ganz auf dem laufenden, Fjodor Ipatytsch«, sagte Sasanow und war dabei recht giftig. »Es wird strenge Konsequenzen geben. Für die Zukunft. Wegen dieser Konsequenzen haben sie sogar die Lehrerin in die Kommission aufgenommen.«

In welche Kommission? Welche Lehrerin? Was für Konsequenzen? Aufs äußerste gepeinigt war Fjodor Ipatytsch von diesen Anspielungen, und vollkommen bereit mittlerweile, alles ganz offen aus Jakow Prokopytsch herauszufragen – da, just in dem Moment, wurde der Laden geöffnet. Alle strömten hinein, reihten sich entlang den Ladentischen auf, und das Gespräch war unterbrochen.

Erst viel später, als man sich gründlich eingedeckt hatte, wurde es wieder angeknüpft; Fjodor Ipatytsch wartete eigens auf der Straße.

»Jakow Prokopytsch, da ist mir noch was unklar. Wo, sagen Sie, befindet sich mein Schwager Poluschkin?«

»Im Walde befindet er sich. Er führt die Kommission. Mitten hinein in Ihr Naturschutzgebiet.«

Finsterer als finster kehrte Fjodor Ipatytsch heim. Seine Marjiza raunzte er an, daß ihr beinahe ein Glas aus den Händen gefallen wäre. Er setzte sich zum Frühstück – kein Bissen wollte ihm durch die Kehle. Oh, dieser Poluschkin! Oh, diese heimtückische Schlange! Hat nicht umsonst, wie man sieht, sich bei der Lehrerin eingekratzt. Seinen Posten untergräbt er. Direkt an der Wurzel.

Den ganzen Tag schwieg Fjodor Ipatytsch und wälzte seine bleischweren Gedanken. Eine Kommission bringt kein Freudenfest, bei einer Revision bekommt man nichts geschenkt. Trotzdem, das wäre noch nicht so schlimm, das könnte man irgendwie verkraften, aber daß sein eigener Verwandter, sein lieber Freund und Kamerad, der Unheilbringer, der vermaledeite, daß der ihm die Wurzel des Lebens ansägt, so etwas kränkt einen mächtig. Das brennt wie Feuer, das schmerzt fast unerträglich. Das konnte Fjodor Ipatytsch nicht verzeihen. Niemandem hätte er das verziehen – Jegor aber erst recht nicht.

Zwei Tage lang lief er völlig außer sich umher, aß nur hin und wieder. Zu Marjiza war er knurrig, zu Wowka kurz angebunden. Dann gab sich das, er lächelte sogar wieder. Nur wer Fjodor Ipatytsch gut kannte, vermochte das eingefrorene Lächeln richtig einzuschätzen.

Nun, Jegor Poluschkin wußte nichts von diesem Lächeln, er konnte davon nichts wissen und nichts ahnen.

Und selbst wenn er es gewußt hätte, beachtet hätte er es kaum. Nicht nach anderer Leute Lächeln stand ihm jetzt der Sinn – er lächelte selber von einem Ohr zum anderen. Auch Kolka lächelte und wollte seinem eigenen Glück nicht trauen. Juri Petrowitsch hatte ihm in der allgemeinen Freude seine Angel geschenkt.

»Vor allem, ich habe es gar nicht gleich gesehen!« berichtete Jegor zum hundertstenmal mit unerschöpflicher Begeisterung. »Erst traf es mich gleichsam wie der Blitz, und dann vergaß ich, was mich getroffen hat. Ich schaute also hin und schaute, und dann hab ich es gesehen!«

»Sie müßten studieren, Jegor Saweljitsch«, bohrte hartnäckig Nonna Jurjewna.

»Ihr hättet es, natürlich, viel klarer gesehen, mich aber hat es getroffen wie ein Blitz, das glaubt mir, ihr meine lieben guten Freunde!«

Und dergestalt sich freudig seiner plötzlichen Erleuchtung erinnernd, stiefelte er zurück ins Dorf. Und blieb, als die erste Straße erreicht war, plötzlich stehen.

»Je nun«, sagte er ernst und seufzte. »Sie werden es mir nicht übelnehmen, nein? Die Freude in mir gebietet, daß wir uns jetzt nicht trennen. Würden Sie sich vielleicht zu mir nach Hause bemühen? Es wird, versteht sich, keine große Bewirtung geben, doch vielleicht erweisen Sie mir die Ehre?«

»Vielleicht besser später, Jegor Saweljitsch?« stammelte Nonna Jurjewna. »Ich müßte mich umziehen . . .«

»Sie sind auch so schön«, sagte Juri Petrowitsch. »Wir danken, Jegor Saweljitsch, und nehmen mit Vergnügen an.«

»Aber wofür danken Sie mir denn? Ich habe Ihnen zu danken, Ihnen!«

Es war ein Werktag, was Jegor während seines ungebundenen Lebens irgendwie vergessen hatte. Charitina arbeitete, Olka vergnügte sich in der Krippe, nur die unzufriedene Katze empfing sie zu Hause. Jegor durchstöberte alle Winkel, doch alle Winkel waren leer und verlassen, und er entfaltete sogleich einen fieberhaften Eifer.

»Gleich, gleich, sofort. Söhnchen, du kochst Kartoffeln, ja? Nonna Jurjewna, Sie versuchen, sich hier im Haushalt zurechtzufinden. Und Sie, Juri Petrowitsch, Sie ruhen einstweilen aus, erholen sich.«

»Vielleicht sollten wir auf Ihre Frau warten?«

»Nun, sie wird genau zur rechten Zeit hier sein, also ruhen Sie sich aus. Rauchen Sie eine, waschen Sie sich. Mein Söhnchen wird Ihnen alles zeigen.«

Während Jegor eilig die gastfreundlichen Worte murmelte, hatte er bereits ein paarmal heimlich hinter die Muttergottes von Tichwin gefaßt, nach der leeren Pralinenschachtel getastet und sich davon überzeugt, daß keine Kopeke im Hause war. Dieser Umstand brachte ihn vollends in Verlegenheit, vermehrte seine ohnehin nervöse Geschäftigkeit, weil er, während er redete, fieberhaft nachsann, wo er einen Zehner auftreiben konnte. Jedoch fiel ihm außer dem zornigen Gesicht seiner Charitina nichts brauchbares ein.

»Ruhen Sie sich also aus. Ruhen Sie aus. Und ich, ja... Ich lauf mal rasch wohin.«

»Vielleicht sollten wir das zusammen tun?« schlug Juri Petrowitsch nicht allzu laut vor, als Nonna Jurjewna mit Kolka hinausgegangen war. »Die Sache unter Männern klären, Jegor Saweljitsch.«

Jegor runzelte streng die Stirn. Drohte sogar mit dem Finger.

»Willst du mich kränken? Du bist Gast, Juri Petrowitsch. Wir machen alles, wie es sich gehört, jawohl. Also setz dich hin. Rauch. Und ich werd mich kümmern.«

»Nun, und wenn wir unter Freunden...«

»Kann ich nicht annehmen«, seufzte Jegor. »Verdirb mir nicht den festlichen Tag.« Und lief los.

Da war nur eine Hoffnung – Charitina. Vielleicht hatte sie etwas Kapital bei sich, konnte sich bei jemandem etwas borgen oder ihm einen brauchbaren Rat geben. Und mit leerer Einkaufstasche, in der einsam eine leere Flasche kollerte, stürzte er zuallererst zu seiner Rechtmäßigen.

»Hast du mich gefragt, als du sie eingeladen hast? Also sieh zu, wie du sie selber bewirtest.«

»Tinuschka, du redest Unmögliches.«

»Unmögliches? In meiner Einkaufstasche dort habe ich was Unmögliches – ganze anderthalb Rubel bis zum Zahltag. Für Brot und Olkas Milch.«

Mit gerötetem Gesicht stand sie vor Jegor, verschwitzt, zerzaust. Und hatte die Hände, große, schwielige, gerötete Hände, vor sich auf dem Bauch liegen, behutsam, als ihre teuren Ernährer.

»Vielleicht könnten wir bei jemandem borgen?«

»Es gibt keinen, der uns was borgt. Du hast sie allein eingeladen, kümmere dich auch allein. Ich lasse mich bei deinen Gästen gar nicht erst sehen.«

»Ach, Tinuschka!«

Sie war gegangen. Jegor aber seufzte, trat von einem Fuß auf den anderen in dem verwrasten Korridor, dann eilte er plötzlich davon. Zu seiner letzten Hoffnung – Fjodor Ipatytsch Burjanow.

»Soso«, sagte Fjodor Ipatytsch, nachdem er sich alles angehört hatte. »Der Förster war mit seinem Aufenthalt zufrieden?«

»Völlig«, bestätigte Jegor. »Er hat gelächelt.«

»Und seid ihr zum Schwarzen See gegangen?«

»Sind wir. Dort . . . Da sind Touristen gewesen. Sie haben ein Stück Wald angezündet, und gewüstet haben sie.«

»Und da hat er gelächelt, dieser Förster?«

Jegor seufzte, ließ den Kopf hängen, trat verlegen

von einem Fuß auf den anderen. Lügen hätte er jetzt müssen, aber er konnte nicht.

»Da hat er nicht gelächelt. Da hat er dich erwähnt.«

»Und wann hat er mich noch erwähnt?«

»Wir sind noch auf einen alten Holzeinschlag gestoßen, am entgegengesetzten Ende. In dem staatlichen Kiefernwald.«

»Nun, und was wird das für Konsequenzen haben?«

»Von Konsequenzen ist mir nichts gesagt worden.«

»Nun, und wer hat sie zu dem Holzeinschlag geführt? Der Kompaß, wie?«

»Von selber sind sie hingekommen, am entgegengesetzten Ende.«

»Von selber also? Kluge Beine haben sie. O ja.«

Fjodor Ipatytsch saß auf der Vortreppe, das alte Hemd ohne Gürtel und ohne Knöpfe offen über der Brust. Er paßte Axtstiele in Äxte ein; an die zehn Stück lagen vor ihm. Jegor stand ihm gegenüber, trat von einem Fuß auf den anderen. In seiner Einkaufstasche kollerte die leere Halbliterflasche.

Er stand verlegen da, schlug die Augen nieder – wer etwas pumpen will, ist von vornherein der Schuldige.

»Alles haben sie also von selber getan. Auf die Touristen sind sie von selber gestoßen und auf den alten Holzeinschlag auch. Sehr geschickt. Scheinen kluge Leute zu sein, wie?«

»Klug sind sie, Fjodor Ipatytsch«, sagte Jegor und seufzte.

»Soso. Und ich, schau, was ich mache. Ich repariere das Inventar – genau nach Verzeichnis werde ich es übergeben müssen. Nun, was meinst du, Jegor, repariere ich es umsonst oder nicht umsonst?«

»Reparieren ist besser als zerstören. Es ist immer von Nutzen.«

»Von Nutzen, sagst du? Dann höre, was für eine Konsequenz ich ziehe. Runter von meinem Hof, noch diesen Augenblick, bevor ich Palma auf dich hetze! Und daß ich nichts mehr von dir sehe und nichts mehr höre. Na was stehst du rum wie ein begossener Pudel, Unheilbringer, vermaledeiter? Wowka, laß Palma von der Kette! Beiß ihn, Palma! Faß! Faß!«

Palma fing auch wirklich an zu bellen, und Jegor ging. Nein, nicht vor Palma lief er davon, noch nie hatte ihm ein Hund etwas getan. Er ging von selbst, da ihm klargeworden war, daß man ihm hier kein Geld borgen würde. Und er war sehr betrübt darüber.

Jegor verließ den Hof, blieb stehen, betrachtete den Hahn, den er mit seinem Beil angefertigt hatte. Er lächelte ihm zu wie einem alten Bekannten, und sofort war er nicht mehr betrübt. Nun, er hatte kein Geld aufgetrieben, um seine Gäste zu bewirten – aber lohnt es sich, deswegen traurig zu sein, wo doch vom Dach der Hahn kräht und im Wald sich ein weißes Mädchen das Haar kämmt? Nein, Fjodor Ipatytsch, du wirst jetzt keine Kränkung bei mir erreichen, weil sich in mir die Ruhe niedergelassen hat. Eine Ruhe, die dich niemals aufsuchen und dir niemals zulächeln wird. Daß ich kein Geld habe und die Leute nicht bewirten kann – unwichtig. Wenn sie mein Mädchen verstanden haben, so werden sie auch das verstehen.

Das dachte er, während er leichten Herzens und mit leerer Einkaufstasche zurück zu seinem Haus trabte. Die leere Flasche kollerte nun fröhlich im Takt.

»Genosse Poluschkin! Poluschkin!«

Er schaute sich um – Jakow Prokopytsch. Er kam offenbar vom Bootsverleih, die Schlüssel hatte er noch in der Hand.

»Sei gegrüßt, Genosse Poluschkin. Wohin so eilig?«

Jegor sagte, wohin so eilig.

»Ein wichtiger Gast«, bemerkte Jakow Prokopytsch. »Und eine leere Tasche. Paßt nicht zusammen.«

»An einem Tee wird man sich erfreuen.«

»Paßt nicht zusammen«, wiederholte Jakow Prokopytsch streng. »Jedoch, wenn man das Problem auf gut nachbarliche Weise betrachtet, ließe es sich lösen. Ich biete eine unangebrochene Dose Hering sowie einen Besuch im Laden mit deiner leeren Tasche. Und du bietest einen wichtigen Gast. Ob daraus was wird?«

»Was soll daraus werden?« fragte Jegor verständnislos.

Jakow Prokopytsch blickte ihn vorwurfsvoll an. Seufzte sogar tadelnd über soviel Begriffsstutzigkeit.

»Eine Bekanntschaft.«

»Aha!« sagte Jegor. »Mit dir, oder?«

»Ich treffe mit sämtlichen Vorräten aus dem Laden ein, du freust dich über mein Kommen und stellst mich vor. Als deinen ehemaligen, durch und durch gerechten Vorgesetzten.«

»Aha«, sagte Jegor erleichtert, als er den Warenaustausch in seiner ganzen Kompliziertheit endlich begriffen hatte. »Daraus kann was werden.«

»Du bist ein prächtiger Mensch, Genosse Poluschkin«, bemerkte Jakow Prokopytsch nicht ohne Gefühl, während er Jegor die leere Einkaufstasche abnahm. »Der Förster ist ein wichtiger Vogel. Sofern es sich nicht um einen Zugvogel handelt. Versteht sich.«

Damit trennten sie sich. Jegor begab sich nach Hause, wo die Kartoffeln bereits kochten. Nach einer halben Stunde traf auch Jakow Prokopytsch ein, mit einer schweren, vollen Einkaufstasche, in der es nicht mehr kollerte, sondern gluckste. Jakow Prokopytsch trug einen unwahrscheinlich neuen Anzug und dazu einen Strohhut, durchbrochen.

Der Witz bestand nun aber darin, daß Jakow Prokopytsch leidenschaftlich gern Bekanntschaft mit Leuten schloß, die einen Posten hatten. Je höher dieser Posten war, desto leidenschaftlicher wurde sein Wunsch. Er pflegte sich sogar zu brüsten mit solchen Bekanntschaften.

»Ich habe unter meinen Bekannten einen Sekretär. Und zwei Vorsitzende.«

Es war ihm völlig gleichgültig, wovon sie die Vorsitzenden oder die Sekretäre waren. Für ihn galt eine eigene Rangordnung.

Auch den neuen Förster hatte er genauestens eingestuft, der ist ein bißchen höher als der Direktor vom Sowchos und ein bißchen niedriger als der Instrukteur vom Rayonkomitee. Die persönlichen Qualitäten von Juri Petrowitsch Tschuwalow interessierten Jakow Prokopytsch nicht. Allerdings war er auch nicht darauf aus, durch ihn irgendwelche Vorteile zu erlangen. Jakow Prokopytsch schloß die Bekanntschaft uneigennützig.

»Wir achten wenig auf Strenge und Sitte«, sprach er am Tisch. »Zuviel Ablenkung ist in unserem Volke. Nehmen wir einmal mein Leben – was ist in ihm das Hauptsächliche? Das Hauptsächliche in ihm ist, was Vorschrift ist. Aber ich bin allein, und ich habe keine Freude. Aus irgendeinem Grunde, teurer und verehrter Genosse, habe ich keine Freude. Mag sein, mir fehlt etwas, oder ich habe etwas nicht ganz verstanden, ich weiß es nicht. Ich weiß, daß ich ins Alter eintrete, wissenschaftlich ausgedrückt, ohne vollständige Achtung vor mir selbst. Etwas Unbegreifliches.«

Juri Petrowitsch steuerte mit einiger Mühe sein Teil zu dieser gehobenen Unterhaltung bei, Jegor aber hörte überhaupt nicht hin. Er war glücklich, daß in seinem Hause gute, frohe Menschen saßen. Und daß Charitina, als sie von der Arbeit heimkehrte, aus einem völlig anderen Anlaß als sonst die Brust spannte.

»Ihr teuren Gäste, einen guten Tag! Nonna Jurjewna, du meine Schöne, wie du Farbe bekommen hast von unserer lieben Sonne! Saftig bist du geworden, Mädchen, und wie ein Äpfelchen reif!«

Sie tauschte Küsse mit Nonna Jurjewna, und sie sprach

respektvoll mit Jegor, und sie förderte aus einem geheimen Versteck Pralinen und Gebäck zutage.

Für Jegor war alles herrlich und schön und hatte seine Richtigkeit. Und nach dem dritten Gläschen hielt er es nicht länger aus.

»Sing uns eins, Tina, ja? Erweise den lieben Gästen die Ehre.«

Sprach's und erschrak. Gleich würde sie wieder ihr »Elend, Weh und Sorgen« ertönen lassen. Charitina aber holte tief Luft, legte den Kopf zurück, nahm alle Kraft zusammen und legte los, daß die Scheiben klirrten.

»Warum ihr Mädchen wohl die Schönen liebt . . .«

Und Juri Petrowitsch, die Brauen zusammengezogen, fiel ein und sang die zweite Stimme. Und nach ihm auch Nonna Jurjewna, leise und verschämt. Und dann auch Jegor und Kolka. Charitina sang, und sie sangen mit. Respektvoll und mit Bedacht.

Lediglich Jakow Prokopytsch sang nicht mit – er zog ein finsteres Gesicht. Und bedauerte, daß er umsonst so viel aufgefahren hatte. Wenn ein Chef bei einem Lied die Unterstimme singt – ist er dann etwa ein Chef? Nein, so einer hält sich kaum lange, garantiert. Der bricht ein.

18

Das ganze Dorf konnte hören, was für Lieder man bei Poluschkin sang. Wie später Nonna Jurjewna von der gesamten Tafelrunde heimbegleitet wurde, wie sie lachte und wie ihr Jegor persönlich sein Lieblingslied vorsang.

> »Glaubt, ach gute Leute,
> meines Herzens Not!
> Von ihr mich trennen –
> ist ärger als der Tod!«

Juri Petrowitsch aber kehrte zurück, um bei Jegor zu übernachten; Kolka wurde ins Haus umgebettet, und die Männer legten sich im Stall schlafen. Worüber die beiden sprachen, das hörte nun freilich niemand, weil es nämlich ein ernstes Gespräch war.

»Jegor Saweljitsch – wie wäre es, wenn ich Ihnen den Wald anvertraue?«

»Und was wird mit meinem Schwager? Mit Fjodor Ipatytsch?«

»Ein Gauner ist Ihr Ipatytsch. Ein Gauner und Betrüger, Sie haben es selber gesehen. Nun, auf Ehre und Gewissen, Sie als Forstwart – wird dann Ordnung sein?«

Jegor schwieg, überlegte. Noch vor einer Woche hätte er sich auf solch einen Vorschlag hin die Zunge zerredet und versichert, es werde Ordnung sein und gewissenhafte Arbeit, und alles würde sein wie verlangt. Jetzt jedoch – eigenartig, jetzt schien er sich kaum sonderlich zu freuen.

Nein, natürlich freute er sich, aber er sprach seine Freude nicht aus, sondern bedachte alles in Ruhe, wägte sorgsam ab. Und gab die Antwort wie ein solider Mensch.

»Es wird Ordnung sein, voll und ganz.«

»Danke, Jegor Saweljitsch . . . Alles weitere entscheiden wir morgen. Gute Nacht.«

Juri Petrowitsch drehte sich auf die Seite, begann sogleich tief und ruhig zu atmen, Jegor aber lag lange wach. Er lag, dachte an Schönes, spürte eine vollkommene, feierliche Ruhe, überschlug, was er im Wald Gutes und Nützliches tun würde. Ganz unmerklich übermannte ihn der Schlaf, und er entschlummerte fest und tief, wie ein kleiner Junge. Ohne Unruhe und ohne Aufregung.

Fjodor Ipatytsch hingegen schlief schlecht; er schnarchte, warf sich herum, wachte plötzlich auf und hörte den Hund. Palma rasselte mit der Kette, zerrte daran, bellte weithin hörbar, und Fjodor Ipatytsch bedauerte, daß er keinen alten Hund besaß. Er war wütend, wälzte sich von einer Seite auf die andere, dann aber entschied er, schade hin – schade her, im Frühling wird das Vieh sowieso erschossen. Und nach diesem netten Entschluß brachte er die Zeit bis zum Morgen schlecht und recht im quälenden Halbschlaf zu.

An den Frühstückstisch setzte er sich ohne jeglichen Appetit. Er stocherte mit der Gabel im Rührei herum, blickte finster drein, knurrte Marjiza an. Dann sah er aus dem Fenster, und fast hätte er die Gabel fallen lassen.

Vor seinem Hause standen Jegor Poluschkin und der neue Förster Juri Petrowitsch Tschuwalow. Jegor deutete wohl auf den Hahn, lachte. Fletschte die Zähne.

»Räum alles ab, Marjiza«, sagte Fjodor Ipatytsch.

»Was denn alles, Fedenka?«

»Das Fressen räum ab«, raunzte er sie plötzlich an. »Alles, daß der Tisch wie leer gefegt ist!«

Marjiza kam nicht mehr dazu, den Tisch leer zu fegen.

Die Tür ging weit auf, und die beiden traten ein. Man begrüßte sich, gab sich aber nicht die Hände. Nun, Jegor wäre ohnehin nicht als erster an der Reihe gewesen, doch daß Tschuwalow sich vor dem Händedruck mit einem Burjanow hütete, machte Fjodor Ipatytsch hellhörig.

»Ein hübsches Häuschen haben Sie«, sagte Juri Petrowitsch. »Ist es nicht ein bißchen eng zu dritt?«

»Für wen zu eng? Für uns? In unserem eigenen Hause...« wollte Marjiza gerade ansetzen.

»Laß das!« rief der Herr des Hauses. »Scher dich hinaus. Wir haben was unter uns zu besprechen.«

Marjiza ging zu ihrem Sohn ins Nebenzimmer. Wowka gab ihr ein Zeichen und hielt sofort wieder das Ohr ans Schlüsselloch.

»Und die Fußböden aus Dielenbrettern. Vornehm.«

»Alles bezahlt. Alles, wie das Gesetz verlangt.«

»Was das Gesetz betrifft, da werden wir das Gericht befragen. Kommen wir erstmal zur Sache. Vor Ihnen steht der neue Forstwart, der Genosse Jegor Saweljitsch Poluschkin. Ich bitte, ihm in meiner Abwesenheit vorschriftsmäßig das Inventar und die Unterlagen zu übergeben.«

»Ich sehe nichts Schriftliches.«

»Das Schriftliche wird nicht auf sich warten lassen.«

»Wenn es da ist, mache ich die Übergabe.«

»Komplizieren Sie nicht Ihre Lage, Burjanow. Übergeben Sie jetzt, die dienstliche Weisung erhalten Sie morgen. Alles klar? Dann wollen wir anfangen. Können wir, Jegor Saweljitsch?«

»Wir können«, sagte Jegor.

»Nun – gut«, ließ Ipatytsch bleischwer fallen. »Fangen wir an.«

Zwei Tage lang nahm Jegor den Bestand auf, besah sich genauestens jede Axt und jedes Kummet. Dann begleitete er Juri Petrowitsch in die Stadt, spannte anschlie-

ßend die nunmehr zu seiner Verfügung stehende Dienststute an und begab sich gemeinsam mit Kolka in das Naturschutzgebiet. Ordnung schaffen.

»Wann kommt ihr wieder?« fragte Charitina.

»So bald nicht«, sagte er. »Bevor wir dort nicht alles in
Ordnung haben, wie es sich gehört, kommen wir nicht
zurück.«

Kolka ruckte an den Zügeln, schnalzte, los ging's.
Und zur selben Zeit schrieb Juri Petrowitsch, in der Stadt
eingetroffen, gleich zwei Dienstanweisungen – betreffend
die Kündigung von Fjodor Ipatytsch Burjanow und die
Einstellung von Jegor Saweljitsch Poluschkin. Dann
brachte er dem Chef der zuständigen Kriminalbehörde die
hübsche Mappe von Fjodor Ipatytsch, verfaßte eine Ein-
gabe, die erforderlich war, um eine Untersuchung einzu-
leiten, und nach Hause zurückgekehrt, setzte er sich hin
und schrieb mit großen Buchstaben einen Brief, »Meine
liebe Mutter!«

Als der Brief beendet war, saß er lange da, die Brauen
zusammengezogen und den Blick starr auf einen Punkt
gerichtet. Dann griff er wieder zum Füller, brachte entschlossen ein »Liebe Marina!« zu Papier, strich »Liebe«
durch, schrieb dafür »Sehr geehrte«, strich auch »Sehr geehrte« durch und hörte erst mal ganz auf zu schreiben. Der
Brief wollte ihm nicht gelingen, die Argumente erschienen ihm nicht überzeugend, die Motive nicht klar, und
überhaupt hatte er noch nicht entschieden, ob es lohnte,
diesen Brief zu schreiben. Und er schrieb ihn nicht.

Jegor aber säuberte mit Hingabe den Wald, schlug zu-
gewachsene Schneisen frei, schleppte abgebrochene Äste
und Dürrholz zu Haufen zusammen. Eine Hütte errichtete
er, wo er zusammen mit Kolka wohnte, damit nicht unnütz Zeit mit dem Nachhausefahren verschwendet wurde.
Dennoch reichte die Zeit nicht aus, und er war glücklich
darüber, daß die Zeit nicht ausreichte. Wären die Tage

doppelt so lang gewesen, er hätte sie auch dann voll ausgelastet von Sonnenaufgang bis Sonnenuntergang. Er arbeitete wie in einem Rausch, empfand einen erschöpfenden, beinahe sinnlichen Genuß, und beim Einschlafen konnte er jedesmal gerade noch denken, was für ein glücklicher Mensch er doch war. Und er schlief lächelnd ein, wachte lächelnd auf und lächelte den ganzen Tag.

Einmal schuckelte er mit dem Pferdewagen über den flachen Waldweg und hing seinen Gedanken nach, als ihm plötzlich das langgezogene Krachen eines stürzenden Baums auffiel. Schwer stöhnend stürzte der Baum zur Erde, es wurde still für einen Augenblick. Jegor zurrte die Zügel fest, sprang vom Wagen und lief los. Während er lief, wurde das Klopfen der eiligen diebischen Äxte immer deutlicher, und er lief hin zu diesem Klopfen.

An einem gefällten Baumstamm machten sich zwei Gestalten zu schaffen, hauten Äste ab. Doch Jegor zählte jetzt nicht, wie viele es waren; zwei sind zwei, fünf sind fünf, was tut's? Sein Recht war ihm bewußt geworden, und dieses Bewußtsein machte ihn furchtlos. Und darum rannte er einfach hin, von der Schneise aus, um ihnen den Weg abzuschneiden, brach dann hervor aus den Büschen und brüllte los.

»Halt, und nicht von der Stelle gerührt! Name?«

Da wandten sich die zwei um – Filja und die Scherbe. Und Jegor blieb stehen, als wäre er gegen den frischen Stumpf gelaufen.

»Oho!« sagte Filja. »Es naht ein Helfer.«

Die Scherbe aber sah ihn aus bösen, kleinen, roten Augen an. Und schwieg.

»Interessant, wie sich das fügt«, fuhr Filja fort, wobei er noch leutseliger lächelte als früher, zu Zeiten ihrer Freundschaft. »Das Treffen darf als ein historisches bezeichnet werden. Auf hoher Ebene und am runden Baumstumpf.«

»Wozu habt ihr sie gefällt?« fragte dumpf Jegor und tippte mit dem Fuß an einen der Stämme. »Wer hat euch aufgetragen, diese Bäume zu fällen?«

»Die Pflicht«, sagte Filja und seufzte, versteckte das Lächeln jedoch nicht. »Du möchtest gern erfahren, wozu? Na für den Solidaritätsfonds. Morgen senden wir drei leere Halbliterflaschen ab – mögen die Panzer des Imperialismus im Benzinfeuer verbrennen!«

»Wer hat euch beauftragt, frage ich?« Jegor runzelte nach Kräften die Augenbrauen, um wenigstens ein bißchen streng zu wirken. »Wieder eine Feierabendarbeit, eine Geldschinderei, soll ich es so verstehen?«

»Versteh es so, es geht um drei Halbliterflaschen.« Filja schnalzte genüßlich und kniff die Augen zusammen. »Eine können wir dir ablassen, wenn du uns zur Hand gehst.«

Jegor sah die seltsam schnaufende Scherbe an und sagte, »Gebt die Beile her.«

»Die Beile werden wir dir nicht geben«, antwortete ihm Filja. »Wir geben dir entweder einen halben Liter – oder was in die Fresse, wähle selbst, was für dich angenehmer ist.«

»Als offizieller Forstwart des hiesigen Gebietes fordere ich euch offiziell auf . . .«

»Mein Name ist heute mal Pupkin«, sagte plötzlich dumpf wie aus einem Faß die Scherbe. »Und so schreib es auf, du dreckiger Polizist.«

Er verstummte, und mit einemmal wurde es ganz still, nur die Libellen sirrten. Und Jegor hörte dieses Sirren und die Stille. Er seufzte.

»Was denn für ein Polizist? Wozu das?«

»Bist wohl in die Obrigkeit aufgestiegen?« schrie die Scherbe heiser. »Bist ein hohes Tier geworden und machst dich schon lustig über andere? Fragst schon nach dem Namen? Aber das hier, hast du das gesehen? Bei deiner verhurten Mutter frage ich dich, hast du das gesehen?«

Malerisch riß er sich über der Brust das stockige, abgetragene Hemd auf, es fiel förmlich auseinander von der Schulter bis zum Nabel, auf einmal fiel es auseinander, lautlos wie im Stummfilm. Die Scherbe schlüpfte aus den Ärmeln, drehte sich um, wandte Jegor den schweißigen Rücken zu.

»Hast du das gesehen?«

Sein schmutziger, wie zu einem Rad gekrümmter Rücken war über und über voll graublauer Narben. Die Narben verliefen von einer Seite des Rückens zur anderen, brachen sich an dem mageren, spitzen Rückgrat.

»Künstlerisch gestaltet«, sagte Filja und grinste. »Man sieht die Hand eines Meisters.«

»Alle haben sich da eingetragen, alle!« schrie die Scherbe, ohne sich aufzurichten. »Polizisten und SS-Leute und deutsche Aufseher. Möchtest du auch? Nur los, mach! Los, fang doch an!«

»Die Frau mitsamt den kleinen Kindern haben sie in seinem Haus verbrannt«, sagte Filja leise und unerwartet ernst. »Bedeck dich, Ljonja. Bedeck dich, wirst dich vor dem nicht bloßstellen.«

Die Scherbe warf sich fügsam das zerrissene Hemd über, schluchzte und setzte sich auf eine soeben erst gefällte Kiefer. Trotz der Schwüle schüttelte es ihn, und die ganze Zeit fuhr er sich mit den rissigen Handflächen übers unrasierte Gesicht und wiederholte in einem fort, »Und wann werd ich leben, he? Wann fang ich an zu leben?«

Und wieder hörte Jegor das Sirren der Libellen und das Sirren der Stille. Er stand da, wartete, wann endlich das bedrückende Mitleid aus seinem Herzen wich, sah die Scherbe zittern vor unbegreiflichem Frösteln, und er schluckte geräuschvoll, denn irgend etwas schnürte ihm plötzlich die Kehle, daß ihm geradezu das Kinn bebte. Aber er schluckte den Klumpen herunter.

»Im Namen des Gesetzes bestehe ich darauf«, sagte er leise.

»Und würde denn einer was erfahren?« fragte Filja. »Sind sie etwa abgezählt, deine Bäume?«

»Alles beim Staat ist gezählt«, sagte Jegor. »Und darum verlange ich, daß ihr euch aus dem Wald entfernt. Morgen erstatte ich Anzeige wegen Waldfrevels. Gebt mir die Beile.«

Er streckte die Hand nach den Beilen aus, doch Filja griff sich blitzschnell das nächstliegende. Wog es auf der Hand.

»Ich soll dir das Beil geben? Oder möchtest du, daß wir's dir mit dem Beil geben? Der Wald ist stumm, Jegor, und wir sind dunkle Gestalten . . .«

»Gib ihm das Beil«, sagte plötzlich die Scherbe. »Das Licht mag ich nicht. Ich mag die Dunkelheit.«

Und er ging durch die Büsche davon, und sein zerfranstes, stockiges Hemd, noch immer offen, blieb bei jedem seiner Schritte in den Zweigen hängen.

»Nun, Jegor, nimm es bitte nicht übel, wenn wir uns im Dunkeln begegnen!«

Das sagte Filja zum Abschied, als er ihm die Beile zuwarf. Jegor aber kennzeichnete die gefällten Bäume, sammelte die Beile zusammen, kehrte zu der schläfrigen Stute zurück. Setzte sich auf den Wagen, drosch plötzlich mit der Peitsche auf den unschuldigen Rücken des Diensttiers ein, schuckelte los zum See.

19

Mit jedem Tag fühlte Nonna Jurjewna stärker und stärker die Notwendigkeit, in die Stadt zu fahren. Sei es wegen Büchern, sei es wegen Heften. Zunächst war es ihr peinlich, doch dann ging sie zum Schuldirektor und teilte ihm wortreich und ziemlich aufgeregt mit, es sei unmöglich, das Schuljahr ohne diese Fahrt zu beginnen. Und sie sei auf der Stelle bereit, hinzufahren und alles zu besorgen, was gebraucht wird.

»Und was wird gebraucht?« Der Direktor wunderte sich. »Nichts, Gott sei Dank, wird noch gebraucht.«

»Ein Globus«, sagte Nonna Jurjewna. »Unser Globus ist das hinterletzte. Anstelle der Antarktis hat der ein Loch.«

»Ich habe keine Mittel für Ihre Antarktis«, brummte der Direktor. »Hier wird mit den Globen Fußball gespielt, davon kommt das Loch. Im übrigen, vom philosophischen Standpunkt betrachtet, ist auch ein Loch durchaus etwas Bestimmtes, es ist ein bestimmter Raum, umgeben von materieller Substanz.«

»Ich könnte auch einen Fußball kaufen«, sagte, bereitwillig nickend, Nonna Jurjewna. »Und überhaupt. Etwas fürs Inventar.«

»Na schön«, stimmte der Direktor zu. »Wenn Sie mit dreißig Rubeln auskommen – soviel bewillige ich. Die Fahrt geht auf Ihre Kosten.«

In der Stadt wurde gerade irgendeine Gebietskonferenz abgehalten, und sämtliche Hotelzimmer waren besetzt. Jedoch freute Nonna Jurjewna dieser Umstand eher, als daß er sie betrübte. Sie rief sogleich Juri Petrowitsch an, erklärte, man habe sie fast gewaltsam hierher auf eine Dienstreise geschickt, und teilte nicht ohne heimliche Schadenfreude mit, daß es kein Hotelzimmer gab.

»Sie sind ein Mensch mit Autorität«, sagte sie und lächelte in den Telefonhörer. »Lassen Sie Ihre Beziehungen spielen für einen Pädagogen, der aus einem verschlafenen Winkel auf Dienstreise kommt.«

»Ich lasse meine Beziehungen spielen«, sagte Juri Petrowitsch munter. »Sie sind sicher hungrig, nicht wahr? Nun, schauen Sie bei mir vorbei, irgendwas wird uns schon einfallen.«

»Nein...«, piepste da plötzlich Nonna Jurjewna. »Das heißt, ich schaue mal vorbei.«

Genau in diesem Moment entdeckte Nonna mit einemmal, daß sich bis zu diesem Zeitpunkt in ihr zwei völlig entgegengesetzte Wesen friedlich miteinander vertragen hatten. Das eine dieser Wesen war die ruhige, von sich selbst überzeugte Frau, welche die vorgebliche Dienstreise herausgeschlagen und gewandt am Telefon geplaudert hatte. Das andere war ein scheues Mädchen, welches schreckliche Angst vor allen Männern hatte und vor Juri Petrowitsch ganz besonders. Jenes Mädchen, das am Telefonhörer »nein« gepiepst hatte.

Juri Petrowitsch aber, statt daß er seine Beziehungen spielen ließ, eilte in die Imbißstube. Kaufte belegte Brötchen, Milch, allerlei Süßes. Bestellte beim Zimmermädchen Tee. Und er hatte es kaum geschafft, in sein Zimmer zurückzukehren und den Tisch zu decken, da klopfte Nonna Jurjewna bereits an die Tür.

»Entschuldigen Sie. Sie haben wohl nichts für mich ausrichten können, Juri Petrowitsch?«

»Was bitte? Ach ja, wegen eines Hotelzimmers. Ich habe angerufen. Man versprach, zum Abend irgendwas zu versuchen, allerdings ohne Garantie. Trinken wir zunächst mal Tee, dann rufe ich noch mal an.«

Juri Petrowitsch log mit einem gewissen Ziel, wenn er auch keinerlei vorausbedachte Absichten hatte. Ihm gefiel einfach diese schüchterne Lehrerin, und er wollte nicht, daß sie ging. Sein Hotelzimmer bestand aus zwei Räumen. Insgeheim träumte er davon, Nonna Jurjewna könnte gezwungen sein, bis zum Morgen hierzubleiben. So weit – so gut, alles übrige aber wies er von sich, aufrichtig und nachdrücklich. Und darum konnte er Nonna Jurjewna reinen Gewissens bewirten.

Die ausgehungerte Reisende verschlang die belegten Brötchen mit unmädchenhaftem Appetit. Juri Petrowitsch hatte sie eigenhändig für sie zubereitet, er selbst gab sich mit Zusehen zufrieden. Außerdem fragte er sie allerlei; ihm gefiel ihre kindliche Angewohnheit, mit vollgestopftem Mund zu antworten.

»Demnach halten Sie Verläßlichkeit für eine positive Eigenschaft des modernen Menschen?«

»Unbedingt.«

»Aber bringt das stumpfe ›wird erledigt‹ denn nicht gedankenloses Kompromißlertum hervor? Nämlich die Persönlichkeit beginnt mit dem Bewußtwerden des eigenen Ich, Nonna Jurjewna.«

»Die Persönlichkeit an sich ist noch kein Ideal. Hitler war auch eine Persönlichkeit. Ein Ideal ist die intelligente Persönlichkeit.«

Nonna Jurjewna war eine Maximalistin, und das gefiel Juri Petrowitsch ebenfalls. Er lächelte die ganze Zeit, obwohl er im Innern argwöhnte, dieses Lächeln könnte idiotisch aussehen. »Unter intelligenter Persönlichkeit verstehen Sie eine hochgebildete Persönlichkeit?«

»Durchaus nicht. Bildung – das ist ein quantitativer Wert des Menschen. Intelligenz dagegen ein qualitativer. Selbstverständlich vermag Quantität in Qualität überzugehen. Doch nicht bei allen und nicht immer. Und für mich ist beispielsweise Jegor Poluschkin weit eher ein Mensch von Intelligenz als manch einer mit drei Diplomen.«

»Sie haben eine strenge Bewertungsskala.«

»Dafür aber eine richtige.«

»Und welche Eigenschaft würden Sie noch gern an den Menschen sehen?«

»Bescheidenheit«, sagte sie und schlug plötzlich die Augen nieder.

Juri Petrowitsch glaubte, diese Antwort sei weniger ihre wahre Meinung als vielmehr eine Reaktion auf ihre Situation, verzichtete jedoch darauf, dieses Thema weiter zu verfolgen. Währenddessen hatte Nonna Jurjewna sämtliches Gebäck aufgegessen und schlürfte nun folgsam den Tee.

»Sie vergessen doch nicht, wegen eines Zimmers nachzufragen?«

»Ach richtig!« erinnerte sich Juri Petrowitsch. »Natürlich vergesse ich das nicht.«

Er ging zum Telefon, und während Nonna Jurjewna den Tisch abräumte, wählte er eine nicht existierende Nummer. Im Hörer tutete es zornig, und Juri Petrowitsch befürchtete, sie könnte dieses Tuten hören. Und sprach darum lauter als erforderlich.

»Kommunale Wirtschaft? Den Abteilungsleiter bitte. Guten Tag, Pjotr Iwanowitsch, hier ist Tschuwalow. Jaja, ich hatte Sie angerufen. Was? Aber das ist doch unmöglich, Iwan Petrowitsch! Was sagen Sie? Hören Sie, ich bitte Sie dringend . . .«

Vor Unerfahrenheit verwechselte Juri Petrowitsch nicht nur den Namen des Chefs, sondern er machte auch keine Pausen zwischen den Sätzen, und hätte Nonna Jurjewna hingehört, was er da zusammenredete, gleich wäre ihr alles klar gewesen. Doch Nonna Jurjewna war vertieft in ihre eigenen Gedanken und bot Juri Petrowitsch die Gelegenheit, derart naiv in den tutenden Telefonhörer hineinzuschwindeln.

Das Geheimnis bestand darin, daß Nonna Jurjewna zum erstenmal im Leben zu Besuch bei einem jungen Mann war.

Solange die Studentenmahlzeit mit Milch und Backwerk währte, fühlte sich das Mädchen, welches in ihrem Wesen neben der Frau einherlebte, ganz und gar als Herr der Lage. Doch als die Teetrinkerei zu Ende ging und sich draußen vorm Fenster die Dämmerung verdichtete, wich das Mädchen scheu in den Hintergrund zurück. Und nach vorn rückte immer merklicher die Frau. Sie betrachtete abschätzend das Verhalten von Juri Petrowitsch; sie spürte, daß sie ihm gefiel; sie erinnerte sich hartnäckig daran, daß keiner sie auf dieses Zimmer hatte gehen sehen.

Und außerdem sagte sie böse zu Nonna: Sei bloß nicht dämlich! Nonna erschrak vor dieser Stimme, aber sie meldete sich immer energischer: Sei bloß nicht dämlich, schließlich hast du um seinetwillen die Dienstreise organisiert, sei also kein Idiot, Nonka! Und Nonna bekam einen mächtigen Schreck vor dieser Stimme, stritt jedoch nicht mit ihr.

Darum durchschaute sie Juri Petrowitschs naives Spiel mit dem Telefonhörer nicht, sondern wurde erst hellwach, als er sagte, »Wissen Sie, Nonna, es ist tatsächlich nichts mehr frei. In keinem einzigen Hotel.«

Die Frau jubilierte, das Mädchen aber bekam es mit der Angst. Und Nonna vermochte beim besten Willen nicht herauszufinden, was sie nun tun sollte, sich freuen oder sich fürchten.

»Mein Gott, und ich habe in der Stadt gar keine Bekannten!«

»Und ich?« Juri Petrowitsch fragte das mit zorniger Stimme, denn er befürchtete, Nonna Jurjewna könnte ihn heimtückischer Absichten verdächtigen. »Ich habe ein Zimmer de luxe, Platz ist genug.«

»Nein, nein . . .«, sagte Nonna Jurjewna, doch dieses zweifache »Nein« klang mehr wie ein »Ja«, und Juri Petrowitsch ging wortlos ans Werk und bereitete sich das Nachtlager auf dem Sofa.

Jetzt, da schweigend entschieden war, daß Nonna blieb, hörten sie plötzlich auf zu reden und bemühten sich überhaupt, einander nicht zu sehen. Und während das in Nonna befindliche Mädchen vor Angst erstarb, gab sich die Frau überlegen, gelassen.

»Kann ich das Bad benutzen?«

»Aber ja doch, bitte.« Juri Petrowitsch wurde auf einmal ungeheuer geschäftig, denn das hatte eben eine Frau gefragt, und er fühlte sich augenblicks als kleiner Junge. »Das Handtuch ist heute erst gewechselt worden. Hier bitte . . .«

»Ich danke Ihnen.«

Und die Frau schritt stolz vorüber, den hocheleganten Morgenrock lässig überm Arm. Es war Juri Petrowitsch noch nicht gelungen, die Überraschung über den unerwarteten Ton zu verwinden, da steckte bereits das ängstliche Mädchen den Kopf aus der Badezimmertür.

»Hier ist gar kein Riegel!«

»Ich weiß, machen Sie sich keine Sorgen«, sagte Juri Petrowitsch lächelnd und empfand eine gewisse Erleichterung.

Im Unterschied zu Nonna Jurjewna, das sei angemerkt, hatte er sich schon in ähnlichen Situationen befunden, doch stets hatten seine Frauen selbst über ihr Verhalten entschieden, und Juri Petrowitsch hatte nichts zu tun gehabt als kein Idiot zu sein. Die Frau aber, die mit einemmal aus Nonna Jurjewna herausschaute, spielte eher irgendein Spiel, und der Förster konnte keineswegs dahinterkommen, wie weit dieses Spiel gehen würde. Und deshalb war es für ihn leichter und einfacher, als an die Stelle dieser geheimnisvollen Frau wieder das bekannte Mädchen mit den angstrunden Augen trat.

»Oh!« sagte dieses Mädchen, wobei es sorgfältig den Morgenrock zusammenraffte. »Hier ist ja auch keine Tür!«

Der Schlafraum des Appartements war vom Arbeitszimmer durch eine Portiere getrennt, und Nonna Jurjewna stand jetzt auf der Schwelle und trat verlegen von einem Fuß auf den anderen.

»Stellen Sie einen Stuhl hin«, riet Juri Petrowitsch. »Falls ich mich im Halbschlaf verlaufen sollte, stoße ich gegen den Stuhl. Das macht Krach, und Sie haben Zeit loszuschreien.«

»Ich danke Ihnen«, parierte Nonna Jurjewna kühl, mit der Stimme der Frau in ihr. »Gute Nacht.«

Juri Petrowitsch ging ins Badezimmer, wusch sich absichtlich lange, damit Nonna Jurjewna sich inzwischen nicht nur zu Bett legen, sondern auch beruhigen konnte. Dann löschte er das Licht, stahl sich auf Zehenspitzen zum Sofa, und sämtliche Sprungfedern des nicht mehr neuen Möbels jaulten auf, sowie er sich bloß draufsetzte.

»Mist!« äußerte er laut.

»Sie schlafen noch nicht?« fragte plötzlich Nonna Jurjewna leise.

»Noch nicht«, sagte Juri Petrowitsch und zog das Hemd aus und dann gleich wieder an. »Wollen Sie etwas Bestimmtes, Nonna?«

Nonna schwieg, und sein Herz schlug schneller und heftiger. Er sprang auf, schritt ins Nebenzimmer, dabei stieß er lärmend den Stuhl auf der Schwelle beiseite.

»Mist!«

Nonna Jurjewna mußte leise lachen.

»Sie finden das ulkig, und ich habe mir den Fuß verstaucht.«

»Sie Ärmster.«

Im Licht der Dämmerung konnte er sehen, daß sie auf dem Bett saß, wie zuvor in ihren Morgenrock gehüllt. Und sofort blieb er stehen.

»Wollen Sie die ganze Nacht so sitzen bleiben?«

»Vielleicht.«

»Das wäre doch aber dumm.«

»Und wenn ich dumm bin?«

Sie sprach vollkommen ruhig, mit letzter Kraft – ihm schien, als hörte er ihren ungestümen Herzschlag. Juri Petrowitsch machte noch einen Schritt, kniete unsicher nieder auf dem abgewetzten kleinen Hotelzimmerteppich und nahm vorsichtig ihre Hand. Sie überließ sie ihm gehorsam, und der Morgenrock über ihrer Brust tat sich mit einemmal naiv und schutzlos auf.

»Nonna...« Er küßte ihre Hand. »Nonnotschka, ich...«

»Schalten Sie das Licht an. Bitte.«

»Nein. Wozu?«

»Dann schweigen Sie. Schweigen Sie wenigstens.«

Sie sprachen so leise, daß sie die Worte nicht hörten, sondern rieten. Nur ihre Herzen hörten sie wild schlagen.

»Nonna, ich muß dir sagen...«

»Schweigen Sie doch. Sie sollen schweigen!«

Was könnte er ihr jetzt sagen? Daß er sie liebt? Das spürte sie. Oder vielleicht, daß er sie nicht liebt? Mein Gott, wie kann er sie denn nicht lieben, wenn er hier ist, neben ihr? Wenn er vor ihr kniet und ihr – ja, ihr die Hände küßt?

So dachte Nonna Jurjewna. Eigentlich dachte sie es nicht einmal, nein, sie war nicht fähig, jetzt an irgend etwas zu denken. Das alles schoß und wirbelte ihr durch den Kopf, das alles versuchte das ängstliche Mädchen zu begreifen und zu erfassen, die Frau aber dachte unablässig nur das eine – daß er ihr zu lange schon die Hände küßte.

Sie zog sie sachte zurück, doch er ließ nicht los, preßte die Stirn in ihre Handflächen.

»Nonna, ich muß dir sagen . . .«

»Nein, nein, nein! Ich will nicht. Ich will nichts hören, ich will nicht!«

»Nonna, ich als der Ältere bin verpflichtet . . .«

»Küß mich.«

Nonna hörte erschrocken die eigene Stimme, das Mädchen in ihr begehrte auf, wehrte sich. Juri Petrowitsch aber kniete noch immer, er war weit weg, so unerreichbar weit weg für sie, und sie wiederholte, »Küß mich, hörst du? Mich hat noch keiner geküßt, keiner. Noch nie.«

Würde er noch einen Augenblick gezögert haben, sie hätte sich aus dem Fenster gestürzt, wäre davongelaufen, ganz gleich, wohin, oder hätte allen zum Trotz eine ganze Schachtel Streichhölzer aufgegessen – auf diese Weise hatte, den Worten ihrer Mama zufolge, schon einmal ein sehr unglückliches Mädchen ein Ende mit sich gemacht. Es war ein letzter Versuch der verzweifelten Frau, die bislang insgeheim in ihr lebte. Ein letzter Versuch, das Alleinsein zu besiegen, die nächtlichen Sehnsüchte, die grundlosen Tränen und die große wichtige Brille, mit der Nonna sich oft qualvoll genierte.

Und dann . . . Was war dann?

»Nonna, ich liebe dich.«

»Jetzt sprich. Sprich, bitte, und ich höre dir zu.«

Sie lagen nebeneinander, und Nonna zog die ganze Zeit das Bettuch zu sich herüber. Aber es war jetzt kein Streit in ihr. Jetzt lächelten die verwegene Frau und das furchtsame Mädchen in ihrer Seele einander einträchtig zu.

»Ich hole eine Zigarette. Oder?«

»Geh.«

Sie lag da mit geschlossenen Augen und einem frohen Lächeln. Man hatte sie um Erlaubnis gefragt, sie konnte etwas verbieten und auch etwas gestatten, und von dieser jäh entdeckten Macht drehte sich ihr ein wenig der Kopf. Sie hob die Lider, sah eine weiße Gestalt ins Nebenzimmer schreiten, wobei sie abermals gegen den Stuhl stieß und fluchte, hörte das Zischen eines Streichholzes, roch den Rauch. Und sagte, »Bitte rauch hier. Bei mir.«

Die weiße Gestalt blieb in der Tür stehen.

»Du mußt mich verachten. Ich habe mich gemein betragen, habe dir nicht gesagt, daß . . .« Juri Petrowitschs Mut war mit fast unwissenschaftlicher Geschwindigkeit verflogen. »Nein, ich bin nicht verheiratet . . . Das heißt, formal bin ich es, aber . . . Verstehst du, sogar meiner Mutter habe ich es niemals erzählt, doch dir gegenüber bin ich verpflichtet . . .«

»Verpflichtet? Hast du womöglich beschlossen, daß ich dich heiraten will?«

Das war eine fremde Stimme. Nicht die der Frau und nicht die des Mädchens, sondern die einer Dritten. Und Nonna Jurjewna freute sich, als sie diese Stimme in sich bemerkte.

»Spar dir die Aufregung, wir sind doch moderne Menschen.«

Er redete irgendwas, sie aber hörte nur seine schuldbewußte, sogar leicht unterwürfige Stimme, und etwas Böses und Stolzes empörte sich in ihr. Sie beugte sich diesem zornigen, triumphierenden Stolz, warf die Decke beiseite und begann, sich ohne Eile anzukleiden. Und obwohl sie dies zum ersten Mal in Gegenwart eines Mannes tat, schämte sie sich nicht – er war es, der sich schämte, und Nonna begriff das.

»Wir sind durchaus moderne Menschen«, wiederholte sie und lächelte dabei angestrengt. »Eheschließung, Standesamt, Hochzeitsfeier – was für ein Unsinn! Was ist das, genaugenommen, alles für ein Unsinn! Du lieber Himmel! Ich bin von selbst gekommen und werde von selbst gehen. Ich bin eine unabhängige Frau.«

Er schwieg hilflos, wußte nicht, was ihr sagen, wie ihr alles erklären, wie sie halten. Nonna zog sich in Ruhe an, kämmte sich in Ruhe.

»Nein, nein, begleite mich nicht. Du bist ein Mann mit Familie, eine offizielle Persönlichkeit, stell dir vor, was könnten die Zimmermädchen denken? Schrecklich, was sie von dir denken könnten!«

Nonna Jurjewna kehrte mit dem ungemütlichen Morgenzug nach Hause zurück. Sie saß in eine Ecke gedrückt, preßte den neuen fußballrunden Schülerglobus an sich und bedauerte zum ersten Mal im Leben, daß sie beim besten Willen nicht weinen konnte.

Juri Petrowitsch aber war völlig verwirrt zurückgeblieben. Nachdem er den ganzen Tag bewegungslos am Schreibtisch gesessen und eine ganze Schachtel Zigaretten aufgeraucht hatte, brachte er am Abend schlecht und recht einen Brief an die geheimnisvolle Marina zustande, schickte ihn jedoch nicht ab, sondern trug ihn drei Tage mit sich herum. Dann las er ihn nochmal und zerriß ihn in kleine Stücke. Und wieder saß er reglos am Schreibtisch, der sich fast täglich mit neuen Schichten ein- und ausgehender Akten bedeckte. Und wieder verfaßte er die halbe Nacht lang einen Brief, welcher diesmal begann, »Meine Geliebte, verzeih . . .« Doch Juri Petrowitsch war nicht bewandert im Schreiben, und so ereilte diesen Brief das Schicksal der vorangegangenen.

»Ich muß hinfahren«, hämmerte sich Juri Petrowitsch ein, als er sich schlaflos auf dem Hotelbett wälzte. »Gleich morgen, mit dem Frühzug.« Aber es nahte der Morgen, und die Entschlossenheit schwand, und Tschuwalow litt wieder und verwünschte sich mit den allerletzten Worten. Nein, nicht Nonna Jurjewnas wegen.

Vor zwei Jahren war auf der entlegenen Försterei im Altai eine Praktikantin aus Moskau eingetroffen. Juri Petrowitsch hatte sich damals des studentischen Geplänkels bereits entwöhnt und an Miniröcke noch nicht gewöhnt, und er folgte der Praktikantin wie ein Hündchen. Das Mädchen sprang mit dem schüchternen Förster je nach Laune und mit sadistischem Genuß um, daß es Juri Petrowitsch mitunter schien, als absolviere nicht sie bei ihm ein Praktikum, sondern er bei ihr. Nach einer Woche gab sie bekannt, sie habe Geburtstag und verlangte Sekt. Und der Leiter des Forstwirtschaftsbetriebes kutschte persönlich zweihundert Kilometer auf dem Dienstmotorrad. Als der Sekt ausgetrunken war, tanzte die Praktikantin durchs Zimmer und verkündete, »Mach das Bett zurecht. Aber an der Wand schlafe ich.«

Am Morgen hatte Juri Petrowitsch endgültig den Kopf verloren.

»Zieh dich an«, sagte er. »Wir fahren zum Dorfsowjet.«

Die Praktikantin rekelte sich wohlig auf dem zerwühlten Bettzeug.

»Zum Dorfsowjet?«

»Wir lassen uns trauen«, sagte er und streifte sich hastig das Hemd über.

»Was denn, gleich?« Sie lachte laut los. »Wie interessant!«

Sie brausten auf dem wild ratternden Motorrad zum Dorfsowjet, erhielten innerhalb von zehn Minuten die Heiratsurkunde und einen fetten Stempel in die Ausweise, und drei Tage später brauste die junge Ehefrau davon gen Moskau. Juri Petrowitsch kämpfte zu jener Zeit in einem fernen Revier mit dem unpaarigen Seidenspinner und fand, nach Hause zurückgekehrt, lediglich einen Zettel vor: »Danke.«

Eine Anschrift hatte die Praktikantin nicht hinterlassen, und so mußte Juri Petrowitsch an ihr Institut schreiben. Lange irrte der Brief umher; die Antwort traf erst nach zwei Monaten ein und war kurz wie ihr gemeinsames

Eheleben, »Ich habe den Ausweis verloren. Ich rate dir, das gleiche zu tun.«

Juri Petrowitsch verlor seinen Ausweis nun allerdings nicht, sondern bemühte sich, die Geschichte zu vergessen, und schrieb keine weiteren Briefe. Später fügte es sich, daß er anderen seine Arbeit übergab und in Leningrad dann erfuhr Tschuwalow von einem Studienfreund eine Neuigkeit, die ihn veranlaßte, erneut nach der ausweislosen Frau zu fahnden.

»Weißt du schon, Marina hat ein Kind?«

Trotz allem spürte er sie auf. Schrieb einen Brief an ihre Heimatadresse. Erhielt als Antwort auf die Frage, ob das Kind von ihm sei, sage und schreibe zwei Wörter: »Alles möglich.«

Da mußte er die Wahrheit wissen, so dringend wie nie zuvor. Wissen, was ist. Ehemann oder nicht Ehemann, Vater oder nicht Vater, gebunden oder nicht gebunden. Doch der spöttische Zynismus ihrer Antworten hatte Tschuwalow aus dem Gleichgewicht gebracht, und er hatte immer nur Briefe geschrieben, Briefe zerrissen und von neuem geschrieben.

Jetzt aber fürchtete er, Nonna zu verlieren. Da war auf einmal jemand zu verlieren, und deshalb konnte sich Juri Petrowitsch beim besten Willen nicht entschließen, sich in den Zug zu setzen und hinzufahren. Hinfahren bedeutete entscheiden, ja oder nein. So dagegen blieb noch das rettende »Alles möglich«. Und eben da reiste ein hoher Chef aus Moskau an, und Juri Petrowitsch freute sich, weil er nun nirgendwo hinfahren konnte. Drei Tage lang weihte er den Vorgesetzten in die Dinge am Ort ein, dann verlor er plötzlich die Lust und erklärte für sich selber unerwartet, »Viel Bemerkenswertes gibt es für dich hier nicht. Wir haben im wesentlichen Sekundärwald. Aber am Schwarzen See ist noch ein interessantes Waldgebiet erhalten geblieben.«

Sprach's und erschrak. Womöglich stimmt der auf einmal zu?

»Wieder mal Mücken mästen?«

»Mücken gibt es wenig – wir haben eher ein Bremsenjahr. Aber das Gebiet dürfte sehr interessant sein unter dem Gesichtspunkt der natürlichen Biozönose. Ist ja dein Steckenpferd...«

Erstaunt stellte Juri Petrowitsch fest, daß er im Begriff war, den anderen zu überreden.

»Na schön, hast mich schon überredet«, sagte der Vorgesetzte, und Juri Petrowitsch ärgerte sich.

Im Dorf angekommen, stellte Tschuwalow seinen Chef den örtlichen Behörden vor und eilte zu Nonna Jurjewna. Beim Laufen verfaßte er glühende Reden, und er wollte seinen Augen nicht trauen, als er an der bekannten Tür ein Vorhängeschloß erblickte. Er betastete es, drehte eine Runde ums Haus und ging zum Schuldirektor.

»Nonna Jurjewna ist in Leningrad. Vor drei Tagen abgereist.«

»Wann kommt sie zurück?«

»Zurück sein müßte sie am zwanzigsten August, aber...« Der Schuldirektor brach ab, seufzte. »Den gleichen Fall hatten wir im vorletzten Jahr.«

»Was reden Sie da?«

»Ihre Vorgängerin ist auch weggefahren, um die Mutter wiederzusehen, und dann hat sie uns ein Gesuch auf Freistellung geschickt – auf eigenen Wunsch.«

»Das ist nicht möglich!«

»Alles ist möglich«, sagte der Direktor philosophisch. »Nonna Jurjewna ist natürlich ein ernstzunehmender Pädagoge, doch schließlich ist Leingrad auch eine ernstzunehmende Stadt.«

»Jaja«, sagte Juri Petrowitsch leise. »Haben Sie die Adresse ihrer Mutter?«

Er notierte sich die Adresse, versprach dem Direktor

zerstreut Brennholz für die Schule und führte, nun bereits ohne jegliches Interesse, den hohen Chef ins Naturschutzgebiet.

»Du zwingst einen ja zu Fußmärschen«, knurrte der Vorgesetzte, wobei er nicht ohne Vergnügen barfüßig den Waldweg entlangtappte. »Und schlafen läßt du mich vermutlich auf einem Lager aus Tannenreisig? Ein Einzelgänger bist du, Tschuwalow, lebst nicht ohne Grund bis zum heutigen Tag als Junggeselle.«

»Hör auf damit!« schrie der sonst so beherrschte Juri Petrowitsch plötzlich los. »Dieses Geschwätz habt ihr euch in den Büros angewöhnt!«

»Nein, du bist ein richtiger Einzelgänger«, sagte der Chef nach längerem Schweigen. »Höchste Zeit, daß du ins Ministerium kommst. Übrigens kann ich dort im Rahmen dieser meiner Inspektion von einer vorbildlichen Ordnung in deinem Forstbetrieb berichten. Der Wald ist gepflegt, von Holzdiebstählen nichts zu sehen. Nein, weißt du, Jura, das gefällt mir.«

Juri Petrowitsch schwieg finster.

Gegen Abend gelangten sie an Jegors Hütte.

Von seinem Tagewerk erschöpft und durch die Aufmerksamkeit des hohen Chefs ein wenig beunruhigt, zog sich Jegor unauffällig vom Lagerfeuer zurück. Tschuwalow war finster, doch Jegor schenkte dem keine Beachtung. Ihn beschäftigte der unbekannte Vorgesetzte, und er überlegte immerzu, ob er nicht wieder irgendwo einen kräftigen Fehlschuß getan hatte.

»Sind Sie schon mal in Moskau gewesen, Jegor Saweljitsch?«

»In Moskau?« Jegor vermochte nicht so schnell umzuschalten. »Was sollte ich dort?«

Juri Petrowitsch berichtete Jegor auf die Schnelle die traurige Geschichte seines Familienlebens. Jegor hörte zu, er war sehr betroffen, aber die ganze Zeit störte ihn die undeutliche Anspielung auf Moskau. Und darum auch stellte er eine Gegenfrage.

»Nun, ist sie womöglich in Moskau?«

»He, ihr Verschwörer, Fischsuppe löffeln!« brachte sich der Vorgesetzte aus der Hauptstadt heiter in Erinnerung.

Eine Woche später kam aus Moskau ein offizielles Schreiben. Der Forstwart des Trinkwasserschutzgebietes, Jegor Poluschkin, wurde eingeladen zu einer Allunionskonferenz von Mitarbeitern der Forstwirtschaft – offensichtlich auf Grund besonderer Verdienste, denn unter die Forstwarte war er erst vor ganz kurzer Zeit gegangen.

»Den Elefanten werde ich mir ansehen, Söhnchen«, sagte Jegor.

»Den Elefanten ansehen bringt nicht viel ein«, brummte Charitina. »Du sieh dir das GUM an – die Leute haben Geld gesammelt und eine Liste aufgestellt, wer was braucht.«

Keiner war zu Jegors Geleit erschienen, lediglich Jakow Prokopytsch. Und der hatte auch eine Bitte. »Falls es dazu kommt, daß du Bericht erstattest – vergiß meine Bootsstation nicht, Genosse Poluschkin. Lade höflich zu uns ein – sag, es gibt viel Annehmlichkeit, ein weiches Wasser, einen Wald mit Pilzen. Kann doch sein, jemand aus dem Zentrum des Landes belebt unsere Gegend.«

Gerade wollten sie aufbrechen zum Zug – da kommt Marjiza angelaufen. Und ihr Lächeln strahlt schon durch die Tür.

»Ach, Jegor Saweljitsch! Ach, Tinuschka! Nach Moskau also, nicht in die Gebietsstadt.«

»Vollständig richtig«, sagte Jakow Prokopytsch.

Aber nicht an Jakow Prokopytsch war Marjiza jetzt gelegen. Von Jegor Poluschkin, dem Unheilbringer, dem gottgefälligen, wandte sie ihre Schmeichelaugen nicht.

»Jegor Saweljitsch, Väterchen, im verborgenen verneige ich mich flehentlich vor dir. Verborgen vor meinem Mann und vor meinem Sohn. Rette du uns, um Christi willen. Vor Gericht wollen sie meinen Fjodor Ipatytsch zerren. Und drohen, uns glattweg an den Bettelstab zu bringen.«

»Das Gesetz verlangt Achtung«, sprach Jakow Prokopytsch streng.

Jegor schwieg. Marjiza aber fing an zu weinen und warf sich der Schwester an die Schulter.

»Wir gehen zugrunde!«

»Rede du ein Wort mit irgendeinem Leiter, Jegor«, seufzte Charitina. »Sind ja schließlich Verwandte. Keine fremden Leute, von sonstwo.«

»Aber wer wird mich denn fragen?« sagte Jegor mit finsterer Miene. »Große Sache – ein Forstwart kommt nach Moskau.«

Wie sehr Marjiza auch weinte, wie sehr sie sich auch abstrampelte, mehr sagte er nicht. Nahm den Koffer, speziell für Moskau hatte er einen ganz großen gekauft, verabschiedete sich und ging zum Bahnhof. Und Marjiza eilte nach Hause.

»Nun, was hat er geäußert?« fragte Fjodor Ipatytsch.

»Abgelehnt hat er, Fedenka. Mächtig stolz ist er geworden.«

»Stolz?« Wie Beulen traten ihm die Backenknochen hervor. »Nun gut, wenn er stolz geworden ist, sehr gut.«

Jegor aber saß im Eisenbahnwagen am Fenster, und die Räder klopften im Takt, nach Moskau, nach Moskau, nach Moskau!

Vorläufig allerdings nicht nach Moskau, sondern erst mal in die Gebietsstadt, umsteigen. Und genau zur selben Zeit fuhr aus jener Gebietsstadt ein anderer Zug ab, mit Juri Petrowitsch am Wagenfenster. Und die Räder klopften hier auf andere Weise, nach Leningrad, nach Leningrad, nach Leningrad!

20

Schlagartig verlor Jegor seinen ganzen Stolz, als er in der Gebietsstadt Juri Petrowitsch nicht vorfand, und er stieg sehr verstört in den Zug nach Moskau. Wenigstens hatte ihm Tschuwalow im voraus eine Fahrkarte besorgt und im Hotel hinterlegt, wo Jegor sie ausgehändigt bekam mitsamt der Nachricht, Tschuwalow selbst sei mit unbekanntem Ziel abgereist.

Zum ersten Mal fuhr Jegor in einem Wagen mit Schlafabteil, und aus Sparsamkeit nahm er sich kein Bett. Er hatte solide Reisegefährten erwischt, sie schwatzten über dies und jenes, Jegor beteiligte sich jedoch nicht am Gespräch. Die letzten Hinweise, die Juri Petrowitsch ihm mit auf den Weg geben wollte, waren ausgeblieben, und ihm war jetzt nicht nach Gesprächen zumute. Die Nacht über schlief er fast nicht und litt auf der bloßen Sitzbank, ängstlich bemüht, sich nicht umzudrehen, um ja keinen aufzuwecken.

Gegen Morgen verstummte er völlig und fuhr wie versteinert in die Hauptstadt ein.

Doch seine Befürchtungen erwiesen sich als verfrüht; in Moskau wurde er empfangen und ins Hotel gebracht.

»Sie werden höchstwahrscheinlich in der Diskussion sprechen«, sagte, während sie aufs Zimmer gingen, der junge Mann, der ihn abgeholt hatte.

»In was?«

»In der Diskussion.«

Der junge Mann kramte ein Papier heraus, legte es auf

den Tisch. »Wir haben für Sie ein paar Themen vorbereitet. Machen Sie sich damit vertraut.«

»Aha«, sagte Jegor. »Und ist es weit bis zum Zoo?«

»Zum Zoo?« fragte der junge Mann ungläubig. »Ich glaube, mit der Metro bis zur Station ›Krasnopresnenskaja‹. Morgen früh um zehn erwarten wir Sie im Ministerium.«

»Ich bin beizeiten da«, beteuerte Jegor.

Der junge Mann ging, und Jegor frühstückte auf die Schnelle in einer Imbißstube, erkundigte sich, wie man zur Station »Krasnopresnenskaja« gelangt, bestieg unsicher die Rolltreppe und fuhr hinab zur Metro.

Im Zoo stand er lange vor jedem Käfig, vor dem Elefantengehege aber schien er zu erstarren. Die Menschen ringsumher wechselten, kamen, schauten, gingen, aber Jegor stand und stand und wollte es selber nicht glauben, daß er einen lebenden Elefanten sah. Zwar lief dieser Elefant nicht durch die Straßen, sondern stand in einem fest umzäunten Gehege, doch bewegte er sich ungezwungen, überschüttete sich mit Sand, prustete, sammelte die Brötchen auf, die ihm die Kinder durchs Gitter zuwarfen. Jegor verfolgte jede Bewegung des Elefanten, denn er wollte sich unbedingt alles einprägen und später Kolka davon berichten. Er war so vertieft, daß es sogar dem Wärter auffiel.

»Was meinst du, Mann, ist das Vieh nicht schön?«

»Es ist ein Tier«, berichtigte Jegor streng.

»Stimmt.« Der Wärter war schon älter, und Jegor unterhielt sich ungezwungen mit ihm. »Hast du Angst?«

»Und wovor? Hast du etwa Angst?«

»Nun, dann hilf mir. Kannst nachher in deinem kleinen Dorf prahlen, daß du einen Elefanten gefüttert hast.«

»Ich stamme aus einem großen Dorf.«

»Prahlen wirst du trotzdem.«

Der Wärter führte Jegor auch ins Winterhaus, wo noch

ein Elefant stand, ein kleinerer. Der schnurpste genußvoll Rüben und Möhren und beschnupperte Jegor zweimal höflich mit seiner schwarzen Rüsselspitze.

»Ein kluges Tier!« sagte Jegor begeistert.

Danach führte der Wärter Jegor durch den Zoo, berichtete, wann welches Tier gefüttert wird, wie und womit. Er zeigte ihm auch das Affenhaus, aber dort gefiel es Jegor gar nicht.

»Die schreien so.«

Sie aßen zusammen Mittag in der Kantine fürs Zoopersonal und schlossen endgültig Freundschaft. Jegor erzählte von der Konferenz, von seinem Dorf und besonders vom Schwarzen See.

»Früher hieß er Schwanensee und jetzt – der Schwarze.«

»Die natürliche Schönheit stirbt aus«, seufzte der Wärter. »Bald bleiben nur noch die zoologischen Gärten.«

»Ein Zoo – das ist nicht dasselbe.«

»Ist es nicht, klarer Fall.«

Jegor verließ den Zoo als letzter, als das GUM und das ZUM und alle Geschäfte bereits geschlossen hatten.

Er überlegte ein wenig, da fiel ihm die Geschichte von Juri Petrowitsch ein und auch die erwähnte Adresse, und er ließ sich von einem Milizionär sagen, wie er fahren mußte.

Er besaß keine genaue Vorstellung vom Ziel dieses Besuches, aber das niedergeschlagene Gesicht Tschuwalows haftete beharrlich in seinem Gedächtnis.

Er stieg zu Fuß in die achte Etage, da er sich in der Bedienung des Fahrstuhls nicht auskannte. Er verschnaufte auf dem Treppenabsatz, suchte die Wohnung, läutete. Eine junge, langhaarige Frau öffnete.

»Guten Tag«, sagte Jegor, wobei er schon im voraus die Mütze abnahm. »Ich möchte zu Marina.«

»Das bin ich.«

Die Langhaarige blickte nicht sehr freundlich drein, und das Gespräch mußte über die Schwelle hinweg begonnen werden.

»Ich komme von Tschuwalow. Von Juri Petrowitsch.«

Offenbar war sie erst dabei zu entscheiden, wie sie sich verhalten sollte, und Jegor schien es, als entschied sie mit einer gewissen Angst.

»So«, sagte sie schließlich und schloß die zu den Zimmern führende Tür. »Nun, kommen Sie herein. Hier in die Küche.«

Eine Stelle, die Mütze aufzuhängen, sah Jegor nicht, und so behielt er sie in der Hand, als er in die Küche ging. Die Frau folgte ihm, trat ihm fast in die Fersen, trieb ihm geradezu.

»Wer ist denn da, Marinotschka?« Aus einem der Zimmer ertönte eine Männerstimme.

»Das ist für mich!« erwiderte die Langhaarige scharf, dann schloß sie hinter sich auch die Küchentür. »Also, worum geht es?«

Einen Platz bot sie ihm nicht an, und das beruhigte Jegor auf einmal.

Noch in der Tür hatte er nicht gewußt, wie und was er reden sollte, jetzt aber war es ihm klar.

»Im Zimmer dort, das ist sicher Ihr Mann?«

»Was geht Sie das an?«

»Mich – nichts, aber ihn vielleicht – wer weiß?«

»Sind Sie gekommen, um zu drohen?«

»Wieso denn das? Ich bin hier, weil Sie sich, nun ja, Ihr Leben eingerichtet haben und einen anderen Menschen daran hindern, sich sein Leben auch einzurichten. Ist das gut?«

»Wie können Sie es wagen . . .«

»Ich wage es halt«, sagte Jegor leise. »Und Sie sollten aufhören, vor Zorn zu schnauben. Hat er Ihnen denn so viel Übles angetan?«

»Er hat«, sagte sie, lächelte, steckte sich eine Zigarette

an. »Erklären wäre zwecklos – wenn er es bis heute nicht begriffen hat, dann Sie erst recht nicht.«

»Erklären Sie es mir«, bat Jegor und setzte sich auf einen kleinen roten Hocker. »Darum bin ich ja hier.«

»Ich werde Sie gleich hinauswerfen, dann haben Sie Ihre Erklärungen.«

»Nein, das werden Sie nicht tun«, antwortete Jegor. »Früher hätten Sie mich vielleicht hinausgeworfen, aber jetzt haben Sie Angst. Sie haben da eben alle Türen hinter sich geschlossen, also hängen Sie wohl an Ihrer Familie.«

»Schon wieder eine Drohung? Hören Sie, ich habe es satt . . .«

»Ein wenig Wasser könnten Sie mir geben«, sagte Jegor und seufzte. »In der Kantine habe ich drei Portionen Hering gegessen – ich verbrenne.«

»Mann, sind Sie ein Flegel!« Sie holte aus einem kleinen Wandschrank einen bemalten irdenen Becher, fragte über die Schulter hinweg, »Wünschen sie es mit Eis?«

»Wozu?« verwunderte sich Jegor. »Einfaches gieß ein, Brunnenwasser.«

»Brunnenwasser . . .« Sie knallte den Trinkbecher auf den Tisch, daß das Wasser über den Rand schwappte. »Trinken Sie, und gehen Sie. Und sagen Sie Tschuwalow, das Kind ist nicht von ihm, er soll sich beruhigen.«

Jegor trank ohne Eile das schlecht schmeckende Moskauer Wasser, sagte nichts.

Die Frau stand am Fenster, zog wütend an der Zigarette und warf ihm über die Schulter stechende Blicke zu.

»Was wollen Sie denn noch von mir?«

»Ich?« Jegor sah sie an – was spielte das Mädchen sich bloß so auf? »Er ist doch schließlich noch Ihr Mann.«

»Mein Mann!« Sie zuckte verächtlich mit den Schultern. »Ein Holzklotz ist er, ein hinterwäldlerischer, Ihr Tschuwalow.«

»Beschimpfen ist nicht liebkosen – macht nicht so schnell müde.«

»Eine Frau zu beleidigen, und das nicht mal zu merken – nein, wie edel!«

»Beleidigen paßt nicht zu ihm«, sagte Jegor zweifelnd. »Juri Petrowitsch ist ein respektvoller Mensch.«

»Respektvoll!« wiederholte Marina spöttisch. »Sagen Sie ehrlich – wenn eine Frau, nun ja, in einer schwachen Minute, ein bißchen in Stimmung, irgendwie ist sie hingerissen, und schließlich schläft sie...« Sie stockte, verbesserte sich. »Nun, sie übernachtet bei Ihnen, haben Sie dann genug Begriffsvermögen, ihr am Morgen kein Geld zuzustecken?«

»Begriffsvermögen haben wir genug. Geld haben wir keins.«

»Er hat auch nicht in bar bezahlt. Er hat einfach beschlossen, mich glücklich zu machen. Hat mich aufs Standesamt geschleppt, mir diesen dämlichen Stempel zu holen, ohne daß er geruht hätte, sich dafür zu interessieren, ob ich ihn liebe.«

»Wie denn, man hat Ihnen den Stempel aufgezwungen, mit Gewalt?«

»Warum sollte man...« Mit einemmal lächelte sie. »Nun, ich war ein dummes Ding, dumm und leichtsinnig, genügt Ihnen das? Am Anfang hat es mir sogar gefallen – Romantik! Später bin ich zur Besinnung gekommen und davongelaufen.«

»So, davongelaufen bist du«, sagte Jegor zornig. »Und der Stempel? Läufst du vor dem auch davon? Und wohin?«

Die Langhaarige schwieg hilflos, und sie tat Jegor jetzt leid. Das Gespräch hatte gewissermaßen ihre Rolle vertauscht. Die Hauptperson in der Küche war nunmehr er, und beide spürten das.

»Ich habe meinen Ausweis verloren«, sagte sie schuldbewußt. »Vielleicht, daß er genauso, oder...?«

»Hast dich selber in Lügen verstrickt und willst ihm das Lügen beibringen? Wie lebst du mit dem Neuen?«

»Gut.«

»Nicht danach frage ich. Ich frage nach dem Gesetz...«

»Wir haben uns trauen lassen.«

»Ach du meine Güte!«

Jegor sprang auf, lief in der Küche umher. Marina beobachtete ihn aufmerksam, und in dieser Aufmerksamkeit lag eine fast kindliche Zutraulichkeit.

»Gut, sagst du, lebt ihr?«

»Ja.«

»Ruf ihn her.«

»Was?« Sie straffte sich plötzlich, wurde erneut kühl und arrogant. »Verschwinden Sie unverzüglich, bevor ich die Miliz...«

»Nun, ruf die Miliz«, stimmte Jegor zu und nahm wieder Platz.

Marina wandte sich zum Fenster, ihre kraftlos hängenden Schultern zuckten. Sie weinte leise, hatte Angst vor ihrem Mann und genierte sich vor dem fremden Menschen.

Jegor saß eine Weile, seufzte, dann berührte er sie an der Schulter.

»Wenn es herauskommt, wird es noch schlimmer. Das Gesetz ist bereits verletzt.«

»Gehen Sie!« schrie sie beinahe tonlos. »Warum sind Sie gekommen, wozu? Ich hasse Erpressungen!«

»Was, sagst du, haßt du?«

Sie schwieg. Jegor trat auf der Stelle, knüllte mit den Händen die Mütze, ging zur Tür.

»Warten Sie!«

Jegor blieb nicht stehen. Schlug absichtlich laut die Küchentür zu, hörte, wie sie zornig und hilflos am Fenster schluchzte, und stieß, als er im Korridor stand, die Tür zum Zimmer weit auf.

Am Tisch quälte sich an einem Zeichenbrett ein junger Mann. Er hob die ruhigen Augen zu Jegor empor, zwinkerte, lächelte. Sagte plötzlich, »Ich zeichne wie ein Verrückter. Muß im September mein Diplom verteidigen.« In der entgegengesetzten Ecke schlief in einem Bettchen das Kind. Der Bursche streckte sich wohlig und erklärte, »Ich gehe auf die Abendschule. Ganz schön schwierig!«

Ob nun tatsächlich Stille im Zimmer herrschte oder ob Jegor mit einemmal auf beiden Ohren taub war – er hörte nur das hitzige Sirren von Libellen. Er hörte es, und erneut drückte ihn lastendes Bedauern, erneut stieg der bekannte Klumpen ihm in die Kehle, wieder zitterte ihm plötzlich das Kinn. Und dann hörte Jegor noch, wie in der Küche Marina laut weinte.

»Nun mach weiter, müh dich«, sagte er zu dem jungen Mann und verließ leise das Zimmer.

Jegor kehrte spät ins Hotel zurück, aß ein Brötchen, das Charitina ihm in den Koffer gepackt hatte, trank Wasser dazu und legte sich hin. Das Bett war ungewöhnlich weich, trotzdem konnte er beim besten Willen nicht einschlafen, immerzu wälzte er sich herum und stöhnte.

Am Morgen stand er später auf, als er sich vorgenommen hatte, er machte sich frisch und ging hinunter frühstücken, doch dort, stellte sich heraus, stand eine Schlange Wartender, und Jegor befürchtete die ganze Zeit, er könnte sich verspäten.

Er schlang schnell sein Frühstück herunter und eilte ins Ministerium, ohne auch nur einen Blick in die Thesen geworfen zu haben; sie lagen vergessen auf dem Tisch.

Ihm fielen diese Thesen erst wieder ein, als er plötzlich seinen Namen vernahm.

». . . solche Menschen, wie beispielsweise der Genosse Poluschkin. Durch seine selbstlose Arbeit hat der Genosse Poluschkin ein weiteres Mal bewiesen, daß es unschöpferische Arbeit nicht gibt, sondern lediglich eine unschöpferische Einstellung zur Arbeit. Ich will euch nicht darlegen, Genossen, wie Genosse Poluschkin seine Pflicht auffaßt – er wird es selber tun. Ich möchte hier nur sagen . . .«

Jegor aber hörte schon nicht mehr, was der Minister sagen wollte. Heiß und kalt überlief es ihn auf einmal. Die Papierchen waren auf dem Tisch liegengeblieben, und was auf ihnen geschrieben stand, davon hatte Jegor keinen blassen Schimmer. Recht und schlecht hörte er dem Referat zu, klatschte mit allen anderen Beifall, und als eine Pause verkündet wurde, drängte er sich eilig zum Ausgang, denn er hoffte rasch zum Hotel laufen zu können. Und er hatte die Tür schon fast erreicht, da räusperte sich jemand geräuschvoll ins Mikrophon, und eine Stimme sprach, »Genosse Poluschkin wird gebeten, sofort zum Präsidiumstisch zu kommen. Ich wiederhole . . .«

»Wie denn, der da gebeten wird, bin ich das?« fragte Jegor einen, der sich neben ihm durch die Tür zwängte.

»Nun, wenn Sie dieser Poluschkin sind . . .«

»Aha!« sagte Jegor und machte kehrt, dem Menschenstrom entgegen. Der Minister war nicht mehr am Präsidiumstisch, aber der Tagungsleiter saß da, und ein paar Männer standen herum. Als Jegor fragte, wozu sie ihn, bitte schön, gerufen hätten, wurden die gleich wild und zückten ihre Kameras.

»Einige Aufnahmen, drehen Sie sich bitte um.«

Jegor drehte sich, wie es verlangt wurde, und dachte dabei wehmütig, daß die Zeit für nichts und wieder nichts vertan wurde. Danach antwortete er lange auf Fragen, wer und woher und was er denn so Besonderes ersonnen hat.

Weil er nun meinte, daß er eigentlich noch nichts ersonnen hatte, antwortete er ausführlicher als nötig, und die Unterhaltung zog sich hin – es wurde bereits wieder geläutet. Man gab Jegor frei, doch den Saal verlassen konnte er nicht mehr. Also setzte er sich auf seinen Platz und entschied, daß er dann eben in der zweiten Pause die Unterlagen holen mußte.

Der als erster sprach, redete gescheit und gefiel Jegor. Er klatschte länger als die anderen Beifall und hätte um ein Haar abermals seinen Namen überhört.

»Genosse Poluschkin, bitte bereithalten.«

»Was haben die gesagt?«

»Bereithalten.«

»Wie denn das?«

»Ruhe, Genossen!« wurde ungehalten von hinten gezischt. Jegor verstummte und überlegte fieberhaft, inwiefern bereithalten und was eigentlich? Mühselig rief er sich die notwendigen Worte ins Gedächtnis, der Schweiß brach ihm aus, und die Hälfte des Diskussionsbeitrages verpaßte er. Die zweite Hälfte jedoch bekam er ganz genau mit, und war sowenig einverstanden mit dieser Hälfte, daß er sich sogar ein bißchen beruhigte.

»Wir brauchen zusätzliche Gesetze«, sagte der Redner und wurde von den eigenen Worten richtig streng. »Die Forderungen verschärfen. Bestrafen . . .«

Bestrafen – wen? Jegor klatschte unwillig Beifall, mehr aus Höflichkeit, da wurde er auch schon aufgerufen.

»Das Wort hat der Genosse Poluschkin.«

»Ich?« Jegor stand auf. »Könnte ich lieber später, ja? Nämlich ich habe . . . Die Papierchen habe ich vergessen.«

»Was für Papierchen?«

»Nun, die Rede. Man hat mir eine Rede aufgeschrieben, und ich habe sie auf dem Tisch im Hotel liegenlassen. Warten Sie noch, ich laufe rasch hin.«

Im Saal wurde es laut, Heiterkeit kam auf.

»Mach's ohne Papierchen!«

»Wer hat denn die Rede geschrieben?«

»Mut, Poluschkin!«

»Kommen Sie vor ans Rednerpult«, sagte der Versammlungsleiter.

»Wozu denn ans Rednerpult?« Jegor schob sich dennoch aus seiner Reihe und kam den Gang entlang. »Ich sage doch, ich laufe rasch hin. Nämlich sie sind... Auf dem Tisch liegen sie.«

»Wer – sie?«

»Na die Papierchen. Man hat mir was aufgeschrieben, und ich habe es liegenlassen.«

Es wurde gelacht, daß ihm die Worte erstickten. Jegor war nicht zum Lachen zumute. Er stand vor der Bühne mit dem Präsidium, senkte schuldbewußt den Kopf, seufzte.

»Und ohne fremde Papierchen können Sie nicht reden?« fragte der Minister.

»Je nun, das habe ich nicht gesagt.«

»Doch, genau das. Also – treten Sie ans Pult. Mut, Genosse Poluschkin!«

Jegor trat widerwillig an das Rednerpult, besah sich das Glas Wasser, in dem die Bläschen sprudelten. Im Saal wurde es augenblicklich still, alle schauten ihn an, lächelten und warteten, was er wohl sagen würde.

»Gute Leute!« sagte Jegor laut, und wieder dröhnte der Saal vor Lachen. »Ihr könnt aufhören zu wiehern – ich schreie ja nicht um Hilfe. Ich sage euch nur, daß die Leute gut sind!«

Alle verstummten, und dann auf einmal applaudierte man. Jegor lächelte.

»Wartet ab, ich habe noch nicht alles gesagt. Hier hat ein Genosse gesprochen, mit dem bin ich nicht einverstanden. Er verlangt Gesetze, aber Gesetze haben wir genug.«

»Richtig!« sagte der Minister. »Wir müssen nur verstehen, sie richtig anzuwenden.«

»Not macht klug«, sagte Jegor. »Aber ich bin dafür, daß es solche Not gar nicht gibt. O ja, das wäre einfach, Soldaten mit Gewehren hinstellen – und Däumchen drehen. Bloß, so viel Soldaten treibst du nicht auf.«

Und wieder wurde applaudiert. Jemand rief, »Gib's ihnen, Genosse!«

»Stört ihr mich nicht, ich verfilze mich schon von selber. Ihr und ich, wir sind da bei einer guten Sache, und eine gute Sache verlangt Freude und nicht Verdrießlichkeit. Böses bringt Böses hervor, darauf besinnen wir uns oft – aber daß aus Gutem auch Gutes entsteht, darauf nicht so häufig. Dabei ist das doch die Hauptsache!«

Jegor hatte noch niemals eine Rede gehalten, und darum war ihm nicht sonderlich bange. Man hatte ihm aufgetragen zu sprechen, also sprach er. Das Sprechen ging ihm fast wie ein Singen vom Munde.

»Da wurde nun gesagt, teil uns bitte deine Erfahrungen mit. Wozu aber sie mitteilen? Daß wieder bei allen alles gleich ist, ja? Was hätten wir daraus für einen Nutzen? Die Hammel haben auch verschiedene Wolle, und erst die Menschen – Gott selber hat es so gewollt. Nein, nicht für das Gleichartige müssen wir uns schlagen, sondern für das Verschiedenartige – dann wird es eine Freude sein für alle.«

Man hörte Jegor mit Lächeln und Lachen zu, aber auch mit Interesse. Man fürchtete ein Wort zu verpassen. Jegor spürte das und redete mit Vergnügen.

»Doch auf die Freude wird einstweilen wenig gesehen. Da bin ich zum Beispiel am Schwarzen See, früher aber wurde er Schwanensee genannt. Und wie viele solcher Schwarzen Seen gibt es in unserem wunderschönen Land – nicht auszudenken. Also, man müßte es zuwege bringen, daß sie wieder lebendig werden! Schwanensee oder Reihersee oder Kranichsee oder noch anderswie, bloß eben nicht Schwarzer See, ihr meine lieben, guten Freunde. Nicht mehr Schwarzer See – das ist es, worum wir uns zu sorgen haben.«

Erneut wurde applaudiert, im Saal war Bewegung entstanden. Jegor schielte auf das Glas, das sie ihm hingestellt hatten, und weil das Wasser in diesem Glas aufgehört hatte zu perlen, kostete er ein Schlückchen. Und verzog das Gesicht. Es war salzig.

»Alle leben wir in einem Haus und sind doch nicht alle die Herren im Haus und verantwortlich. Warum? Weil etwas durcheinandergeraten ist. Einerseits lehrt man uns, die Natur sei unser Geburtshaus. Aber was haben wir auf der anderen Seite? Wir haben das Unterwerfen der Natur. Und die Natur, sie erduldet einstweilen alles. Schweigend siecht sie dahin, lange, lange Zeit. Und der Mensch ist durchaus nicht der Zar über sie, über die Natur. Kein Zar ist er – schädlich ist das, sich Zar nennen. Ihr Sohn ist er, das älteste Söhnchen. So seid denn vernünftig, bringt euer Mütterchen nicht ins Grab!«

Alle klatschten Beifall. Jegor winkte ab, verließ das Rednerpult, kehrte noch einmal zurück.

»Warten Sie, ich habe einen Auftrag vergessen. Falls jemand diesen Sommer einen Wunsch betreffend Tourismus hat, dann bitte sehr, auf zu uns! Wir haben Pilze und Beeren und Jakow Prokopytsch mit dem Bootsverleih. Wir werden die Boote bemalen – der eine kriegt die Gans, der andere das Ferkel, und dann geht's los, wer ist der Schnellste!«

Begleitet von Lachen und Beifall ging er auf seinen Platz.

Zwei Tage währte die Konferenz, und zwei Tage wurde Jegor vom Rednerpult aus erwähnt. Die einen widersprachen: Was kommst du uns, sagten sie, mit Freude und mit Güte, wo die Wälder zugrunde gehen? Die anderen stimmten zu: Hören wir auf, sagten die, mit dem Unterwerfen, höchste Zeit, daß wir uns umschauen! Und der Minister schließlich verweilte insbesondere bei dem Gedanken, die schwarzen Seen zurückzuverwandeln in helle, lebendige Gewässer und bezeichnete dies als Poluschkin-Bewegung. Danach wurde Jegor mit einer Ehrenurkunde ausgezeichnet und belobigt; man zahlte ihm sein Tagegeld und händigte ihm die Rückfahrkarte aus.

Mit dieser Fahrkarte nun kam Jegor ins Hotel. Fahren sollte er morgen, und den heutigen Tag mußte er mit Laufereien durch das GUM und das ZUM und so fort verbringen. Jegor sah die Liste der Dinge durch, die er gefälligst zu besorgen hatte, zählte das Geld, freute sich an der Urkunde und fuhr in den Zoo.

Dort begriffen sie lange Zeit überhaupt nichts. Bis zum obersten Direktor mußte er vordringen, und der wunderte sich auch.

»Was für Schwäne? Wir sind keine Zoohandlung.«

»Ich würde mir ja selber welche fangen – aber wo? Ich sage doch, wir haben bei uns einen Schwarzen See. Und der war einmal der Schwanensee. Der Minister sagt, das ist eine Poluschkin-Bewegung, sagt er, das heißt also, meine. Und wo das nun meine Bewegung ist, muß ich mich ja wohl bewegen . . .«

»Aber ich erkläre Ihnen doch . . .«

»Aber ich erkläre Ihnen doch auch, woher welche nehmen? Sie haben einen ganzen Teich davon voll. Geben Sie mir welche, entweder auf Pump oder für Geld!«

Jegor redete und war selbst erstaunt. Noch nie im Leben hatte er so mit einem Chef gesprochen. Und nun auf einmal stellten sich die Wörter ein und auch der Mut – er fühlte so etwas wie Freiheit in seinem Inneren.

Den ganzen Tag über stritt man sich. Man fuhr zu irgendeiner übergeordneten Stelle, füllte irgendwelche Papierchen aus. Endlich einigte man sich, und zwei prächtige

Schwanenpärchen wurden Jegor abgelassen. Sie schlugen und bissen ihn blutig, während er sie in den Käfig sperrte. Dann stürzte er zum Bahnhof, und auch dort wieder – Scherereien. Auch dort mußte er bitten und Papierchen ausfüllen und Leute überreden. Bis er fahren durfte – im Gepäckwagen, unter Aufsicht des Zugpersonals.

Anderthalb Tage war er auf den Beinen und mühte sich ab, und das GUM und das ZUM und so fort fielen ihm erst am Zug ein. Und wozu denn – Geld für Großeinkäufe hatte er ohnehin keins mehr, es war alles für die Schwäne draufgegangen. Da erstand Jegor auf dem Bahnhof noch, was ihm unter die Hand kam, kletterte in den Gepäckwagen, schlang Wurstbrötchen hinunter, und der Zug fuhr ab. Die Schwäne in den Käfigen schrien und schlugen Lärm. Jegor aber legte sich auf eine Kiste, deckte sich mit seiner Jacke zu und schlief ein.

Und träumte von Elefanten.

21

Unmensch hinterländischer, du Verhängnis meiner armen Seele, Herr, mein Gott, erbarme dich und hilf, ach du Unheilbringender, du vermaledeiter . . .«

Jegor stand vor Charitina, den Kopf schuldbewußt gesenkt. In den großen Kisten zischelten wie Schlangen die Schwäne.

»Was die anderen Leute sind, da bringen die Männer was nach Hause und sie haben ein Haus und die Schüssel bei denen ist voll und sie haben Frauen so schön wie Schwänchen . . .«

»Die Flügel, wurde mir gesagt, soll ich ihnen stutzen!« fuhr Jegor plötzlich auf. »Damit sie nicht nach dem Süden ziehen.«

Charitina mußte weinen. Vor Schande, vor Kränkung, vor Ohnmacht. Jegor lief die Schere holen, um den Tieren die Flügel zu stutzen. Und Fjodor Ipatytsch in seinem Hause schüttelte sich vor Lachen.

»Nein, dieser Unheilbringer! Nein, diese Unvernunft! Nein, so ein komisches Exemplar!«

Alles witzelte über Jegor, und das mußte ja wohl sein. Statt ums GUM und ums ZUM und so fort kümmerte der sich um Schwäne! In Schulden hat er sich gestürzt, die Leute getäuscht, die Frau gekränkt. Mit einem Wort, ein Unheilbringer.

Lediglich Jakow Prokopytsch lachte nicht, sondern billigte ernsthaft, »Eine Attraktivität für den Tourismus!«

Und Kolka war erst recht nicht nach Lachen zumute. Während sein lieber Vater sich in Moskau an Elefanten ergötzte, war sein lieber Onkel Fjodor Ipatytsch schon dreimal aufs Gericht bestellt worden. Fjodor Ipatytsch hatte sich aus diesem Anlaß das Strafgesetzbuch zugelegt und es auswendig gelernt und also gesagt, »Das Haus werden sie uns wegnehmen, Marja. Darauf läuft es wohl hinaus.«

Marjiza hatte laut aufgeheult, und Wowka hatte das Zittern gekriegt und war losgerannt, den jungen Hund ersäufen. Mit Müh und Not hatte Kolka Gnade für ihn erwirkt, doch dies nur auf Zeit.

»Wenn sie uns raussetzen, wird er aus lauter Bosheit ersäuft!«

Ein Mann, ein Wort – daß der Zuzik ersäufen würde, daran war kein Zweifel! Und obendrein hatte die Olja Kusina neuerdings angefangen, wichtig zu tun. Sie legte plötzlich keinen Wert mehr auf ihre Freundschaft, sondern hängte sich an Mädchen, die älter waren als sie. Und setzte über Kolka unwahres Gerede in die Welt. Er täte ihr nachlaufen.

Jegor aber machte sich am nächsten Tag auf zum See. Baute Häuschen für die Schwäne, dann ließ er die Tiere frei. Anfangs schrien sie, schlugen mit den gestutzten Flügeln, gingen sogar aufeinander los, doch allmählich beruhigten sie sich, teilten sich die Häuschen und begannen, als zwei Familien in guter Nachbarschaft zu leben.

Nachdem er die Vögel untergebracht hatte, überließ Jegor sie längere Zeit sich selbst; er streifte durch sein Revier, markierte dürres Holz für die Schule. Und er sägte es dem Direktor persönlich; nicht allein aus Hochachtung vor gebildeten Leuten, sondern weil er auf ein Gespräch aus war.

Das Gespräch fand abends statt, am Samowar. Seine

Frau, die Frau Doktor, die schon wer weiß wie oft Kolka mit Jod bepinselt hat, war zu einer Entbindung gerufen worden, und so wirtschaftete der Direktor selbst.

»Den Tee recht stark, Jegor Saweljitsch?«

»Recht stark.« Jegor nahm das Glas, rührte lange den Zucker um, überlegte. »Was machen wir bloß mit dieser Nonna Jurjewna, Genosse Direktor?«

»Tja, schade. Guter Pädagoge.«

»Für Sie ist sie ein Pädagoge, für mich – ein Mensch; und für Juri Petrowitsch – das Liebste . . .«

Daß Nonna Jurjewna für Tschuwalow das Liebste war, stellte für den Direktor eine Neuigkeit dar. Er ließ sich das jedoch nicht anmerken, zuckte nur leicht mit den Augenbrauen.

»Soll man sie vielleicht offiziell zurückholen?«

»Offiziell, das bedeutet– gegen ihren Willen. Für uns mag das noch angehen, aber Juri Petrowitsch wäre es zuwider.«

»Ja, zuwider«, pflichtete ihm der Direktor bei und blickte bekümmert drein.

»Ich werd wohl hinfahren müssen«, sagte Jegor, ohne einen Rat von ihm abzuwarten. »Laß es erst Winter werden, dann fahre ich. Und Sie schreiben einen Brief. Nein, zwei.«

»Warum zwei?«

»Einen jetzt gleich, den anderen etwas später. Soll sie sich gewöhnen. Sie wird sich gewöhnen, und dann treffe ich ein, und sie wird sich entscheiden müssen.«

Der Direktor dachte nach und machte sich ans Schreiben. Und Jegor rauchte geruhsam, genoß die Behaglichkeit, die Ruhe und des Direktors Einverständnis. Und er schaute sich um. Der Schrank auf Nußbaum getrimmt, selbstgefertigte Regale, Bücher in Massen. Und über den Büchern ein Bild.

Jegor stand sogar auf, als er es betrachtete. Rot loderte

dieses Bild. Ein rotes Roß stampfte hinweg über ein bläulich schwarzes Tier, und auf dem Roß saß ein junger Bursche und stieß die Lanze in das Ungeheuer.

Das ganze Bild glühte vor Ungestüm, das Roß war ungewöhnlich stolz und hatte dieser Ungewöhnlichkeit wegen das Recht, leidenschaftlich rot zu sein. Jegor hätte es selbst so rot gemalt, wäre es ihm beschieden gewesen, ein solches Roß zu malen, denn es war nicht schlechthin ein Pferd, auch kein grauweißes Zauberpferdchen aus dem Märchen. Es war das Roß des Sieges. Und er trat wie verzaubert hin vor dieses Roß und stieß sich sogar an einem Stuhl.

»Gefällt es Ihnen?«

»Was für ein Pferd!« sagte Jegor leise. »Das ist ja . . . Eine Flamme ist das. Und das Bürschlein oben auf dieser Flamme.«

»Ein Geschenk«, sagte der Direktor und trat hinzu. »Und ein wunderbares Symbol: Kampf des Guten mit dem Bösen, sehr modern. Das ist Georg der Drachentöter. Häufig dargestellt und verehrt als der Heilbringer.« Da warf der Direktor erschrocken einen Seitenblick auf Jegor, doch der schaute wie zuvor streng und achtungsvoll auf das Bild. »Ein ewiges Thema. Licht und Finsternis, Gut und Böse, Eis und Flamme.«

»Georg und Jegor – wir sind Namensvettern«, sagte Jegor plötzlich. »Und mich nennen sie hier im Dorf den Unheilbringer. Sie haben es sicher gehört?«

»Ja.« Der Direktor war verlegen. »Wissen Sie, ein Spitzname hier in unserer Gegend . . .«

»Was hatte ich denn gedacht? Ich hatte gedacht, man nennt mich den Unheilbringer, weil ich Unheil bringe. Dabei stellt sich heraus, nicht darum nennen sie mich so. Es stellt sich heraus, ich kann meinem Namensvetter nicht das Wasser reichen, stellt sich heraus.«

Er sagte das mit Bitterkeit, und den ganzen Heimweg

geisterte ihm dieses Roß vor den Augen, das Roß mitsamt dem Reiter.

»Ich kann dir nicht das Wasser reichen, Jegor, Drachentöter und Heilbringer! 's wird wohl so sein, wenn's nicht anders ist!«

Die Schwäne aber waren weiß, sehr weiß. Und die eigenartige Bitterkeit, die er empfunden hatte, als er die eigene Unzulänglichkeit entdeckte, schwand in ihrer Nähe rasch und spurlos.

»Welche Schönheit!« sagte Juri Petrowitsch, als er Jegor einen Besuch abstattete.

Die Vögel schwammen nahe am Ufer. Jegor konnte ihnen stundenlang zusehen und spürte dabei ein bislang ungekanntes Wonnegefühl.

Er war durch den Wald gelaufen, hatte sich etliche bizarr geformte Baumteile zusammengesucht, und nun reckten noch zwei Schwäne ihre Hälse neben seiner Hütte.

»Sie haben Sehnsucht«, seufzte Jegor. »Sowie die Ihren vorüberfliegen – gleich schreien sie, daß es einem schier das Herz bricht.«

»Macht nichts, sie werden überwintern.«

»Ich werde ihnen den Stall herrichten, von unserem Ferkel. Wenn es anfängt zu frieren, hole ich sie zu mir.«

Juri Petrowitsch antwortete nichts darauf. Nonna Jurjewna hatte sich geweigert zurückzukehren, so inständig er sie auch gebeten hatte dort in Leningrad, und Tschuwalow hatte das Lächeln verlernt.

»Nun, Juri Petrowitsch, schreiben Sie doch bitte einen Antrag, daß der See wieder umbenannt wird in Schwanensee.«

»Ich werde ihn schreiben«, sagte Tschuwalow und seufzte.

Juri Petrowisch, unfroh hergekommen, fuhr auch unfroh wieder weg. Jegor aber blieb. Nicht weit von seinem Abschnitt wurde eine Straße gebaut, und er befürchtete

Waldfrevel. Doch es vergriff sich keiner an dem Natur-schutzgebiet; Filja und die Scherbe hatten sich beim Stra-ßenbau verdingt. Die Scherbe sprengte mit besonderem Genuß mächtige Kiefern. Furchtbar gern hantierte er mit Sprengstoff. Noch vom Kriege, von der Partisanenzeit her.

Dann jedoch verstummten die fernen Explosionen und das Gedröhn der Maschinen. Die Straße ging durch Fel-der, und es gab nichts mehr zu sprengen. Aber Jegor mochte die wohnlich gewordene Hütte nicht verlassen, zu deren beiden Seiten hölzerne Schwäne stolz die Hälse reck-ten.

Der Herbst läutete bereits an der Tür. Es war ein trü-ber Herbst, finster und regnerisch, und er vertrieb denn auch Jegor. Er siedelte nach Hause um, sah anfangs jeden Tag nach den Schwänen, später ging er seltener hin. Der Stall mußte noch hergerichtet werden; an den Morgenden knirschte schon das erste Eis.

Jene Nacht nun war so recht geschaffen für Diebsge-sindel. Die Wolken blieben fast in den Fichten hängen, unaufhörlich peitschte aus ihnen der Regen, und es wehte ein Wind, daß die Kiefern aufstöhnten. Am Abend zuvor hatte sich Jegor nicht ganz wohl gefühlt, er hatte ein Dampfbad genommen und Tee mit Himbeersaft getrun-ken, und er wollte eigentlich nichts als schlafen. Aber er machte sich Sorgen. Wie mochte es den Schwänen erge-hen? Er hätte sie herholen sollen, der Stall war ja fast fer-tig, und nun diese Krankheit zur unpassenden Zeit. Er wälzte sich umher, daß Charitina mal seinen glühendhei-ßen Rücken zu spüren bekam, mal seine fiebernde Seite, und gegen Mitternacht zog er sich an und ging hinaus, rauchte.

Es schien ein wenig stiller geworden zu sein; der Wald rauschte etwas freundlicher, der Regen strömte nicht mehr, es nieselte nur. Jegor drehte sich eine Zigarette, machte es sich auf der Vordertreppe bequem, rauchte – da krachte es plötzlich fern hinterm Wald. Es war ein berstendes Krachen, und er dachte erst, es sei ein Donnerschlag, aber wo sollte im finstern Herbst ein Gewitter herkommen? Und ohne sich noch im klaren zu sein, was da gekracht haben konnte, was für ein Gedröhn der feuchte Wind wohl herangetragen hatte, sprang er auf und lief die Stute satteln.

Das Tor hatte die Eigenschaft zu knarren, und auf dieses Knarren hin schaute Charitina heraus, nur im Hemd, das sie sich über der Brust zuhielt.

»Was ist dir wohl wieder eingefallen, Jegor? Du hast Fieber.«

»Ich reite zum See, Tinuschka«, sagte Jegor und führte die schläfrige Stute vom Hof. »Irgendwie bin ich unruhig, und Kolka hat mir heute von den Touristen erzählt.«

Kolka hatte nämlich gestern den grauen Onkel vorm Laden getroffen. Den, der seinerzeit den Ameisenhügel angezündet hat.

»Ah, Kleiner!«

»Guten Tag«, hatte Kolka gesagt und war weggelaufen.

Wodka hatte der Graue geschleppt. Ein ganzes Netz voll – die Flaschenhälse lugten aus den Löchern. Kolka hatte dem Vater sogleich davon berichtet.

Da konnte ihn Charitina nicht zurückhalten, und so jagte Jegor die Dienststute durch die herbstliche Finsternis. Hätte Charitina etwas geahnt, quer über den Weg hätte sie sich ihm gelegt. Weil sie aber nichts ahnte, schimpfte sie nur.

»Wo treibt es dich schon wieder hin Unheilbringer du?«

So waren ihre letzten Worte. Ohne Zärtlichkeit. Wie das Leben.

Ein zweites Mal krachte es, als Jegor die Hälfte des

Weges zurückgelegt hatte. Dröhnend und von weit her trug es das Getöse einer Explosion durch die feuchte Luft, und Jegor begriff, da sprengte jemand am Schwarzen See. Und er mußte an die Schwäne denken, die auf die Menschenstimmen zuschwimmen und vertrauensselig die stolzen Hälse hinhalten.

Jegor trieb die alte Stute, preßte ihr die Absätze in die Rippen, doch sie lief schlecht, und er in seiner Ungeduld sprang ab und rannte zu Fuß weiter. Die Stute folgte ihm und atmete ihm heiß in den Rücken. Dann blieb sie zurück. Sie hatte nicht Jegors Kräfte, obgleich sie ein Pferd war.

Von weitem, durch die nassen Äste der Fichten, sah Jegor ein Feuer. Um das Feuer herum waren Gestalten zu erkennen, und vom Ufer erscholl eine Stimme.

»Unter den Sträuchern sieh nach. Scheint ein Hecht zu sein.«

»Zu dunkel!«

Jegor lief geradezu, schlug sich durchs Unterholz. Zweige peitschten ihm das Gesicht, es schüttelte ihn, das Herz schlug ihm in der Kehle.

»Halt!« rief er noch aus dem Gebüsch, noch im Dunkeln.

Die am Feuer schienen zu erstarren. Jegor wollte noch einmal rufen, aber es fehlte ihm an Luft, und er eilte schweigend zum Feuer. Er stand da, rang nach Atem und erfaßte im Augenblick, daß über dem Feuer Wasser in einem Topf kochte und aus dem Wasser zwei Schwanenfüße herausragten. Und noch zwei Schwäne sah er – daneben. Weiß, noch nicht gerupft, aber bereits ohne Kopf. Und in der Flamme verbrannte sein fünfter Schwan, der hölzerne. Schwarz nunmehr, wie der See.

»Halt . . .«, sagte er flüsternd. »Geben Sie Ihre Ausweise.«

Zwei Mann standen am Feuer, die Gesichter jedoch

sah er nicht. Einer verschwand gleich in der Dunkelheit, sagte nur, »Der Forstwart.«

Es rauschte der Wind, es gurgelte das Wasser im Topf, und es knisterte beim Verbrennen der hölzerne Schwan. Alle schwiegen einstweilen.

»Die Ausweise«, wiederholte Jegor mit ausgedörrter Kehle. »Ich nehme Sie alle fest. Sie werden mit mir kommen.«

»Verschwinde von hier«, sagte mit leiser und träger Stimme derjenige, der am Feuer geblieben war. »Verschwinde, solange wir nett zu dir sind. Du hast uns nicht gesehen, wir kennen dich nicht.«

»Ich bin hier zu Hause«, sagte Jegor keuchend. »Und wer Sie sind, ist mir nicht bekannt.«

»Verzieh dich, sag ich dir.«

Vom See her war erneut Rudergeplätscher zu vernehmen und eine Stimme.

»Ein schöner Brocken! Hat bestimmt seine anderthalb Pud.«

»Ihr erstickt die Fische!« seufzte Jegor. »Und die Schwäne habt ihr getötet. Ach Menschen...«

Aus der Dunkelheit tauchte ein Schatten auf.

»Bin durchgefroren, verdammich noch mal. Jetzt müßte man ein hübsches Wässerchen fassen, Chef...«

Er verstummte, da er Jegor erblickte, und wich zurück ins Dunkel.

Und noch jemanden hörte man am Seeufer mit Rudern hantieren. Der vierte hielt sich irgendwo versteckt, zeigte sich nicht mehr in dem erleuchteten Kreis.

»Was will denn der hier?« fragte der, der in den Schatten zurückgewichen war.

»Ein paar in die Fresse.«

»Das läßt sich machen.«

»Die Ausweise«, wiederholte Jegor hartnäckig. »Ohne sie werde ich nicht gehen. Bis zum Bahnhof werde ich euch folgen, bis ich euch der Miliz übergeben habe.«

»Mach uns keine Angst«, sagten die im Dunkel. »Es ist nicht hellichter Tag.«

»Er will uns keine Angst machen«, sagte der erste. »Er will den Preis hochtreiben. Stimmt's, Mann? Nun also, worauf einigen wir uns? Ein halber Liter am Feuer und ein Viertel zwischen die Zähne – und dann troll dich, Freundchen.«

»Die Ausweise«, sagte Jegor mit einem müden Stöhnen. »Ich nehme euch alle fest.«

Ihm war jetzt glühendheiß am ganzen Körper, im Kopf dröhnte es, und die Knie waren widerlich schlapp. Allzu gern hätte er sich gesetzt, sich am Feuer aufgewärmt, doch er wußte, er würde sich nicht setzen und nicht gehen, bevor er die Ausweise bekommen hat.

Noch einer kam, vor sich hin pfeifend, vom See her. Die zwei flüsterten miteinander, von dem vierten war nichts zu sehen, er hielt sich versteckt.

»Einen halben Hunderter«, sagte er erste. »Und du drehst die Deichsel um.«

»Die Ausweise. Ich nehme euch alle fest. Wegen Gesetzesverletzung.«

»Paß mal gut auf«, sagte drohend der erste. »Wenn du nicht in Frieden willst, dann heul eben Rotz und Wasser.«

Er beugte sich über den Topf, stieß ein Messer in den Schwan. Der zweite ging hinunter zum See, dem entgegen, der vor sich hin pfiff.

»Warum denn bloß die Schwäne?« seufzte Jegor. »Warum? Sie sind eine Zierde des Lebens.«

»Du bist ja ein Dichter, Mann.«

»Macht euch fertig. Es ist spät, und wir müssen weit laufen.«

Sie fielen von hinten über ihn her, und eine schwere

Stange glitt an seinem Ohr vorbei, wuchtete ihm schwer auf die Schulter. Jegor schwankte, stürzte auf die Knie.

»Wagt es nicht! Ihr dürft mich nicht schlagen, mich hat das Gesetz hierhergestellt! Ich fordere die Ausweise! Die Ausweise . . .!«

»Ach was, Ausweise willst du haben?«

Noch einmal und noch einmal wuchtete die Stange nieder, dann zählte Jegor die Schläge nicht mehr, er kroch auf zitternden, wegknickenden Armen. Er kroch, stieß nach jedem Schlag mit dem Gesicht in das nasse, kalte Moos, rief, »Wagt es nicht! Wagt es nicht! Gebt die Ausweise!«

»Gebt ihm doch seine Ausweise! Gebt es ihm!«

Und nicht mehr eine, sondern zwei Stangen tobten sich aus auf Jegors Rücken, und jemand trat ihm unentwegt mit seinem schweren Stiefel ins Gesicht.

Und noch jemand schrie, »Den Hund auf ihn! Den Hund!«

»Ja, beiß ihn! Faß! Faß ihn!«

Aber der Hund sprang Jegor nicht an, er heulte nur, fürchtete sich vor dem Blut und vor der Wut dieser Leute. Jegor rief nicht mehr, sondern röchelte und spuckte Blut, und sie schlugen ihn und schlugen ihn noch immer und wurden mit jedem Schlag wütender. Jegor sah nichts mehr, hörte nichts mehr, spürte nichts mehr.

»Hör auf, Ljonja. Sonst schlagen wir ihn tot!«

»Da, du Schwein!«

»Laß, sage ich dir! Höchste Zeit, daß wir uns verdrücken. Sammle die Fische ein, Chef – und dann her mit dem Geld, wie abgemacht.«

Einer trat im Rückwärtsgehen mit dem Stiefel noch einmal mit voller Wucht zu, Jegors Kopf zuckte und wackelte im Moos, das naß war von Regen und Blut – dann ließen sie ihn liegen. Gingen zum Feuer, redeten aufgeregt miteinander. Jegor aber erhob sich; furchtbar anzusehen, blutüberströmt stand er da, konnte kaum noch die zerschlagenen Lippen bewegen, röchelte.

»Das Gesetz . . . Die Ausweise . . .«

»Da, nimm die Ausweise!«

Sie warfen sich auf ihn, schlugen abermals zu. Schlugen, bis er aufhörte zu röcheln. Dann ließen sie ab von ihm. Sein kraftloser Körper zuckte bloß noch. Selten zuckte er.

Man fand ihn am nächsten Tag, gegen Abend, auf halbem Wege bis nach Hause. Den halben Weg war er trotz allem noch gekrochen, und eine breite Blutspur zog sich vom Schwarzen See her ihm nach. Von der Feuerstelle, der verwüsteten Hütte, den Schwanenfedern und dem verkohlten hölzernen Schwan.

Am zweiten Tag kam Jegor zu sich. Er lag allein in einem Krankenzimmer, antwortete kaum hörbar auf Fragen. Der Untersuchungsrichter fragte ihn trotzdem immer wieder, denn er verstand die Worte kaum. Jegor hatte weder Zähne noch Kräfte, und die zerschlagenen Lippen mochten sich nicht bewegen.

»Können Sie sich denn an gar nichts erinnern, Genosse Poluschkin? Vielleicht an irgendeine Kleinigkeit, an ein Detail? Wir werden die Leute finden, wir mobilisieren die Öffentlichkeit, wir . . .«

Jegor schwieg und blickte ernst und streng in das junge, vor Gesundheit und Eifer strotzende Gesicht des Untersuchungsrichters.

»Vielleicht sind Sie denen vorher schon begegnet? Erinnern Sie sich, bitte. Vielleicht kennen Sie sie sogar?«

»Würde ich sie nicht kennen – dann würde ich sie strafen«, sagte Jegor plötzlich leise und eindringlich. »Ich kenne sie aber – und verzeihe.«

»Was?« Der Untersuchungsrichter beugte sich mit dem ganzen Körper vor, straffte sich von Kopf bis Fuß.

»Genosse Poluschkin, Sie haben die Leute erkannt? Sie haben sie erkannt? Wer war es? Wer?«

Jegor wollte, daß der Untersuchungsrichter recht bald ging. Nach den Spritzen war der Schmerz gewichen, und sanfte, geruhsame Gedanken strömten ihm durch den Kopf, und es war ihm angenehm, sie zu empfangen, sie genau zu betrachten und wieder zu verabschieden. Er sah sich, als er jung war, es war noch im Kolchos, der Vorsitzende lobte ihn für etwas und lächelte, und der junge Jegor lächelte zurück. Er erinnerte sich an das Übersiedeln hierher, an den Hahn mußte er denken, und gleich sah er ihn auch. Die lustigen Gänschen und Ferkelchen fielen ihm ein und der Zorn von Jakow Prokopytsch, die Touristen und der versunkene Motor, doch war er keinem von ihnen böse, er lächelte allen zu, die er jetzt sah, sogar den beiden durchtriebenen Figuren vom Markt, und während er so lächelte, dachte er ganz einfach und ganz still, daß er sein Leben in Güte gelebt und niemandem Übles getan hatte. Und daß es ihm leicht sein würde, zu sterben. Vollkommen leicht – so wie einschlafen.

Aber sie ließen ihn das nicht zu Ende denken, denn eine kleine Krankenschwester steckte den Kopf herein und sagte, da wollte jemand unbedingt zu ihm und vielleicht könnte er das gestatten, der Mensch wäre am Verzweifeln. Jegor zwinkerte zur Antwort, sie verschwand aus dem Türspalt, die Tür tat sich weit auf, und herein trat Fjodor Ipatytsch.

Schwerfällig trat er ein, die eine Schulter nach vorn, wie wenn er etwas trug und zu verschütten fürchtete. Er blieb auf der Schwelle stehen, trat von einem Fuß auf den anderen, hob die Augen und senkte sie wieder, sprach ihn an.

»Jegor, Jegoruschka.«

»Setz dich«, sagte Jegor, er brachte mit Mühe die Lippen auseinander.

Fjodor Ipatytsch setzte sich auf die äußerste Kante des Hockers, schüttelte bekümmert den Kopf. Als hätte er eine schwere Last geschleppt, hätte sie nicht abwerfen können, und nun litt er darunter. Und Jegor wußte, daß er litt, und er wußte auch, warum.

»Du bist am Leben, Jegor?«

»Ich bin am Leben.«

Fjodor Ipatytsch seufzte erneut, knarrte mit dem Hokker, holte aus den Schößen seines Kittels eine dickbauchige Flasche. Lange nestelte er am Verschluß mit rissigen, ungehorsamen Fingern, und diese Finger zitterten.

»Hab du keine Angst, Fjodor Ipatytsch.«

»Was?« fuhr Burjanow auf, und die Augen weiteten sich.

»Hab keine Angst, sage ich. Hab keine Angst zu leben.«

Geräuschvoll schluchzte Fjodor Ipatytsch. Daß man's im ganzen Zimmer hörte. Nahm vom Nachttisch ein Glas, goß aus der Flasche etwas Gelbes, Wohlriechendes ein.

»Trink einen, Jegoruschka, ja? Trink das.«

»Ich darf nicht.«

»Nur ein Schlückchen, Jegor Saweljitsch. Fünfundzwanzig Rubelchen die Flasche, nicht für uns gebrannt.«

»Nicht für uns, Fjodor.«

»Nun, trink, Saweljitsch. Bitte trink. Und erleichtere meine Seele. Erleichtere sie.«

»Es ist kein Zorn in mir, Fjodor. In mir ist Ruhe. Geh nach Hause.«

»Aber wie denn, Saweljitsch...«

»Je nun, 's wird wohl so sein, wenn's nicht anders ist.«

Fjodor Ipatytsch schluchzte auf, stellte leise das Glas hin, erhob sich.

»Bloß verzeih du mir, Jegor.«

»Ich habe dir verziehen. Geh.«

Fjodor Ipatytsch schüttelte seinen großen Kopf, blieb noch ein wenig stehen, ging dann zur Tür.

»Erschieß Palma nicht«, sagte Jegor plötzlich. »Daß sie mich nicht angegriffen hat, dafür trifft sie keine Schuld. Mich greifen Hunde nicht an, ich kannte die Hundesprache.«

Fjodor Ipatytsch ging schwer und langsam durch den Krankenhausflur. In der rechten Hand trug er die angebrochene Flasche, und der teure französische Kognak schwappte bei jedem seiner Schritte auf den Fußboden. Über sein unrasiertes schwarzes Gesicht rannen Tränen. Eine nach der anderen, eine nach der anderen.

Jegor aber schloß wieder die Augen, und wieder tat sich die Welt weit vor ihm auf, und er schritt hinweg über Schmerzen, Gram und Wehmut. Und er sah eine taufrische Wiese und auf dieser Wiese ein rotes Roß. Das Pferd erkannte ihn und wieherte auffordernd, ermunterte ihn, aufzusitzen und davonzusprengen an jenen Ort, wo ein endloser Kampf im Gange ist und wo ein schwarzes Ungeheuer, sich windend, noch immer Böses speit.

Ja. Und Kolka Poluschkin gab trotz allem seine Angel hin für den räudigen Hund mit dem abgerissenen Ohr. Er hatte wohl auch von dem roten Roß seines Vaters geträumt.

Der Autor:
Boris Lwowitsch Wassiljew wurde 1924 in Smolensk geboren und meldete sich noch als Schüler freiwillig zur Armee, um aktiv gegen die deutschen Invasoren zu kämpfen. Bis 1954 blieb er Soldat, zuletzt als Ingenieur-Offizier. Nach der Teilnahme an einem Lehrgang für Filmautoren schrieb er zunächst Drehbücher und Schauspiele, um sich nach dem erstaunlichen internationalen Erfolg von *Im Morgengrauen ist es noch still* (1969) vorwiegend der Prosa zuzuwenden.